Quart*buch*

Ein literarisches Ereignis aus Italien: ein Roman über Zufall, Verdacht und Schicksal.

Auf einer Insel im Mittelmeer führt ein Verbrechen ganz unterschiedliche Menschen und Lebensläufe zusammen. Der gewaltsame Tod eines Professors verändert sofort das Leben einer kleinen internationalen Ferien-Gemeinschaft auf Djerba: Plötzlich ist jeder verdächtig.

Mario Fortunato verfolgt die Lebenslinien der einzelnen Gäste vor und nach dem Verbrechen. Jeder hat sein Geheimnis: der italienische Arzt, die beleibte Italoamerikanerin, der New Yorker Starphotograph und seine Assistenten, die französische Boutiquenbesitzerin und ihre Zwillinge.

Hier und da verläßt Fortunato mit seinen Figuren auch die Insel, begleitet sie nach Tokio und Amsterdam, nach Amerika und Griechenland. In einer sehr feingesponnenen Konstruktion führt er uns mehrfach in die Irre. Ein spannender Labyrinthroman, an dessen Ende nochmals eine letzte große Überraschung steht.

»Einen so feinen, poetischen, perfekt gebauten und reifen Roman habe ich seit langem nicht mehr gelesen: voll gelassener Leichtigkeit gegenüber der Schwere des Lebens.«

Sergio Pent, L'Indice

Mario Fortunato

Die Kunst leichter zu werden

Roman

Aus dem Italienischen von Moshe Kahn

Verlag Klaus Wagenbach Berlin

Inhaltsverzeichnis

für M.

1 D.

... So bist du gegangen ohne ein Wort zu sagen, nicht einmal einen Zettel. Ich bin wie gewöhnlich gegen sieben Uhr abends nach Hause gekommen. In der Wohnung war es still. Alles wirkte starr. Während ich noch Hut und Mantel ablegte, rief ich dir von der Diele her zu. Keine Antwort. Ich sah die Post flüchtig durch. Mir war es, als wäre es in der Wohnung kälter als draußen. Ich rief noch einmal.

Unsicher hallten meine Schritte auf dem Parkett. Laut sagte ich: »Ich habe mir überlegt, daß wir uns dieses Jahr vielleicht das vielbeschworene Neujahrsfest am Meer gönnen könnten... Der schwierigste Augenblick ist wahrscheinlich überstanden ... Was meinst du? Bevor wir schließlich ganz alt werden ...« Im Wohnzimmer war niemand. Auch hier eine Ordnung, die mir düster vorkam. Ich wandte mich zur Küchentüre und fragte: »Gibt's heute abend nichts zu essen?«

Ich wurde nervös. Verstand nicht, warum du darauf bestehen wolltest, still zu sein, überhaupt kein Geräusch zu machen, dich in der Küche versteckt zu halten. Aber in der Küche warst du nicht. Statt dessen hast du auf dem Bett gelegen und ausgesehen, als würdest du schon seit wer weiß wie lange schlafen. In diesem Augenblick hörte ich, wie der Aufzug auf unserer Etage stehenblieb, und dann, wie sich die Türe unserer Nachbarn öffnete und gleich darauf wieder schloß. Ein paar Augenblicke lang habe ich dich angestarrt, ohne zu wissen, ob ich näherkommen sollte oder nicht. In der Küche habe ich ein Glas Wasser getrunken, die Flasche in den Kühlschrank zurückgestellt, das Glas ausgewaschen. Wieder ging ich in unser Schlafzimmer. Da erst habe ich bemerkt, daß du dich auf meiner Seite des Betts ausgestreckt hattest. Auf dem Nachttisch verschiedene leere Röhrchen. Deine linke Hand lag auf dem Kissen daneben. Die andere Hand war kalt, schon steif. Kein Pulsschlag. Ich habe nichts Besonderes empfunden. Erst nach ein paar Augenblicken ein plötzliches Brennen im Magen. Dann ging ich zum Telefon und schloß die Türe hinter mir. Ich rief den Krankenwagen, obgleich ich wußte, daß nichts mehr zu machen war. Ich habe mich in den weißen Sessel in der Diele gesetzt und gewartet.

Was dann folgte, kann ich in wenigen Worten zusammenfassen. Die Autopsie hat bestätigt, was ich bereits wußte: Schlaftablettenvergiftung. Nachbarn und Verwandte sind gekommen, um mir ihren Besuch abzustatten. Alle waren sie ziemlich verlegen. Die Beerdigung ging schnell. Nur wenige waren dabei: deine Cousine, ihr Mann, mein Bruder, ein paar Freunde. Keiner der Teilnehmer war jünger als sechzig.

Erst als ich vom jüdischen Friedhof nach Hause zurückkehrte, habe ich begriffen, daß du wirklich tot warst. Ich habe den Schlüssel ins Schlüsselloch gesteckt und die Wohnungstüre aufgeschlossen. Und genau in diesem Augenblick hat mich deine Abwesenheit erfaßt. Ich mußte mich am Türrahmen festhalten. Die Möbel, die Gegenstände in der Diele schienen ihr Wesen verändert zu haben. Die Wohnung war anders. Mir kam es vor, als wäre sie viel kleiner geworden, beengender. Deshalb bin ich fast gleich darauf weggegangen. Mein erstes Essen als Witwer habe ich in einer Trattoria im Zentrum eingenommen: in aller Stille, nur auf die Verdauung konzentriert, die folgen würde. Die Nacht habe ich in einem Hotel verbracht. So, als wäre ich der, der gegangen war.

Ich kann mich nicht beklagen. Unsere Ehe war ein Erfolg. Wir haben das Leben gemeinsam verbracht. Haben uns geliebt, zumindest bis zu einem gewissen Punkt, danach haben wir uns geachtet. Obgleich wir völlig verschieden waren. Du warst von vitaler Unordentlichkeit; ich das genaue Gegenteil: vorsichtig, übergenau. Wir hatten keine Kinder. Aber dieses Problem hat uns nicht gequält. Wir haben es hingenommen, wie man ein Gewitter hinnimmt: die Unruhe geht früher oder später vorüber. Und für uns ist sie schnell vorüber gewesen. Mitunter hast du dich über unsere Routine beklagt, die furchtbar grau war, langweilig. Aber dann brauchte ich dir nur eine Reise vorzuschlagen, wenn auch nur kurz, außerhalb Italiens, und schon war die Langeweile aus deinem Blick verschwunden. So bin ich, dank dir, ebenfalls zu einem Reisenden geworden (obgleich meine Berufung eher das Sitzen ist). Djerba, natürlich, unsere Lieblingsinsel, aber auch Griechenland, Indien und der Mittlere Osten. Und jetzt, wo ich darüber nachdenke: nie nach Westen, wer weiß warum.

Ich habe den Verdacht, daß wir für viele unserer Freunde so etwas wie ein Bezugspunkt waren. Während viele von ihnen sich trennten, starben, sich wiederverheirateten, sind wir beide fest verbunden geblieben. Auch ein bißchen aus Gewohnheit, jetzt kann ich es ja sagen. Jedes Neujahrsfest im Haus auf dem Land, mit Geschenken für alle, von dir eingepackt; und im Juli die zwei, drei Wochen auf Djerba; und zu Pessach auf der Reise durch die Welt, als Gäste bei den wenigen verbliebenen Verwandten … Es ging uns gut: keiner kann das leugnen.

Es ging uns gut. Wir hatten einen Weg gefunden, uns nicht in die Angelegenheiten des anderen einzumischen. Du hattest den Lehrberuf aufgegeben, aber das war deine freie Entscheidung. Ich arbeitete hart für mein medizinisches Labor. Alles lief gut. Die anderen, erinnerst du dich? behaupteten, wir seien viel zu vollkommen, als daß sich dahinter nicht ein Geheimnis verbergen könnte. Und es stimmte ja auch, es gab ein Geheimnis. Ein ganz einfaches. Vertrauen, Vertrauen, Vertrauen. Nur das. Die (immerhin seltenen) Auseinandersetzungen durften nicht durch die

Wände unserer Wohnung nach außen dringen und niemals länger als einen Nachmittag dauern.

Drei Tage nach deinem Ableben entschloß ich mich, in deinen Sachen zu suchen. Suchte ich nach einem Indiz, nach einer Erklärung? Es war nicht leicht, in deinen Kleidern, deinen Handtaschen, deinen Schuhen, deinen Parfums, deinen (wenigen) Schmuckstücken herumzukramen. Sie wirkten geisterhaft. Einiges habe ich unserer Putzfrau geschenkt. Sie wollte zuerst nicht, hat es dann aber angenommen. Als ich sie den großgeblümten Seidenfoulard, den ich dir zu unserem zehnten Hochzeitstag geschenkt hatte, in eine Plastiktüte stecken sah, kam es mir einen Augenblick lang vor, als würde dein Gesicht in dieser Tüte verschwinden. Für ein paar Minuten mußte ich mich im Bad einschließen.

Ich habe nichts gefunden, was von Bedeutung war. Nichts, was ich nicht schon gekannt hätte. Da war so viel altes Zeug, das ich verschwunden glaubte, verschluckt von der Zeit, das nun aber aus der Unordnung deiner Schubladen wieder zum Vorschein kam: kleine Andenken, überall gekauft, scheußliche Geschenke, von denen ich dachte, du hättest sie in den Müll geworfen, Fotos, halbleere Puderdosen (dein einziges Zugeständnis ans Schminken), viele Postkarten. Ich habe auch die Bücher durchgesehen: abgesehen von drei israelischen Geldscheinen und einem wahrscheinlich an mich gerichteten Zettel (»Bin um 8 wieder zurück. Bin bei Ester. Warte auf mich«, und weiter unten: »D.«), nichts, was mir geholfen hätte zu begreifen.

Ich habe den Zettel genommen und in die Brieftasche gesteckt. Es gefällt mir, daß er mit der Aufforderung endet, auf dich zu warten.

Du warst nicht eifersüchtig. Jedenfalls habe ich dich nie betrogen. Ich dachte mir, daß ich, wenn ich es getan hätte, mir von dir das gleiche erwarten müßte. Und ich wollte nicht, daß dies geschieht, unter gar keinen Umständen. Ich habe von dir gelernt, nicht eifersüchtig zu sein. Ich erinnere mich, als wir noch jung waren: du warst schön, ausgesprochen schön. Vor allem deine Augen, so hell, so durchscheinend: sie machten mir Angst, so schön waren sie. Ich habe versucht, dich nichts merken zu lassen, aber damals hatte ich immer Angst. Angst vor der Vorstellung, du könntest mich verlassen, dich in einen anderen verlieben. Du warst nicht nur schön, du warst auch intelligent und gebildet, was mich noch mehr beunruhigte. Ich sagte mir: sie könnte mich locker in die Tasche stecken, bei ihrer Intelligenz. Nach den ersten Jahren unserer Ehe habe ich jedoch angefangen zu verstehen, daß du mich nicht verlassen würdest, daß kein anderer meinen Platz in deinem Herzen einnehmen würde. Ich war nicht attraktiv, war auch nicht reich, aber ich besaß eine Eigenschaft, die in deinen Augen entscheidend war: ich war immer so leidlich nachsichtig. Es war diese Vernünftigkeit, die dich eroberte. Auf diese Weise habe auch ich gelernt, selbstsicherer zu werden, mich von der Eifersucht nicht foltern zu lassen. So sind wir zusammen glücklich gewesen. Bis schließlich alles zusammenbrach.

Mitunter, auch jetzt noch, passiert es mir, daß ich plötzlich innehalte. Ich halte inne, und es kommt mir vor, als würde ich etwas ahnen. Ahnen ist vielleicht nicht das richtige Wort. Ich sollte sagen: ich stelle Beziehungen her. Ich stelle Beziehungen her zwischen einem völlig unerheblichen Ereignis von jetzt und einer Bewegung, einem Wort von dir. Diese Bewegung, dieses Wort, die aus der Vergangenheit emportauchen, scheinen unversehens einen Sinn zu enthalten. Ich sehe jede Schattierung an ihnen, erfasse ihre Kehrseiten, ich könnte jede kleinste Einzelheit von ihnen beschreiben. Aber es ist nur eine flüchtige Vision: unmöglich, sie in zusammenhängende Gedanken zu verwandeln. Was immer ich auch in jenem Augenblick tue, am Ende frage ich mich jedesmal noch mit lauter Stimme: Was habe ich eigentlich nicht verstanden, von dir und von mir? Warum hast du dich getötet?

An jenem Tag, an dem ich den bewußten Zettel in der Küche fand, war ich früher als erwartet nach Hause gekommen. Den Grund dafür weiß ich nicht mehr. Ich erinnere mich nur, daß du erst kurz zuvor, und zwar überstürzt, weggegangen sein mußtest, denn im Wohnzimmer herrschte große Unordnung und auf dem Herd brodelten ein paar Töpfe. Ich dachte, daß du, was ja oft vorkam, hinuntergegangen sein mußtest, um noch etwas einzukaufen, was du nicht im Hause hattest. Und weil bis zum Ladenschluß nur noch wenig Zeit war, bist du weggegangen, ohne auch nur entfernt daran zu denken, das Licht auszuschalten. Ich stellte meine Tasche auf einen Stuhl. Auf dem Tisch lagen die verschiedensten Zutaten auf einem Haufen. Schon geputztes und geschnittenes Gemüse, kleine Fleischstücke und überall verstreut Rosinen und Pinienkerne.

Ich war gerade dabei, mir den Mantel auszuziehen, als ich den Zettel sah. Er sah aus wie ein harmloser Einkaufszettel. Ich hätte ihn eigentlich zusammenknüllen und wegwerfen sollen. Doch dann las ich ihn: »Dear Lee«. Eine Zeile darunter wenige Worte, auch sie auf englisch. Es war ein Brief. Oder besser: der Entwurf für einen Brief. Aber wer war Lee? Keiner unserer Freunde hieß so. Ich spürte, wie ein großer Schmerz, stumm und eisig, sich in meinem ganzen Körper ausbreitete. Ich las nicht weiter. Die Tatsache, daß der Text englisch war, half mir, nicht gleich beim ersten flüchtigen Blick schon seine Bedeutung zu entziffern. Ich wäre nicht in deine Privatsphäre eingedrungen: wie immer hätte ich dich geachtet.

Ich ließ den Zettel, wo er war. Ich tat so, als wäre nichts. Ich hängte den Mantel in der Diele auf, stellte die Aktentasche an ihren gewohnten Platz, schaltete das Fernsehgerät ein. Als du zurückkamst, wenige Minuten später, blieb ich regungslos in meinem Sessel sitzen. Du wirktest gut gelaunt, das kam damals häufig vor. Ein rasches Zeichen zum Gruß, zwei Worte über den Tag, alles ganz und gar normal.

Während wir im Wohnzimmer aßen, stand ich auf, um eine Flasche Wein aus der Küche zu holen. Der Zettel war vom Tisch verschwunden. Ich schaute verstohlen in den Abfalleimer: ich sah, daß er zerrissen und dort hineingeworfen worden war. Ich kam zum Tisch zurück.

In der Nacht schlief ich nicht. Ich war besessen von den Worten: »Dear Lee«. Mir kam es vor, als würde sich hinter ihnen eine geheime Mitteilung verbergen, eine Mitteilung zu meinem Nachteil. Oder ich sagte mir, daß der Zettel (ganz einfach an einen mir unbekannten Freund gerichtet) überhaupt nichts Geheimnisvolles und Verstohlenes enthielt und es daher auch nicht schlimm gewesen wäre, wenn ich ihn ganz gelesen hätte.

Am nächsten Morgen mußtest du wegen irgendeiner Verpflichtung sehr früh weg. Ich nutzte die Gelegenheit. Ich ging alles gemächlich an. Wir verabschiedeten uns wie gewohnt. Es war mir gelungen, Gleichgültigkeit und Normalität vorzutäuschen. Ich hatte es bereits beschlossen, noch bevor du das Haus verlassen hast. Ich steckte die Hände in den Abfalleimer. In diesem Augenblick, erinnere ich mich, empfand ich tiefes Mitleid mit mir selbst. Ich zögerte einen Augenblick. Dann wühlte ich weiter.

Ein paar Schnipsel waren schmutzig und feucht. Die blaue Tinte war verlaufen und machte die Entzifferung der Schrift an einigen Stellen unmöglich. Geduldig klebte ich die einzelnen Stückchen zusammen. Schließlich las ich, verschwitzt vor Aufregung. Der Brief besagte mehr oder weniger: Versuchen wir, die Dinge unbeschwert zu betrachten … für mich wäre es sehr schwer, ihn zu verlassen … mir fehlt es an Mut … schwierig auch vom finanziellen Standpunkt aus … du führst dein Leben, ich aber habe nichts … er, Benedetto, ist alles, was ich habe … versuche zu verstehen … meine Lage ist äußerst mißlich …

Der Brief war offensichtlich nicht zu Ende geschrieben. Er hörte mit dem Hinweis auf die mißliche Lage auf, den ich besonders verletzend fand. Mit einer Handbewegung brachte ich das Puzzle wieder durcheinander, das ich doch kurz zuvor mit so viel Sorgfalt zusammengefügt hatte. Ich warf alles wieder in den Abfalleimer. In diesem Augenblick dachte ich, daß ich im Begriff stand, mein Leben wegzuwerfen.

Ich habe dir nichts gesagt. Nie auch nur eine Andeutung. Weder an jenem Tag, noch später. Ich habe geschwiegen. Aus eigenen Stücken? Aus Angst? Ich habe geschwiegen und abgewartet, wie nach einem übertrieben üppigen Essen. Manchmal sagte ich mir, daß du es wärst, die reden würde: du würdest mir von Lee erzählen (»Dear Lee, dear Lee, dear Lee«: ich wiederholte den Namen so oft, daß es mir vorkam, als würde ich ihn kennen, diesen Lee), du würdest mir alles erklären. Doch auch du hast geschwiegen. Geschwiegen und abgewartet.

Seit jenem Tag ist viel Zeit vergangen. Bisweilen dachte ich, daß ich die Sache zur Sprache bringen, dir Fragen zu Lee stellen sollte. Und sei es nur aus Neugier. Aber dann hatte ich den Eindruck, daß du, ohne ein Wort zu sagen, mir bereits geantwortet hast. Sind meine Vorsicht, meine Sanftmut, die dich einmal erobert hatten, unser Untergang gewesen?

Auf diese Weise ist das Leben in die Brüche gegangen. Still. Beide haben wir weiterhin die gleichen Dinge getan. Keinerlei Vorwürfe. Und doch hat sich alles, Tag für Tag, verschlimmert. Zuerst deine Krankheit, deine ständigen Darmbeschwerden, die Koliken, die Darmoperation ... Dann meine Arbeit: die weniger werdenden Patienten, das Ausscheiden meines langjährigen Teilhabers – ohne ersichtliche Gründe –, die Schließung der Praxis, der Verkauf des Landhauses ... Und die Freunde: der eine verzog nach dort, der andere verstarb, wieder ein anderer verschwand ganz einfach von der Bildfläche ... Im Lauf weniger Jahre hatte sich unser Leben gewandelt. Mit einem Schlag waren wir allein und eingeschlossen in unser Schweigen. Vielleicht war es ja auch das Alter mit seinen Unpäßlichkeiten, das uns zu Gefangenen machte.

Trotz allem sind wir beieinander geblieben. Auch in den schwierigsten Augenblicken bist du stark gewesen. Du bist deinen Weg gegangen und hast dich verhalten, als wäre nichts. Deine Entschlossenheit ist nach und nach zu meiner Entschlossenheit geworden. Bis zu dem Tag, an dem ich dich ausgestreckt auf dem Bett fand, so, als wäre unversehens das Bedürfnis über dich gekommen, einen Augenblick auszuruhen, nur einen Augenblick.

Seit du nicht mehr da bist, schlafe ich mehr. Sogar nachmittags bringe ich es fertig, mich hinzulegen. Den Kopf auf dem Kissen schließe ich die Augen und innerhalb einer Sekunde spüre ich den Schlaf auf mich zukommen wie eine Ebbe. Im Grunde habe ich in diesen Jahren nichts anderes getan, als mich von allem zu lösen. Ich lebe mein Leben so wie immer, bemühe mich, dieselben Gewohnheiten beizubehalten, dem Gedanken des Zu-nichts-nütze-Seins nicht nachzugeben. Doch alles ereignet sich verzögert, verblaßt. Ich habe keine Angst. Auch keine Gewissensbisse. Hätte ich dich denn zwingen sollen, mir von Lee zu erzählen? Oder hätte ich versuchen sollen, dich vor den Fährnissen zu schützen, die uns getroffen haben? Ich weiß es nicht.

Nur eines will nicht aufhören, mich zu quälen. Es ist ein immer wiederkehrender Traum und inzwischen eine ausgesprochene Obsession. Aus der Leere taucht ein weißes Blatt auf, das mitunter so groß ist, daß es wie ein Schweißtuch wirkt. Es sind die Ergebnisse einer chemisch-mikroskopischen Untersuchung, die ich wieder und wieder lese. Es gelingt mir nicht, ihren Inhalt zu verstehen. Dann, ganz plötzlich, wache ich auf.

2 Exil

Der Traum fing immer so an: auf dem Blatt Papier, das das gesamte Blickfeld ausfüllte, fast so, als wäre es eine Leinwand, erschienen nach und nach die Zeichen einer zunächst unverständlichen Schrift. Mathematische Symbole oder auch Töne, die sich in einer Form niedergeschlagen hatten, mit eigener Farbe und eigener Festigkeit. Doch das dauerte nur den Bruchteil einer Sekunde. Denn gleich darauf verwandelte sich diese abstrakte und völlig unmotivierte Schrift in ein zusammenhängendes Alphabet: die Buchstaben ordneten sich, die Punkte und Kommata traten deutlich hervor, jedes Element bekam seinen Sinn.

Blasi gelang es, die ersten Zeilen zu lesen: »Chemisch-mikroskopische und parasitologische Untersuchung des Stuhls«. Dann, etwas weiter unten: »Form: geformt ... Farbe: braun ... Reaktion: sauer ... Verborgenes Blut (mit Haemoccult): keines ...« An das Übrige konnte er sich nur schwer erinnern.

Auch an diesem Morgen wachte Blasi schweißgebadet auf, müde. Es war kurz nach sechs. Er ging ans Fenster und schob den Vorhang beiseite. Draußen wehte ein sanfter Wind: die Palmen gleich hinter der sandigen Straße schüttelten sich leicht. Das Licht war noch verhalten, obgleich vom Himmel ein Schimmer herunterkam, der bereits eine blendende Helle ankündigte.

Die Bewegungen waren immer die gleichen: ein Blick (allerdings flüchtig und ironisch) in den großen Spiegel gegenüber dem Bett, ein gleich wieder aufgegebener Versuch körperlicher Ertüchtigung, das Fahren über den verhängnisvoll runden Bauch, danach die eiskalte Dusche und das Anziehen, das so schnell wie möglich vor sich gehen mußte. Vor dem Verlassen des Zimmers sich daran erinnern, die Klimaanlage einzuschalten.

Seit wie vielen Jahren kam er immer wieder auf die Insel zurück? Er war nicht mehr imstande, es zu sagen. Und im übrigen: welche Bedeutung sollte das auch haben? An die Kriegsjahre hatte er kaum noch Erinnerungen: das Durcheinander und der Staub auf dem Schlachtfeld von Gafsa, das Gefühl auch der physischen Niederlage, das er am Morgen des Aufeinandertreffens mit der Achten Armee empfunden hatte, das Entsetzen, er könnte Gefangener der Amerikaner werden. Daran erinnerte er sich und an weniges andere noch. Seine Flucht nach Süden war dagegen schon nicht mehr so klar: nach Médenine war er rein zufällig gelangt, während der Rest der italienischen und deutschen Truppen sich nach Norden zurückzog. In den ersten Monaten des Jahres '43 war sein Adjutant gestorben. Kurz darauf war ein Junge mit blauen Augen für immer verschwunden, er erinnerte sich nur noch an dessen sardischen Tonfall. Auf Djerba war er, der Dottore, lediglich in Gesellschaft seiner furchtbaren Darmkrämpfe angekommen, die ihn auch nicht einen Augenblick lang verließen.

Entsetzen befiel Blasi auch jetzt noch. Er blieb stehen. Der Weg, der zum Haupttrakt des Hotels führte, teilte sich. Links führte er zum menschenleeren Strand. Blasi ging ein paar Schritte in diese Richtung, mit den Füßen schon im Sand. An diesem Tag würde kein starker Wind aufkommen. Die Wolken waren hinter dem hellen Streifen des Meeres verschwunden. Noch ein paar Schritte und er würde zum Salzwasserbecken gelangen. Einen Augenblick dachte er daran einzutauchen, dann, während er sich schon das T-Shirt aus leichter Baumwolle auszog, überlegte er es sich anders. Im Wasser war jemand. Blasi kniff die Augen zusammen und versuchte, den Kopf schärfer zu erfassen, der sich still vor dem Beckenrand bewegte: er sah aus wie eine Boa oder wie ein von einem zerstreuten Kind vergessener Ball, der jetzt von einer leichten, ständigen Strömung vorwärtsgetrieben wurde.

Unversehens, mit einem Stoß aus dem Hüftbecken, kam die Frau aus dem Wasser. Blasi war über diese Wendigkeit verwundert: die Schwimmerin war nämlich leicht übergewichtig, und nicht mehr ganz jung. Um die vierzig, dachte er.

Sie warfen sich einen Gruß zu, als würde der Umstand, daß sie die Frühaufsteher unter den Hotelgästen waren, eine Vertrautheit zwischen ihnen schaffen. Die Frau nahm den Bademantel, warf ihn sich eilig über und verschwand hinter dem Gebäude der Bar. Blasi hielt einen Augenblick inne, um sie zu beobachten: durchaus möglich, daß es eine Bewegung der Hand war, die über die kurzen Haare rieb, möglicherweise aber auch der langsame, gleichwohl entschlossene Gang oder sonst ein nicht unbedingt physisches Element, wenngleich es mit dem Körper zu tun hatte, das ihn an Dina erinnerte.

Wie lange hatte er schon nicht mehr an seine Frau gedacht? Oder besser: wie lange war er schon nicht mehr in der Lage, an sie wie an einen ganz konkreten Körper zu denken? Als Dina gestorben war, hatte ja genau darin seine größte Verlorenheit bestanden. Die Tatsache, daß seine Frau für immer unsichtbar bleiben würde, verschlossen in einer ewig währenden Sphäre körperhaften Dahinschwindens, hatte sich für Blasi als schlichte, und doch so absurde Einsicht dargestellt. Wie konnte er sich vorstellen, daß sie nicht mehr dasein würde? Und was heißt das eigentlich: nicht mehr dasein? Angesichts dieser Frage hatte Blasi am Ende jedes noch verbliebene Vertrauen in seinen Beruf als Arzt verloren: es hatte überhaupt keinen Sinn, weiterhin an eine Wissenschaft zu glauben (an eine Pseudowissenschaft, hätte er gesagt), die unfähig war, die wesentlichste und verbreitetste Pathologie in den Griff zu bekommen: den Tod. Doch wenngleich die Medizin in seinen Augen zu nichts mehr geworden war als zur vulgärsten aller Verdrängungsstrategien des Todes, war es auch der Religion nicht gelungen, ihn aus dem Strudel emportauchen zu lassen, in welchen er sich Tag für Tag hinabstürzen gesehen hatte. Blasi war es nicht gewohnt, die individuelle Existenz in transzendenten Begriffen zu denken. Für ihn war der Körper lediglich eine dreidimensionale anatomische Tafel, ein Biologieatlas, der vom Hin- und Herströmen chemischer Energie reguliert wird. Die Gefühle, die Empfindungen, alles, was man annäherungsweise als Seele bezeichnet, hatte Blasi am Ende als Folge einer guten oder schlechten Verdauung verstanden. Und das meinte er nicht nur ironisch. Dina schloß dagegen die Möglichkeit eines geistigen Wesens nicht aus. Aus diesem Grund hatte sie im Verlauf ihrer gemeinsamen Unterhaltungen darüber, die unweigerlich in verbissene und sinnlose Streitigkeiten ausarteten, ihm Zynismus und Feigheit vorgeworfen. Sie hatte unbewußt den paradoxen, doppelsinnigen Mystizismus ihres Gatten erfaßt und war zu der Überzeugung gelangt, daß er so etwas wie eine persönliche »Metaphysik der Kacke« entwickelt habe, die nützlich war, um sich vor den Unvorhersehbarkeiten des Lebens zu schützen.

Wer weiß: vielleicht hatte Dina ja recht. Zudem war nach ihrem Ableben vieles durcheinandergeraten und umgestürzt. Sogar die Möglichkeit, die Welt nach dem Gesetz von Ursache und Wirkung zu definieren, hatte sich verdunkelt. Wie auch immer, mit gut siebzig Jahren war es für ihn unmöglich, einen neuen inneren Weg zu versuchen. Jetzt, nachdem jede intellektuelle Richtung ausgeschöpft, jegliche Form der Meditation abgenutzt war, war der Schnitt, den die vorhersehbare, alberne Frage – Was heißt das eigentlich: nicht mehr dasein? – hinterlassen hatte, viel zu schmerzhaft geworden, um eine neue Form des Verstehens zu erschließen. Nein, keinerlei Verstehen und keinerlei Überwinden: nur mit dem Vergehen der Zeit würde er sich an Dinas Tod gewöhnen. Und das wäre die gleiche Gewöhnung, wie sie ein wildes

Tier gegenüber demjenigen annehmen kann, der es gezähmt hat.

Er ging zum Hotel: ein maßvolles Frühstück würde die Nebel seiner Gedanken etwas auflösen. So war es immer, gleich nach dem Aufwachen. Jeden Tag stand er mit einem Hunger auf, der ihn nicht mehr vernünftig denken ließ. Ein gutes Zeichen für die Gesundheit. Und zudem hatte er an jenem Morgen einen weiteren Grund, sich zu beeilen: er würde die Frau wiedersehen, die kurz zuvor im Salzwasserbecken herumgeschwommen war.

»Zweihundert Gramm. Nur zweihundert Gramm.« Diese Worte waren für Myriam in den letzten Wochen fast zu einer Litanei geworden, immer wieder die gleichen und immer gleichermaßen verhaßt. Das Gewicht wollte einfach nicht weniger werden, so wie es die Diät vorsah. Die ersten vierzehn Tage waren fabelhaft: ohne große Anstrengung hatte sie fünf Kilo abgenommen. Es handelte sich um Flüssigkeit, gewiß: sie wurde dank der von den täglich drei in sich hineingetrunkenen Litern Wasser reichlich angeregten Harnabsonderung sofort ausgeschieden; und auch dank des völligen Verzichts auf Fette und Zucker hatte sie schnell abgenommen. Aber jetzt schien ihr Körper seit mehr als drei Wochen im Stillstand zu verharren, gefangen in einem stummen Widerstand gegen die ureigene Vorstellung von Abmagerungsdiäten. Myriam empfand gegenüber ihrem körperlichen Selbst so etwas wie Verachtung und Mißbilligung. Fast so, als würde er einem eigenen, autonomen Stabilitätsplan folgen, hatte der Körper bei neunundachtzig Kilo und dreihundert Gramm mit der verhaßten Waage einen passiven, unermüdlichen Kampf aufgenommen. Jeden Morgen, ob zu Hause oder auf Reisen, blieb ihr nur, ihre teilweise Niederlage zur Kenntnis zu nehmen. Doch sie war sich sicher: am Ende würde sie gewinnen. Hundertgrammweise würde sie ihrem gesteckten Ziel näherkommen. Andererseits: diese knauserige Körpererosion war dabei, sich zum gefährlichsten und treulosesten aller Feinde zu wandeln: zur Erosion ihrer Willenskraft.

War es, als Gegenmaßnahme, überhaupt vernünftig, ab sofort ganz auf das Frühstück zu verzichten? Die Ärzte hätten ihr davon abgeraten. Sie würde bis zum Abendessen halb ohnmächtig sein (das Mittagessen war bereits durch langes, erschöpfendes Wassertrinken ersetzt worden). Und dann war es hier auch zu heiß: irgendwie mußte sie sich während des Tages schließlich aufrecht halten. Myriam entschied sich für eine Kompromißlösung: zum Frühstück würde sie nach dem schicksalhaften Glas Wasser einen ungesüßten Espresso und einen Apfel zu sich nehmen.

Sie wickelte sich in ihren Lieblingspareo, den gelben mit dem abstrakten, sofort ins Auge fallenden Muster, und ging, so langsam sie nur konnte, zum Restaurant des Hotels. Sie irrte sich in der Richtung. Von ihrem Bungalow aus, einem der vom Hauptgebäude der Hotelanlage am weitesten entfernten, war es nicht sofort ersichtlich, welchen Weg man am besten einschlagen sollte. Myriam, die bei ihrer Ankunft am Abend zuvor lediglich gesehen hatte, wie sich der weiße Umriß des Hotels gegen die Dunkelheit abhob, entdeckte jetzt nicht nur, daß die verschiedenen Bungalows sich über viele hundert Meter am Strand hin verloren, sondern daß dieses Gebäude, das ihr im Dunkel wie eine einzige, massive Konstruktion vorgekommen war, sich in Wirklichkeit in eine lichtüberflutete architektonische Flucht verzweigte und vervielfachte. Wo war bloß das Restaurant in diesem weißen Labyrinth? Myriam gab einem Jungen ein Zeichen, er möge doch zu ihr kommen. Er mußte, seiner Uniform nach zu urteilen, ein Hoteldiener sein. Als einzige Antwort ging der Junge geradeaus. Hatte er sie nicht gesehen oder nur so getan?

Einen Augenblick lang fühlte Myriam sich körperlos, nicht vorhanden. Sie beschleunigte ihren Schritt. Sie würde zur Rezeption gelangen und dort um Auskunft bitten.

Die Frau, die Blasi an diesem Morgen schwimmen gesehen hatte, sah Dina nicht ähnlich. Anderer Typ, anderer Körperbau. Dina, das stimmte zwar, hatte ebenfalls kurz geschnittenes Haar, doch ihres war hell und weich. Und obwohl sie ganz gewiß nicht von kleiner Statur war, machte seine Frau einen feingliedrigen, ätherischen Eindruck. Dagegen war die Frau im Schwimmbecken Blasi in dem Augenblick, als sie jäh aus dem Wasser auftauchte, wie ein rein körperliches, massiges Wesen vorgekommen.

Auch wenn sich also seiner Meinung nach zwischen Dina und dieser Frau nun doch keinerlei Gemeinsamkeit feststellen ließ, konnte Blasi nicht umhin, eine leichte Analogie zwischen der Unbekannten und der Erinnerung an seine Frau wahrzunehmen, in der Art, sich die Haare trockenzureiben und sich beim Gehen zu bewegen. Diese Verbindung schien er weniger zu sehen als zu hören: wie wenn der Körper der einen und das Gedächtnis der anderen ganz plötzlich konvergierende Ultraschallwellen ausgesendet hätten, mit denen sie die gegenseitige Verwandtschaft bekundeten.

Blasi versuchte, an dieser Stelle seine Phantasien einzudämmen. Er konzentrierte sich auf das Frühstück: er strich einen kaum wahrnehmbaren Hauch von Butter auf das warme Brötchen, dann ein bißchen bittere Orangenmarmelade. Bevor er anfing, schluckte er einen langen Schluck Pampelmusensaft hinunter. Nach dem Brötchen machte er mit einer Scheibe Melone weiter. Erst am Ende trank er einen Espresso: und das war, wie immer in den vergangenen zwei Jahren, der schwierigste Augenblick. Er mußte sich mit äußerster Willensanstrengung selbst daran erinnern, daß er aufgehört hatte zu rauchen. Zum Glück war hier der Espresso auch nicht gerade der beste.

»Guten Morgen. Wie immer, der erste«, sagte die blonde Frau. Blasi brauchte ein paar Sekunden, bevor er Madame Lebrun erkannte. Daß es sich um sie handelte, sah er jedesmal an dem Gehstock, auf den sich die Frau stützte. Es war ein Stock aus hellem, einigermaßen schwerem Holz. Blasi, der ihr hier noch jedes Jahr begegnet war, hat in der Vergangenheit beachtliche Anstrengungen auf sich nehmen müssen, um zu verhindern, daß sein Einsamkeitsgefühl durch die wortschwallartige Herzlichkeit Madame Lebruns zunichte gemacht wurde. Um ihr auszuweichen, hatte er sich hartnäckige Krankheiten und plötzliche Anfälle von Unwohlsein, akute Depressionen und jede nur denkbare Art mondäner Verhinderungen einfallen lassen. Dennoch hatte Madame Lebrun niemals die Hoffnung aufgegeben, Blasi zu einem Mitglied ihres kleinen Kreises zu machen, den sie jeden Sommer auf fatale Weise um sich versammelte. Der Kreis wechselte jedes Jahr, sie nicht: der Umstand, daß sie die Pächterin der Hotelboutique war, verlieh ihr bei den Neuankömmlingen ein gewisses Prestige. Diese wurden, zumindest am Anfang, durch ihre erpresserische Liebenswürdigkeit erobert. Auch Blasi war seinerzeit in diese Falle getappt, und jetzt erinnerte er sich an jenen fernen Sommer wie an einen den Atem raubenden Todeskampf.

Dina war damals nicht ganz ein Jahr tot, und er hatte sich entschlossen, aus einem persönlichen Bedürfnis nach Sühnung nach Djerba zurückzukehren. Die Insel hatte sich verändert. So ziemlich überall waren neue Hotels entstanden. Die Leute der Gegend schienen sich aus der Landschaft zurückgezogen zu haben. Blasi hatte das wie eine Verstümmelung empfunden. Denn er mochte an diesem Ort das weiße, gleißende Licht, vor allem aber die lärmende und gleichzeitig unzugängliche Bevölkerung. Während des letzten Kriegs waren es genau diese Menschen mit ihrer Mischung aus Eifer und Gleichgültigkeit, die ihm das Leben gerettet hatten.

Im neuen Touristenklima der Insel war Blasi gleich auf Madame Lebrun gestoßen. Sie hatte ihn verhätschelt, ihm beigestanden. Blasi war dafür dankbar. Doch die Sache hatte sich schnell geklärt. Madame Lebrun war Witwe mit Zwillingen, einem Jungen und einem Mädchen, und eine herrschsüchtige Frau. Sie führte die Boutique wie ein Bordell: die Zwillinge setzten ihre fesselnde Ähnlichkeit als Köder für das Geschäft ein, während Madame und ihre Untergebenen (zudem unterbezahlte und über jedes Maß hinaus ausgebeutete Arbeitskräfte vom Ort) die Kunden in einer Weise bedrängten, daß es unmöglich war, mit leeren Händen herauszukommen. Und als wäre das alles noch nicht genug, nutzte Madame Lebrun ihre Arbeit, um unermüdlich Beziehungen zu knüpfen: die Boutique war zu einer Piazza geworden, zum privilegierten Begegnungsort für alle Gäste des Hotels, dessen Geschäftsführung sie gewähren ließ, um so die Zahl der Teilnehmer für die unterschiedlichsten Ausflüge, die Abende mit örtlicher Folklore, die Tanzabende, zu vermehren.

Das alles hatte Blasi in jenem langen Sommer mitgemacht. Er teilte seinen Tisch mit kleinen deutschen Familien und alten französischen Paaren. Er mußte an Festen, Soireen und nicht enden wollenden Ausflügen teilnehmen. Seine nachsichtige Art hatte ihn daran gehindert, auf Distanz zu gehen. Er hatte gespürt, wie sich um ihn die Schlinge zusammenzog: vulgäre, sinnlose Bekanntschaften, abgeschmackter Klatsch und Tratsch und schlechte Erziehung. Seiner Individualität entäußert, gehetzt, gezwungen zu dieser bestialischen Gemeinschaft räumlicher und zeitlicher Art, hatte Blasi sich geschworen, er werde nie wieder den Fehler begehen, seine Verfügbarkeit zu zeigen. Am Ende seines Urlaubs (der jedes Jahr für die Zeit vom 10. Juli bis 20. August festgesetzt war) war er dicker geworden und erschöpft, und er mußte zudem noch den Versuch von Madame Lebrun abwehren, ihn unter die Haube zu bringen (das Opfer sollte eine spindeldürre Französin in reifen Jahren sein).

Auch an diesem Morgen erwiderte Blasi den Gruß von Madame Lebrun nur andeutungsweise. Nein, er würde nicht am Angelhaken ihrer Freundlichkeit anbeißen. Vielmehr mußte er sich beeilen. Bloß vermeiden, auf die Zwillinge zu stoßen, die jeden Augenblick in den Raum stürzen und ihn mit albernen Liebenswürdigkeiten, mit Gekicher und Ausbrüchen überschütten würden, was ihm das Gefühl gab, ein alter, völlig vertrottelter Opa zu sein.

Er war gerade vom Tisch aufgestanden, als er sie sah. Die Frau kam langsam näher. In dem Augenblick, als Blasi den Kopf neigte, wie wenn er eine Verbeugung andeuten wollte (sie hatte ihm bereits erwidert, indem sie die rechte Hand in die Höhe ihres Gesichts hob), nahm er im äußersten Augenwinkel den Blick von Madame Lebrun wahr. Einen räuberischen Blick. Gleichwohl erkannte Blasi darin eine nahezu vulgäre Fähigkeit zu verstehen.

Alles spielte sich in rascher Folge ab. Madame Lebrun stand auf und stützte sich für alle sichtbar auf ihren Gehstock: kehrte sie jetzt wieder ihre Unbeirrbarkeit hervor oder wollte sie nur den Zwillingen Platz machen, die in diesem Augenblick zu ihr gestoßen waren? Blasi hätte die Unbekannte am liebsten warnen wollen. Er hätte ihr geraten, ihre Bereitwilligkeit aufs äußerste zu beschränken, ihr gesagt, sich freundlich, zugleich aber auch distanziert zu verhalten und dieser Frau, die ihre Nase in alles steckte, ebenso wie ihren Kindern, keine Zugeständnisse zu machen. Die Unbekannte verhielt sich so, als hätte sie diese Gedanken in der Luft wahrgenommen. Sie schenkte Madame Lebrun ein stilles und unerreichbar fernes Lächeln, ging mit etwas schnellerem Schritt an ihrem Tisch vorbei und nahm schließlich am anderen Ende des Raums Platz.

Blasi strahlte vor Glück. Er verschwand durch die Tür und fragte sich, ob die Frau nicht zufällig eine ideale Reisegefährtin für ihn werden könne.

Er war schon komisch, dieser kleine alte, rundliche Mann, der sie zum zweiten Mal am selben Morgen mit so viel Freude gegrüßt hatte. Er war komisch, weil es den Anschein hatte, als habe er ihr sagen wollen: endlich sind wir zusammen.

Myriam führte ihren Gedanken nicht zu Ende: ein Zipfel ihres Pareo hatte sich am Stuhl verfangen. Schon spürte sie, wie der Stoff hier und da nachgab. Sie versuchte, sich wieder in Ordnung zu bringen, warf ein Glas um, das glücklicherweise leer war, und blickte um sich. Madame Lebrun und die Zwillinge starrten sie an. Myriam tat, als wäre nichts weiter, und kippte ihr Glas Wasser in sich hinein. Dann machte sie sich über den einzigen Apfel her, der am Buffet verfügbar war. Innerhalb weniger Minuten war das Frühstück beendet. Myriam widmete allen Speisen, die sie hätte verzehren mögen, einen herzzerreißenden, traurigen Rundblick: mit den Augen streichelte sie die Marmeladen und verschiedenen Honigsorten, bewunderte die warmen Brötchen aus Ölteig, die Hörnchen, die kleinen tunesischen Süßspeisen, die so reich waren an Melasse und deren berauschender Duft ihr wieder in Erinnerung kam, dann verweilte sie einige Augenblicke mit konzentrierter Ergebenheit bei dem Müsli, den Cornflakes, den Eiern und dem frischen Käse.

Bevor sie aufstand, spürte Myriam wieder die Blicke der Lebrun und ihrer Kinder auf sich. Sie fühlte sich wie ein zu einer Art freiwilligen, törichten Exils gezwungenes Wesen, dazu verdammt, durch ein Land zu streifen, in dem es grausamerweise keine Würze gab.

»Erlauben Sie?« Madame Lebrun versperrte ihr den Weg. Die Frau, bemerkte Myriam auf der Stelle, drückte sich in einem affektierten und zugleich herrischen Französisch aus. Dafür besaß sie, trotz der Behinderung am Bein, einen für ihr Alter beneidenswerten Körper. Wie immer bei schlanken Menschen und deren glücklichem Stoffwechsel, wußte Myriam nicht, ob sie Bewunderung empfinden oder sich lieber einem blinden Groll hingeben sollte.

Madame Lebrun stellte sich ihr vor, stellte ihre beiden Kinder vor. Ohne ihr Zeit zum Luftholen zu lassen, fügte sie hinzu, wie glücklich sie wäre, Myriam an einem der nächsten Tage in der Boutique zu sehen, natürlich ganz wie es ihr paßte.

Myriam dankte. Sagte, daß sie ganz gewiß ihre Gesellschaft suchen werde, doch nicht gleich, nein, nicht gleich: für den Nachmittag erwarte sie nämlich die Ankunft einiger Kollegen, mit denen sie intensiv arbeiten müsse. Danach werde sie sich aber ganz sicher eine Woche Zeit zum Entspannen nehmen. Madame Lebrun fing an, Fragen zu stellen: Was für eine Arbeit? Und wie viele Kollegen? Und wieso ausgerechnet hier, an einem Ferienort? Myriam fühlte sich erschöpft, trotzdem antwortete sie geduldig. Sie erwähnte den Namen Pradine, den Photographen, ja ihn (»Er ist Amerikaner«, hatten die Zwillinge betont), und Oku, den japanischen Beleuchtungstechniker, und schließlich noch den einiger Models. Madame Lebruns Tochter geriet ganz außer sich. Plötzlich war es, als würde das Hotel von einem Windstoß großer Namen heimgesucht. Myriam machte ein unbeteiligtes Gesicht: nie hätte sie den Mut gehabt, dieser Frau und ihrer Tochter zu sagen, daß sie ihren Beruf und die Welt um ihn herum haßte. Und niemals hätte sie erklären können, daß vor allem diese Arbeit die vollkommenste und gemeinste Ironie sei, die ihr ausladender Körper auf sich nehmen könne.

Sie beschränkte sich auf ein paar Beiläufigkeiten. Als die erste Gesprächspause eintrat, verabschiedete sie sich. Sie müsse sich auf die Ankunft der anderen vorbereiten. Vor allem, indem sie jetzt schwimmen gehe, dieses Mal aber im Meer.

Nach dem üblichen Spaziergang – und in diesen Tagen fehlte ihm die schlanke einsame Gestalt Fabres, des homosexuellen Professors aus dem Midi – bereitete sich Blasi auf die unausweichliche Begegnung mit der Unbekannten vor. Der bange Wunsch, sie wiederzusehen, hatte sich in etwas Fiebriges, etwas Verdächtiges verwandelt. Stand er etwa im Begriff, Opfer einer nicht nur späten und sentimentalen, sondern auch senilen Verliebtheit zu werden? Blasi verscheuchte diesen peinlichen Gedanken. Die Frau faszinierte, ja verwirrte ihn doch nur, weil sie ihn an Dina erinnerte, indem sie ein Bild wiedererstehen ließ, das seit vielen Jahren nur noch ein undeutlicher Schatten war.

Er ging zu seinem Bungalow. Die Luft im Zimmer war kühl, vielleicht etwas zu kühl. Er schaltete die Klimaanlage niedriger. Er mußte sich vor Temperatursprüngen in Acht nehmen: sein Rücken würde sofort darauf reagieren. Er zögerte einen Augenblick: sollte er an diesem Tag die tägliche Vitamin-C-Menge verdoppeln? Sicher würde sie ihm einen Anstrich von Vitalität geben, eine spürbarere Energie. Der Darm gab bisher kein Lebenszeichen von sich. Aber noch brauchte er nicht angeregt zu werden. Möglich, daß er nach ausgiebigem Schwimmen Einsicht zeigen und sich und auch ihn, Blasi, erleichtern würde.

Er stellte sich wieder der Hitze des Morgens. Unter seiner Palme, der dritten von links, angekommen, zog er die wenigen Kleidungsstücke aus und ging an den Saum des Meeres. Wie immer war das Wasser warm, einladend. Blasi machte ein paar Schritte, dann begann er zu schwimmen, mit gleichmäßigen Armbewegungen und regelmäßigem Atem. Er wandte sich nach rechts und schwamm auf den einzigen Felsen dieser Gegend zu, umschwamm ihn ohne Mühe und schwamm weiter, jetzt auf dem Rücken. Die Versteifungen lösten sich, die Muskeln schienen wieder die Spannkraft und Stärke der Jugend zurückzugewinnen. Die Bewegungen waren entspannt und gleichmäßig. Plötzlich stieß er mit dem Rücken gegen etwas Festes und Glitschiges. Jäh drehte Blasi sich um. Da war die Frau und glich einem großen, halb eingetauchten Rettungsring.

»Tut mir leid. Wirklich, verzeihen Sie...«

Instinktiv hatte Blasi italienisch geredet. Die Frau wirkte benommen, verstört. Sie hob einen Arm aus dem Wasser. Blasi nahm an ihm die weiße Festigkeit wahr. Sie sagte:

»Ist nicht weiter schlimm.« Dann spürte er im unteren Bereich des Körpers eine wirbelnde, prickelnde Bewegung des Wassers. Die Frau war schon einige Meter entfernt. Blasi dachte an einen scheuen Wal, an eine Art diskretes, sonderbares Tier, das nur in den Tiefen des Meeres in der Lage war, seine Eleganz zur Entfaltung zu bringen. Er empfand für sie eine archaisch sanfte Zuneigung. Langsam kehrte er zum Ufer zurück. Warum war es ihm nicht gelungen, irgendeine Art von Gespräch mit ihr anzuknüpfen? Warum hatte er die Gelegenheit nicht genutzt, etwas über sie in Erfahrung zu bringen? Wieso sie alleine auf Djerba war, zum Beispiel? Wie es möglich war, daß es ihr an einer entsprechenden männlichen Begleitung fehlte? Und ob sie zum ersten Mal auf der Insel war? Blasi hätte sie auf einen Ausflug nach Houmt Souk, nach Midoun, zum Schwammarkt von Adjim oder zur Synagoge von Hara Segira begleiten können. Er hätte ihr alles erklärt: er wäre (allerdings nur beiläufig und etwas zerstreut) auf den letzten Krieg und die Lotophagen zu sprechen gekommen, die nach Ansicht der Forscher niemand anderes als eben die Bewohner von Djerba waren. Er wäre in der Lage gewesen, ihr ein paar Verse von Homer auswendig vorzutragen und einige zuverlässige Ratschläge darüber zu geben, wie und wo sie die besten antiquarischen Gegenstände zu einem günstigen Preis kaufen könnte. Ihre Freundschaft wäre auf der Stelle zu etwas Hellem und Ebenem geworden, ganz wie Djerba.

Blasi schloß halb die Augen. Ihm blieb nicht mehr viel Zeit vor dem Mittagessen. Er mußte noch in sein Zimmer zurück, um sich umzuziehen und zu versuchen, den Darm zu entleeren. Anderenfalls würde es ein qualvoller, unendlicher Nachmittag mit schlechter Laune.

»Sterkobilin: in Maßen ... Fette: neutral (nicht vorhanden), Säuren (einige), Seifen (selten).«

Die Worte hoben sich deutlich und undiskutierbar ab. Waren sie einfach auf Papier gedruckt oder wurden sie laut ausgesprochen? Kaum gelesen oder gehört, verschwanden sie auch schon wieder. Nichts blieb von ihrer Bedeutung zurück.

Der Körper bewegte sich langsam im Halbdunkel. Ein Arm kam unter dem Bettuch zum Vorschein. Die Hand streckte den Zeigefinger aus, als würde er den Augen beim Entziffern, beim Zusammenfügen helfen. Der Atem: regelmäßig, nur ein bißchen heiser.

»Unter dem Mikroskop«. Eine Leerzeile. Dann: »Abspaltungszellen: selten... Leukozyten: nicht vorhanden... Rote Blutkörperchen: nicht vorhanden...«

Sonst nichts.

Er wollte ihr sagen: »Verehrte Dame, würden Sie mir das Vergnügen bereiten, sich an meinen Tisch zu setzen? Es wäre eine ausgesprochene Ehre für mich.« Nein: besser war es, die Ehre nicht ins Spiel zu bringen. Das war schlichter, direkter. »Machen Sie mir das Vergnügen, sich an meinen Tisch zu setzen?«: das reichte.

Der Nachmittag war die Hölle. Vor dem Mittagessen hatte er seinen Körper nicht erleichtern können. Daher hatte er schon mißlaunig gegessen. Außerdem hatte sich die Frau im Restaurant nicht blicken lassen. Und die Siesta: die Alpträume hatten sich wiederholt. Blasi war mit dem deutlichen Gefühl aufgewacht, gerade Dinas kalte, erstarrte Leiche berührt zu haben. Seine Frau hatte versucht, ihn anzulächeln, doch ihr Gesicht hatte sich in eine tragische, abstoßende Maske verwandelt. Statt des Lächelns hatte Blasi einen höhnischen Ausdruck erkannt. Was sollte das bedeuten?

Mit der von den Verdauungsbeschwerden hervorgerufenen schlechten Laune schleppte Blasi sich bis zum Abend herum. Absurd, wirklich absurd, wie ein nicht erfolgtes Ausscheiden ihn in eine derart niedergeschlagene Stimmung versetzen konnte. Aber so war es immer bei ihm.

Nervös zwischen der Terrasse des Cafés *Le fruit d'or* und dem Bogengang des traditionellen arabischen Cafés umherstreifend, hatte Blasi bemerkt, daß das Hotel seit einigen Stunden von ungewöhnlichem Treiben heimgesucht wurde. Er hatte metallische Geräusche von der Rezeption her gehört, dröhnende Motoren, die mehrmals näherkamen und sich wieder entfernten, Frauenstimmen und sonderbare, unverständliche Flüche. Von seiner Neugier gedrängt wandte er sich an den Hoteldiener. Salah erzählte etwas von einer Truppe (Blasi verstand nicht, ob vom Film oder vom Fernsehen), die gerade aus Tunis eingetroffen war, und von wichtigen Leuten, die einerseits die anderen Gäste nicht stören, andererseits aber auch von ihnen nicht gestört werden wollten. Der Junge schmückte seine Informationen mit ausladenden, gleichzeitig jedoch äußerst vorsichtigen Bewegungen aus. Blasi hätte ihn, weil sie nun schon einmal beim Thema waren, gern auch nach der Frau ausgefragt, die ihn interessierte. Doch Salah ging ans Telefon, war zerstreut, sprach französisch und gleichzeitig arabisch mit jemandem, der aus dem Hinterzimmer nach ihm rief.

Die Zeit verging langsam an diesem Nachmittag. Blasi erinnerte sich in den nächsten Tagen an ihn wie an eine verschwommene weiße Parenthese, wie an eine leere, festgefügte Mauer. Er beschränkte sich darauf, ihn durch wiederholtes Trinken von Minztee herumzubrigen. Danach hatte er einige Seiten in dem Buch gelesen, das er schon seit Tagen nicht zu Ende lesen konnte. Und er war lange am menschenleeren Strand geblieben und hatte auf den immer röteren, immer dunkleren Horizont geblickt.

Punkt acht Uhr hielt er Einzug ins Restaurant. Er durchquerte es ganz, um an seinem Tisch Platz zu nehmen, einem der wenigen, die auf der Veranda gerichtet waren, und wartete. Inzwischen hatte er sich entschieden, welche Formel er gebrauchen würde: »Würden sie sich hier heraus zu mir setzen? Es ißt sich besser im Freien…«.

Doch diese Formel sollte er nicht gebrauchen. Wenigstens nicht an diesem Abend.

Die Frau stand im Mittelpunkt eines eindeutig überspannten Grüppchens. Sie war dessen Mittelpunkt und gleichzeitig dessen Umfang: die Umfassungslinie, sagte Blasi zu sich. Mit ihrem weichen, wogenden Körper schien sie alle anderen zu bewegen und weitergehen zu lassen. Außer ihr bemerkte Blasi sogleich auch die hochgewachsene, hagere Gestalt eines Mannes zwischen dreißig und vierzig, der ganz in Schwarz gekleidet war und rote, bürstenartig geschnittene Haare hatte. Der Mann trug eine Sonnenbrille, um sich vor den Blicken der anderen zu schützen. Blasi fühlte sich durch die plötzliche und unerwünschte Gegenwart dieser Unbekannten verletzt. Wer waren sie? Und wann waren sie angekommen? Er dachte wieder an Salahs Worte: der Junge hatte von einer gerade aus der Hauptstadt eingetroffenen Truppe erzählt, die sich ein paar Tage hier aufhalten würde. Er hatte auch gesagt, daß es Personen seien, die keinerlei Störungen wünschten. Wie war es möglich, daß die Frau eine von ihnen war? Am Tisch (dem besten auf der Veranda und ein bißchen abseits von den anderen) hatten außer dem rothaarigen Spindeldürren vier junge, äußerst anmutige Mädchen Platz genommen, außerdem ein Ostasiate (Chinese? Japaner? Thai?) mit angeberischem, hintertriebenem Gehabe und zwei Jungen, die mit Sicherheit Amerikaner waren. Der Rothaarige mußte der Wichtigste sein. Nicht nur, weil auf jede Geste von ihm (die eigentlich weniger Gesten als vielmehr Andeutungen, larvenhafte Bewegungen waren) sofort ein aufgeregtes Hin und Her bei den anderen folgte, als würde es sich um Anweisungen handeln, die innerhalb kürzester Zeit ausgeführt werden mußten; sondern auch, weil er, kaum daß er sich hingesetzt hatte, Gegenstand von Blicken und diskreten Bemerkungen war. Nach ein paar Augenblicken allgemeiner Stille kam einer der Zwillinge herbei – Sabine, aus der Entfernung von Madame Lebrun und Philippe, dem Bruder, unter Kontrolle gehalten – und flüsterte ihm ein paar Worte zu. Der Mann bewegte sich kein bißchen. Nicht einmal, um dem Mädchen ins Gesicht zu blicken. Der Ostasiate antwortete, so, als wäre es seine Aufgabe, die Beziehungen zwischen dem Rothaarigen und dem Rest der Welt herzustellen. Dieser beschränkte sich darauf, nach ein paar Augenblicken wohlüberlegter Gleichgültigkeit einen Kugelschreiber in die Hand zu nehmen (wieder war es der Ostasiate, der ihm den Kugelschreiber hinhielt) und etwas auf ein Stück Papier zu schreiben. Sabine ergriff ihn, wie man eine Trophäe ergreift, sagte noch ein paar Worte, auf die der Ostasiate mit einer leicht ironischen Bewegung seines Kopfes antwortete. Danach war die Gruppe wieder erstarrt. Von seinem Tisch aus, dachte Blasi, wirkte diese auf den ersten Blick so ungleiche, uneinheitliche Schar wie ein in sich geschlossener Einzeller. Lediglich die Frau stellte irgendwie symbolisch die Möglichkeit für einen Durchlaß dar, eine Art intimen Knackpunkt für den Code dieses Organismus, von dem sie immerhin ein Teil war.

Blasi widerstand der Versuchung nicht, sein Essen in aller Eile zu verzehren (außerdem wand sich weiterhin ein hartnäckiges Unwohlsein durch seine Innereien), aufzustehen und der Gruppe ein breites, nachsichtiges Lächeln hinüberzuschicken. Niemand achtete darauf. Niemand, außer der Unbekannten, die ihn erstaunt und strahlend anstarrte.

Blasi entfernte sich mit langsamem Schritt. Würde er gezwungen sein, Madame Lebrun um Hilfe zu bitten oder doch wenigstens Sabine, um etwas über die kleine Gruppe zu erfahren, mit der die Frau auf geheimnisvolle Weise verbunden war?

»Dieser Mann sieht dich an, wie man seine eigene Frau ansieht«, sagte Oku. Myriam täuschte Unaufmerksamkeit vor. Ihr Blick ruhte auf Pradine, der nur nach außen hin nicht bei der Sache war, in Wirklichkeit aber, sie wußte es, alles wahrnimmt, alles in seinem Gedankencomputer speichert, in dem die Personen ebenso vielen Dateien entsprechen, zusammengefaßt und geordnet nach Hierarchien und genau festgelegten Bedeutungsskalen. Myriam wußte auch, daß Oku in Pradines Augen ein richtiggehendes eigenständiges Verzeichnis, eine geheime Datenautobahn darstellte, zu der nur er, Pradine, glaubte, den Schlüssel zu kennen.

»Seine Frau ... sagt man das so?« beharrte Oku.

Pradine verzog blitzschnell sein Gesicht. Er ließ noch einmal das Lächeln und das Verhalten des Mannes abspulen, über den Oku sprach, stoppte das Bild, betrachtete einige Sekunden lang seinen Inhalt, dann löschte er es. Er sagte: »Ich glaube nicht, daß dieser Mann verheiratet ist.« Pause. Dann: »Ich will sagen, daß er Myriam nicht angesehen hat, wie man eine bestimmte Frau, ein konkretes Wesen anstarrt, dessen Körper man begehrt oder auch nicht. Er hat sie angesehen wie ein Idol. Myriam ist für ihn ein Wunschbild. Und wir, wir alle sind die Verkörperung der Entfernung zwischen ihm und dem Wunschbild.«

Myriam wollte sagen: »Das ist doch Blödsinn. Hört auf, so einen Blödsinn zu reden«, aber es fehlte ihr an Mut oder an ausreichender Energie. Und außerdem sagte Oku, der sich die Gelegenheit nicht entgehen ließ, seine psychologische Kontrolle über Pradine und in gewisser Weise über die gesamte Gruppe auszuüben, schon wieder: »Ich glaube, da irrst du dich. Du hast nicht die Entfernung gemeint, sondern den leeren Raum zwischen ihm und Myriam. Aber wie so viele Menschen der westlichen Welt setzt du am Ende den Raum mit der Entfernung gleich. Der Raum bereitet dir vielleicht Unbehagen. Vielleicht, weil du nicht in der Lage bist, ihn dir als erfüllten Raum zu denken?«

Schweigen, zum Glück. Myriam nutzte es. Chris und Brian gähnten schüchtern. Die Mädchen fingen an, in der Gegend herumzustarren. Ihnen war anzumerken, daß sie vor diesen langweiligen Gesprächen am liebsten fortlaufen würden. Die Frau wandte sich an sie: »Ein Sprung in die Disko, während die beiden hier über komplizierte Dinge reden?« Niemand der sechs ließ sich das zweimal sagen. Myriam erkannte in Okus Gesichtsausdruck einen Anflug von Neid: auch er hätte Pradine an diesem Punkt am liebsten sitzen gelassen (und wenig später tat er es auch, unter dem Vorwand, daß er schlafen gehen wolle). Sie sagte, wie wenn sie loswüten wollte: »Also gut. Dann redet mal schön weiter. Wecken morgen früh um neun. Auf keinen Fall später.« Pradine entging die Anspielung, aber Myriams letzte Worte waren auf Oku gemünzt: auf die Tatsache, daß es schwer war, ihn morgens aus dem Bett zu bekommen.

Grüße, Küsse. Die von Myriam angeführte Gruppe ging zur Hotel-Disko. Pradine und Oku machten sich auf den Weg zu ihrem unsäglichen Minztee.

Der übliche, buntscheckige Hofstaat hatte sich vor Madame Lebruns Boutique versammelt. Sabine zeigte einigen gleichaltrigen Mädchen den Zettel, auf dem man gerade noch Pradines Krakelei erkennen konnte. Etwas weiter entfernt spielte Philippe den Verliebten mit einer schattenumflorten, wortkargen Schwedin.

Blasi versuchte, in die Nähe von Sabine zu gelangen, und bildete sich ein, daß er dabei nicht bemerkt werden würde. Madame Lebrun war ein Geier: schwierig, ihr zu entgehen. Schwierig auch, daß ihr die unerwartete Rückkehr des verlorenen Sohnes entging. Sofort stellte sie sich neben Blasi, begeistert, ihn wieder im Nest zu sehen. Blasi verwünschte sich, er verwünschte seine Schwachheit. Wie hatte er nur glauben können, daß ein paar Fragen an Sabine über die Person ausreichten und dann Schluß und aus, jeder wieder an seinem Platz? Außerdem hatte Madame Lebrun längst den Grund für seine Annäherung durchschaut. Auf diese Weise fügte sie ihm die gemeinste aller Erniedrigungen zu. Nach einigen Umschweifen verkündete sie: »Lieber Dottore, Sie wissen doch, wir alle mögen Sie von Herzen gern … Schließlich kennen wir uns schon so lange … Sie wollen etwas über die Gruppe der Berühmtheiten erfahren, ist es nicht so? Oder interessieren Sie sich vielleicht für jemand besonderen? Man hat bemerkt, wie sie die Dame angesehen haben, die Mister Pradine begleitet … Bewundernswert, das versichere ich Ihnen, eine bewundernswerte Frau.«

Wie konnte er diese vulgäre, niederträchtige Flut von Gemeinheiten nur ertragen? Am liebsten hätte er sie erwürgt, diese Intrigantin, die ihre Nase in alles steckte. Am liebsten hätte er ihre Worte genommen und sie ihr wieder in den Rachen gewürgt, bis zum Krepieren. Dottor Blasi versuchte, die Kontrolle über sich nicht zu verlieren. Das war nicht leicht. Er beschränkte sich auf ein paar zerstreute Äußerungen. Endlich sprach Madame Lebrun den Namen der Unbekannten aus: Myriam, Myriam Levi, Photographin. Ex-Photographin.

3 Briefe

Dies sind die Briefe von Myriam Levi an Dottor Benedetto Blasi:

Urk, Samstag, 10. September

Sehr geehrter Dottor Blasi,

wie Sie sich vielleicht erinnern, sollte dies die nächste Etappe sein. Keine Hotels hier. Ich habe ein kleines, sehr bequemes Haus im Ort gemietet. Besser: zwischen der Ortschaft und dem Meer (dem Ijsselmeer, um genau zu sein, das ich, strenggenommen, nicht als Meer definieren möchte, weil es geschlossen ist und gleichzeitig nach allen Seiten hin flieht, fast so, als wäre es ein kompliziertes Netzwerk aus Seen, Flüssen und Kanälen, bei dem man weder weiß, wo es anfängt, noch, wo es aufhört). Die Zeit ist ein bißchen chaotisch. Die Tage ziehen sich endlos hin, befrachtet mit einer verschwommenen, aber aufdringlichen Helle, und gehen dann jäh zu Ende: die Straßen leeren sich, der Wind fegt schnell von einer Ecke zur nächsten, und der einzige Klang, den ich – außer meinen Schritten auf dem Parkett – wahrnehmen kann, ist der des (ehrlich gesagt: etwas gekünstelten) Glockenspiels der Grotekerk. Es regnet häufig. An jedem Tag, der vergeht, wundere ich mich, wie viele Arten von Regen es in dieser Gegend gibt. Manchmal stürzt eine schwere, dichte Wasserwand vom Himmel, durch die es ganz unmöglich ist, die übrige Landschaft noch zu sehen. Alles scheint sich zurückzuziehen und in sich zusammenzukauern. Andere Male ist der Regen fein und dünn wie aus dem Zerstäuber. Der Körper scheint ihn fast nicht wahrzunehmen, wäre da nicht die feine Tauschicht, mit der er sich auf magische Weise bedeckt. Doch das sind nur die gröbsten, die augenfälligsten Formen von Niederschlag. Ich glaube, ich habe bisher an die zwölf gezählt, und immer kommt es mir vor, als würde ich neue Schattierungen entdecken, sogar unterschiedliche Klangstimmungen, die meine Sammlung bereichern und komplizierter machen.

Abgesehen vom Regen, kann das Klima sich innerhalb weniger Stunden unerwartet ändern. An einem einzigen Tag kann man sämtliche Abstufungen der Hitze und (vor allem) der Kälte durchmachen. Heute morgen, zum Beispiel, war nach einem leichten Regen vom Typ V (mit winzigen, aber pieksenden Körnern) und einem Schauer, den ich unter dem Buchstaben SL klassifiziere (stumm wie ein *spiritus lenis*, aber höchst verräterisch), eine schöne Sonne hervorgekommen, die gleich darauf von einer dichten, beklemmenden und ganz und gar drückenden Bewölkung verdrängt wurde. Innerhalb einer Stunde verscheuchte der Wind die warme Luft, und so ist die Temperatur um gut zehn Grad gesunken.

Ich schließe nicht aus, daß die diskrete Langeweile oder besser: die verlängerte Untätigkeit mich zu diesen manischen Wetterbeobachtungen treibt. Nach ein paar Tagen der aufgezwungenen und nahezu völligen Stille ist es unvermeidlich, daß man sich unverhältnismäßigen Gedanken, fesselnden und ablenkenden geistigen Tätigkeiten hingibt. Im übrigen ist, wie Sie sich erinnern werden, eine gewisse Neigung zum Grübeln ein Bestandteil von mir.

Doch schweifen wir nicht weiter ab. Genau gestern habe ich mit einer neuen Schlankheitskur begonnen. Ein Fasttag pro Woche, gefolgt von einer ausgewogenen Ernährung auf der Grundlage von breitblättrigem Gemüse und Fisch (und den gibt es hier zum Glück reichlich). Selbstredend keine Zuckerstoffe und keine tierischen Fette. Nach und nach soll ich die verschiedenen Mengen der täglichen Mahlzeiten vermindern und gleichzeitig mit der Einnahme eines homöopathischen Mittels (lachen Sie bitte nicht) beginnen, das einen ganz unmöglichen Namen hat. Nach ein paar Wochen weiß ich mehr darüber.

Hier habe ich, zum Glück, kein Telefon. Auf diese Weise fällt es mir leichter, mich den Zwängen der Welt draußen zu entziehen: Sie wissen schon, was ich meine... Ich fürchte von einem Tag zum anderen, daß Pradine mich hier oben entdeckt und ohne Vorankündigung bei mir hereinstürmt: dieser Mann ist zu allem fähig. Diese Vorstellung terrorisiert mich derart, daß ich beschlossen habe, niemandem ein Zeichen von mir zu geben, außer Ihnen natürlich. Wenngleich ich vorgestern der Schwachheit verfallen war, eine Postkarte an die Ihnen leidenschaftlich verhaßte Madame Lebrun zu schicken: ein paar Höflichkeitsfloskeln und einen Gruß an die Zwillinge. Die Postkarte zeigte eine dreißig Kilometer von Urk entfernte Ortschaft: man weiß ja nie, habe ich mir gesagt, besser eine falsche Fährte legen...

Ich denke oft an Sie: ich hoffe, das belästigt Sie nicht. Die Erinnerung an Sie leistet mir Gesellschaft. Ich hoffe, daß es auch für Sie so ist. Ich würde gerne von Ihnen hören: wie Sie sich fühlen und was Sie in der gegenwärtigen Situation so tun und wie es Ihrem Rücken geht (hier, das versichere ich Ihnen, wäre es für Sie nicht auszuhalten, wegen der Feuchtigkeit) und welche Möglichkeiten sich für die Zukunft eröffnen. Ich habe versucht, mit ein paar gemeinsamen Bekannten in Verbindung zu treten, doch bisher erfolglos.

Gut denn. Ich will Ihnen nicht allzu lästig fallen. Ich schicke diesen Brief noch heute weg, in der Hoffnung auf eine baldige Antwort. Einen Gruß, Ihre

Urk, Dienstag, 13. September

Sehr geehrter Dottor Blasi,

ich habe nicht widerstehen können, und so schreibe ich Ihnen schon wieder. Ein neuer Umstand bringt mich dazu, mich an Sie zu wenden. Der Umstand ist der, daß ich heute morgen, nachdem ich festgestellt hatte, daß mein Gewicht weiterhin stetig abnimmt, für die üblichen Angelegenheiten sehr früh aus dem Haus gegangen bin. Ebenso hatte ich mich nach unendlichen Überlegungen entschlossen, mir eine der typischen Hosen zu kaufen, die einige alte Leute in dieser Gegend tragen (es handelt sich dabei um sehr weite und bequeme Hosen aus dicker Wolle, die man seitlich zuschnürt: haben Sie die Hosen von Seeleuten vor Augen? so etwas Ähnliches). Plötzlich hatte ich den deutlichen Eindruck, Sie zu sehen. Sie (ich meine: der Mann, den ich vor mir sah) gingen entschlossen zum Dorfzentrum. Ich bin Ihnen sofort gefolgt. Und nach und nach, wie ich hinter Ihnen herlief, gewann ich immer mehr die Überzeugung, daß Sie es wirklich waren. Ich hatte nicht den Mut, Sie zu rufen, Sie aufzuhalten. Ich fürchtete die Enttäuschung der verfehlten Begegnung. Der Mann (das heißt Sie) blieb vor einem Bekleidungsgeschäft stehen, verweilte ein paar Augenblicke, dann ging er zum kleinen Hafen weiter. Dort setzte er sich an eins der Tischchen einer Café-Bar, obwohl ein ziemlich kalter Wind blies. Ich setzte mich an ein etwas weiter entferntes Tischchen, um ihn genauer zu beobachten. Und glauben Sie mir, wäre ich nicht sicher gewesen, daß Sie, Sie! es nicht sein konnten (zumal der Mann mit dem Barmann holländisch sprach), hätte ich schwören mögen, daß Sie sich entschlossen hatten, mir eine wunderbare Überraschung zu bereiten.

Verehrter Dottore, Sie wissen nicht, wieviel Freude es mir gemacht hat, Sie wiedersehen zu können, wenn auch – sagen wir – verkleidet. Von dem Mann ging, wenn Sie mir diese Vertraulichkeit gestatten, die gleiche abwesende und etwas eigentümliche Ruhe aus, die ich immer an Ihnen beobachtet habe. Er unterhielt sich mit dem Kellner und danach noch mit zwei anderen Bekannten (ihrer Vertrautheit nach zu schließen) mit der gleichen höflichen Unbestimmtheit, der gleichen wirren Aufmerksamkeit, die Sie

Ihren Gesprächspartnern zukommen lassen. Natürlich weiß ich nicht, worüber der Mann sprach, noch, was die anderen antworteten (trotz aller Anstrengungen ist mein Niederländisch noch immer gleich Null), sicher ist, daß es sich für mich – und dafür hätte ich meine Hand ins Feuer gelegt – um eine Ihrer theologischen Betrachtungen über unsere, wie soll ich sagen? Ausscheidungsprozesse handelte, über das Wesen und die Form des Stuhls oder über (erinnere ich mich da richtig?) die Transsubstantiation der organischen Materie...

Während die anderen redeten und redeten, habe ich mich damit amüsiert, auf ihren Köpfen imaginäre Wölkchen anzukleben, in denen Sie Ihre Ausscheidungstheorien präzisierten, während die anderen sämtliche Schattierungen der Verlegenheit und der mündlichen Verwirrung durchwanderten, bis sie schließlich die Schultern zuckten und weggingen und Sie in grüblerischer Einsamkeit zurückließen. Nun, Sie werden es nicht glauben, aber genau so war es. Während Ihr holländischer Doppelgänger das zu Ende brachte, was für mich die breitangelegten, schäumenden Windungen Ihres fäkalischen Nachdenkens sind, schüttelte einer, der Ihnen mit wachsendem Unmut zuhörte, irgendwann die Schultern, blickte um sich, als ob er nach einer logischen, naheliegenden Komplizenschaft suchte, und ist wortlos weggegangen. Ob dieser Mann vielleicht eine männliche Verkörperung der ohnehin schon sehr männlichen Madame Lebrun war?

Na ja. Nach dieser kleinen Szene bin auch ich gegangen. Ich ging in der Hoffnung, Ihrem Urker (sagt man das so?) Doppelgänger eines Tages wieder zu begegnen. Besänftigen Sie in der Zwischenzeit meine Unruhe und lassen Sie mir irgendwie eine Nachricht zukommen. Ihr Schweigen läßt das Schlimmste befürchten. Ich grüße Sie von ganzem Herzen, Ihre

Urk, Montag, 19. September

Lieber Dottore,

wenige Zeilen nur, bevor ich einen kurzen Ausflug nach Amsterdam mache (einen Ausflug in Museen, ein paar Photoausstellungen, ein bißchen mondäne Welt, allein). Vor allem aber, um Ihnen zu sagen: Wie soll ich ihr Schweigen verstehen? Worauf den Umstand zurückführen, daß Sie mir weder vor noch nach meinen Briefen ein Lebenszeichen gegeben haben? Können Sie nicht wenigstens ein hauchdünnes Rauchsignal herschicken? Wenn Sie irgend etwas Unangenehmes mitzuteilen haben, bitte, tun Sie es: ich kann es nicht mehr ertragen, nicht zu wissen, was eigentlich vor sich geht! Schreiben Sie umgehend: jetzt! (Mein Gott, jetzt habe ich den herrischen, den intriganten Ton einer gemeinsamen Bekannten angenommen: verzeihen Sie mir und streichen Sie den letzten Satz).

In zuversichtlicher (wenn auch banger) Erwartung, Ihre

Urk, Dienstag, 27. September

Mein lieber Dottore,

Sie verharren weiter in Ihrem Schweigen, und das ist an diesem Punkt besorgniserregend. Aber so ist es nun einmal: nachdem ich darüber nachgedacht habe (an Zeit, glauben Sie mir, fehlt es hier nicht), habe ich beschlossen, Ihnen weiterhin zu schreiben, um Ihnen Nachrichten über mich zukommen zu lassen und jedenfalls eine Verbindungslinie offenzuhalten. Früher oder später, da bin ich mir sicher, werden wir wieder den Kontakt herstellen.

Beginnen wir beim Ausflug nach Amsterdam. Oder besser bei der Fahrt im Auto. Holland ist ein Land des Wassers, ein vorgetäuschtes Land. Schauer durchströmen einen, wenn man eine Region durchquert, einen Polder, wenn man weiß, daß die Erde dorthin geschafft wurde, damit man es durchqueren, auf ihm herumstampfen, es beherrschen kann. Schauer durchströmen einen vor allem, wenn man weiß, daß man, ganz ungewollt, auf jeden Fall in die Lebensgeschichte der ersten fünfzig Jahre dieser Erde eingeschrieben ist. Denn vorher gab es hier nur Schlamm und Wasser und sonst nichts. Jetzt dagegen fährt man über eine breite Autobahn.

Die Fahrt hat etwas über eine Stunde gedauert. Aber ich hätte gerne viele Male anhalten und etwas von der Leichtigkeit der Landschaft in mich aufnehmen mögen. Und viele Male habe ich mir gesagt, daß Sie entzückt gewesen wären von einem Element, das dieses Scheinland verbindet und ausmacht. Ich bin sicher, daß Sie niemals erraten werden, woran ich denke. Ich will Sie nicht auf die Folter spannen. Es geht darum: überall hier, in den Städten wie auf dem offenen Land, atmet man (lieber würde ich sagen: verdaut man) den Geruch von Exkrementen, von natürlichem Dünger (gestatten Sie mir, es als »Urmahlzeit« zu bezeichnen?), der gewiß in geeigneter Weise Ihre Ontologie der ersten und gleichzeitig letzten Dinge stimulieren würde ...

Apropos. Auch dank der teutonischen Struktur der Toiletten mit ihrer zauberhaften Auffangfläche, die unsere Substanzen einrahmt und zurückhält, bevor sie in den wilden Abgrund der Abflußöffnung verschwinden, habe ich die Beschaffenheit, die Färbung und die Form meiner morgendlichen Ausscheidungen seit Beginn meiner neuen Diät kontrolliert. Ich denke, ich kann sagen, daß Sie recht haben. Die Farbnuancen und sogar die feinen Äderungen meines Stuhls vergeistigen sich sozusagen von Tag zu Tag mehr.

Nun, Amsterdam. Die Stadt hat mich ermüdet. Ich bin immer nur ziellos herumgelaufen. Ich fühlte mich dem Verkehr der Stadt, dem Durcheinander, der chaotischen Hektik der Großstadt bereits entwöhnt. Ich habe ein paar Ausstellungen gesehen, die zwar gut organisiert, aber ohne jedes Gewicht waren, zu viele Formalismen für meinen Geschmack.

Zurück zu Hause gab es eine Menge zu tun: tausend Kleinigkeiten zu erledigen, ein Wasserhahn leckte, Wäsche war zu waschen (ich gehe zu einem Waschsalon, wesentlich bequemer als die Waschmaschine, die ich in der Küche habe), die Enten waren zu füttern und vieles mehr. So fand ich erst heute die Zeit, Ihnen zu schreiben. Jetzt verabschiede ich mich von Ihnen. Immer in der Erwartung eines Zeichens, ein Kuß von Ihrer

Urk, Freitag, 30. September

Mein lieber Blasi,

eine schreckliche Geschichte. Gestern hat sie sich ereignet. Ein katastrophales, unfaßbares, ungeheuerliches Ereignis. Die Stimmung ist völlig am Boden. Ich bin terrorisiert, glauben Sie mir. Ich weiß nicht genau, was ich machen soll.

Ruhig. Der Reihe nach erzählen. Es fällt mir nicht leicht. Ich versuche es trotzdem.

Ich war im Supermarkt, in den ich gewöhnlich einkaufen gehe. Die Kassiererin kennt mich inzwischen, redet jedesmal mit mir in ihrer Sprache, und jedesmal verstehe ich sie nicht. Der Rechnungsbetrag ist immer der gleiche. Fünfundzwanzig Gulden, mehr oder weniger. Gestern nicht. Gestern habe ich einen Karton *Vla* gekauft.

Zu Hause angekommen, habe ich eine gehörige Portion in eine Tasse gegeben und es, ohne viel nachzudenken, aufgegessen. Es war schrecklich und wunderbar zugleich. Die ganze Wärme des Zuckers, die Lieblichkeit der Vanille, die verzückende Intensität der Bayerischen Creme habe ich wiedergefunden. Und als würde das noch nicht reichen, habe ich unter die dritte Portion eine Handvoll Blaubeeren gemischt ... Ich habe mich gehenlassen. Als der Karton *Vla* leer war, habe ich mich über die Essensvorräte hergemacht, die ich im Haus hatte. Alles Diätzeug, gewiß, aber verheerend, wenn man es in großen Mengen zu sich nimmt. Am Ende, was zu erwarten war: Angst, Schuldgefühle.

Seit gestern abend bin ich ohne Leben, habe ich keinen Willen mehr. Ich traue mich nicht, in die Nähe der Waage zu kommen. Was soll ich tun? Wird es mir gelingen, der Sache auf den Grund zu kommen? Lieber Benedetto, warum sind Sie nicht hier? Sie sind der einzige, der verstehen könnte. Warum kann ich keine Nachrichten von Ihnen erhalten?

Urk, ein paar Tage später (drei oder vier?)

Lieber Blasi,

das Schlimmste scheint vorüber. Ich weiß nicht, wie lange meine KRANKHEIT (erlauben Sie mir, es in Großbuchstaben zu schreiben, damit verpersönliche ich es, nagele es auf eine wie auch immer flüchtige Identität fest) mich in ihren Fängen hielt und mich mit jeder Art Eßbarem erwürgte. Seit einigen Stunden gelingt es mir, mich nicht zu ernähren. Ob das der Beginn der soundsovielten Heilung ist? Ich weiß es nicht, hoffe es aber. Auch wenn wieder einmal das, was mir auf obszöne, fast würde ich sagen: unausschöpfbare Weise deutlich wird, die Leere meiner Kräfte ist, die Sinnlosigkeit meiner Willensäußerungen. So, als würde meine Person unausweichlich und zyklisch von einer höheren, fremden Macht heimgesucht, die sie dazu bringt, all das zu tun, was das normale Gleichgewicht ihrer Psyche ihr verbietet. Ich würde gern Ihre Ansicht zu all dem hören. Hielten Sie mich für ziemlich verworren? Mit einer gewissen Hoffnung, Ihre

Urk, Oktober

Lieber Blasi,

heute ist meine Nachbarin, Margje De Boer, eine Frau um die sechzig, Witwe seit mindestens drei Jahren, gekommen und hat an meine Tür geklopft. Sie sei um mich besorgt gewesen, sagte sie. Tatsächlich bin ich seit Tagen nicht mehr über die Schwelle meines Hauses getreten, seit Tagen schalte ich kein Licht in dem Zimmer an, in das ich verbannt bin. Ich weiß nicht, ob ich diesen Brief abschicken kann: vielleicht bleibt er auf dem Kaminsims liegen. Vielleicht ist ja unsere Verbindungslinie für immer unterbrochen.

Die Freßepisoden haben sich in den letzten Tagen nicht wiederholt. Aber trotzdem empfinde ich keine Freude. Außerdem scheint mir alles sinnlos, seit das Schweigen sich zwischen uns gesenkt hat.

Bis bald.

Urk, Oktober

Margje ist heute morgen wieder hergekommen. Sie hat mich gezwungen, mit ihr hinauszugehen. Vorher aber hat sie ein bißchen Ordnung geschaffen: sie hat die Fenster weit geöffnet, das Bett frisch überzogen und mir eine gute Dusche empfohlen. Zuerst zögerte ich, ich fragte mich, warum diese halbunbekannte Person zu mir kommt und sich in mein privatestes und geheimstes Leben einmischt. Ich glaube, die Dinge haben sich vereinfacht, und zwar dank des Umstands, daß Margje und ich uns nicht ganz verstehen. Ich meine: in sprachlicher Hinsicht. Mit der Zeit ist Margje (wie Sie sehen, gelingt es mir nicht mehr, sie »Frau De Boer« zu nennen) zu einer mütterlichen, beschützenden Präsenz geworden. Nicht, daß sie wirklich der Frau ähneln würde, die meine Mutter war: Margje ist von ihrem Körper her eher quadratisch, und ihr Körper verströmt Energie und eine reine Kraft; meine Mutter war dagegen dürr und gehässig, von einer gefühllosen Anmaßung, die an Sadismus grenzte.

Doch lassen wir das...

Also Margje hat mit ihrem wenig umständlichen, wohlüberlegten Verhalten dem Haus wenigstens wieder eine atembare Luft gegeben. Danach sind wir, wie ich schon sagte, weggegangen. Ich hatte keine Lust, mir wieder die Straßen und Häuser von Urk anzutun: wer weiß, wieso ich davon überzeugt war, daß jeder meine Rückkehr ins Leben bemerken würde. Als sie begriffen hatte, daß das auch ein Grund für mein Zögern war, hat Margje verständnisvoll gelächelt. Sie sagte: »De Italiaanse!«, als ob damit etwas erklärt wäre. Doch dann hat sie ihren Golf genommen und mir ein Zeichen gemacht, ich solle einsteigen. Unser Ziel: Hindeloopen, Richtung Norden.

Dort sind wir nach etwas mehr als einer halben Stunde angekommen. Margjes Golf raste über ein mit stillstehenden, unbeweglichen Kühen und Pferden bevölkertes Land, die den Eindruck großer Augenblicksaufnahmen von Tieren machten, die nur deshalb in die Landschaft herabgelassen worden waren, damit wir sie betrachten konnten. Während der Fahrt haben wir nur wenig geredet. Vor allem haben wir uns auf Verkehrs- und Richtungsanzeigen aufmerksam gemacht.

Margje ist in Hindeloopen geboren. Sie hat dort als Mädchen gelebt, bis zu ihrer Hochzeit. Auf dem kleinen Friedhof um die Martinikerk liegen fast alle ihre Verwandten begraben. Als wir jedoch daran vorbeikamen, machte sie auf mich nicht den Eindruck, verstört oder bewegt zu sein: mit der Hand machte sie eine große Bewegung, und ihre Vergangenheit schien sich auf der Stelle hinter uns aufzulösen. Wir haben oben auf der Erhebung angehalten, die das Meer vom Land trennt. Der Wind blies so ungestüm, daß unsere Körper wogten. Ich fühlte mich unerklärlicherweise erregt. Einige Meter von uns entfernt graste eine kleine Herde Schafe. Noch etwas weiter weg ließen Kinder Drachen aufsteigen, die so ausgebuchtet und leicht waren wie eine Mont-Blanc-Torte.

Ich bin vor der grauen, drohenden Masse des Meeres hin und her gegangen. Bin gelaufen. Habe mir sogar vorgestellt, daß ich mit meinem Photoapparat meine Bewegung und die Bewegung der gesamten Landschaft aufnehme: Photos reiner Bewegungen, Spuren: virtuelle Stege zwischen Verweilen und Aufbruch...

Es war schon fast Abend. Statt den Rückweg einzuschlagen, ist Margje noch weiter nach Norden gefahren. Am Himmel war noch Licht, ein fernes Licht. Die Tiere entlang der Straße standen immer noch still. Wir fuhren an Sneek vorbei und an Bolsward. Es war, wie wenn die Welt vor uns erscheinen würde, um sich dann gleich wieder aufzulösen, sobald wir an ihr vorbeigefahren waren. Alles war weit weg, sehr weit weg. Hinter Zurich hatte Margje Gas gegeben und war den langen Damm zwischen den beiden Meeren hinaufgefahren. Wir sind die dreißig Kilometer über den Afsluitdijk mit einer Wahnsinnsgeschwindigkeit gefahren. Der Wind schlug lärmend gegen die Seiten des Golfs. Als wir das Hinweisschild nach Den Oever sahen, sagte Margje: »Wir sind da.« Sie hat den Motor abgestellt. Der Wind war so stark, daß man Angst bekommen konnte. Ich habe aus dem Fenster geblickt, und für einen Augenblick habe ich gesehen, wie sich das Auto mit uns beiden drin in die Lüfte erhob.

4 Exil

Als Julien Fabre das erste Mal nach El Kantara gekommen war, hatte er nicht verstanden: Sollte sich der Ort wirklich verdoppeln oder sich sogar im Raum bewegen können wie ein Feldlager? El Kantara, so hatte man ihm später erklärt, bedeutet auf arabisch Brücke. Der Damm aus römischer Zeit war also nichts anderes als eine 6530 Meter lange und 10 Meter breite Straße, die das Festlandherz des Landes mit seinem Zwilling auf der Insel verband. In der Doppelstadt hatte Fabre Philippe gesehen, ohne ihn wiederzuerkennen. Bis zum Jahr zuvor war der Junge wenig mehr als ein Kind mit einem Körper, den noch der lockere Boden der frühen Jugend hielt. Aber der, den Fabre jetzt sah, war ein junger Mann mit weichem und dennoch männlichem Gang.

In dem Jahr hatte Fabre beschlossen, ein kleines Haus in El Kantara zu mieten. Mit der Zeit hatten sich seine Gewohnheiten anspruchsvoller gestaltet: er konnte sich nicht mehr im gewohnten Hotel verstecken. Das Geheimnis seiner einsamen Spaziergänge war enthüllt worden. Die anderen Stammgäste hatten ihn am Ende bedauert, wenn nicht mehr oder weniger offen verachtet, Madame Lebrun ließ keine Gelegenheit aus, über seine nachmittäglichen »kleinen Freunde« zu sticheln. Der Geschäftsführer des Hotels hatte ihn auf den guten Ruf des Hotels aufmerksam gemacht. Sogar der alte Blasi war ihm im Jahr zuvor schweigend ausgewichen. Trotz allem wollte Fabre unter keinen Umständen auf die gewohnten Ferien auf der Insel verzichten. Das Hotel zu wechseln stand überhaupt nicht zur Debatte: alle anderen waren häßlich und teuer. Daher hatte er sich für das kleine, ein bißchen heruntergekommene (aber bequeme) Haus in der Nähe des römischen Damms entschieden. Dort konnte er empfangen, wen er wollte, und zu den Zeiten, die ihm paßten.

Jedes Jahr wechselten die Jungen. Wenn sie größer wurden, taten sie so, als würden sie ihn nicht mehr erkennen. Fabre begriff, auch wenn mit einem gewissen Bedauern. Er begriff und suchte sich neue Freunde. Immer jüngere, fast noch Kinder, mit denen es wirklich schwierig war, sich zu verständigen. Im übrigen machte er sich wenig Illusionen. Die Vorstellung, es könnte ihm gelingen, eine ganz normale Liebesbeziehung zu haben, war mit der Zeit in die Ferne gerückt und verblaßt. Anfangs hatten es ihm die familiären Bindungen unmöglich gemacht. Nach dem Tod seiner Mutter, der letzten verbliebenen Bindung, hatte Fabre dann allerdings einsehen müssen, daß die Untersagung, die Unmöglichkeit in ihm eingeschrieben und Teil seiner Natur war. Es war schwer, sogar hart, sich das klarzumachen, aber am Ende mußte er sich eingestehen, daß nicht die Gesellschaft oder die Moral oder sonst irgendeine gehässige Einrichtung der Anlaß für seine flüchtigen Liebschaften waren. Er, Fabre, war Anlaß und Motiv. Er selbst war der Grund. Die Einsamkeit, sagte er sich, ist eine Art Krankheit, eine Krankheit, die Teil des menschlichen Körpers, der menschlichen Natur ist. Nach und nach beherrscht dieses Leiden alles, wird physiologisch. An diese Krankheit hatte sich Fabre geklammert wie der Skarabäus an einen Korken. Sein Leben hätte die – durchaus wohltuende – ständige Gegenwart eines anderen Menschen nicht mehr ertragen. Es war von Regeln bestimmt, die an diesem Punkt nicht mehr verändert werden konnten: der Versuch, sie zu verändern, hätte bedeutet, es zu zerstören.

Die Jagd, das war seine Natur. Die nächtliche Jagd, still, einsam. Nach einem Tag der Arbeit und der gesellschaftlichen Verpflichtungen aus dem Haus gehen, sich in die Gefahr begeben, Körper an Körper, wenige, immer gleiche Worte, nur das Geld, das seine Sprache sprach. Alles mußte wiederholt, alles einer Form angemessen werden. Der auserwählte Junge mußte erst aus der Entfernung betrachtet und untersucht werden. Dann kam Fabre näher, tat, als hätte er Angst, eine Art spöttischer, theatralischer Unterwerfung, die die Gefräßigkeit der Beute provozieren sollte. Er bot dann mehr als verlangt wurde, und am Ende inszenierte er eine schwülstige, hoffnungslose Verliebtheit, die die Beute nur wieder anstacheln sollte, ihn noch gewalttätiger und mit noch größerer Verachtung zu behandeln. Das war längst ein feststehendes Regieschema. Fabre fühlte sich veranlaßt, jeden Abend ernst und genau zu spielen, fast als würde er ausschließlich vom guten oder schlechten Ausgang seines Spiels eine Spur von Genugtuung bekommen.

Auf Djerba gestalteten sich die Dinge gewöhnlich einfacher. Die Jungen waren von ihm, von seinem Geld, natürlich angezogen. Das machte die Runde, sie suchten ihn auf, stritten sich um ihn. Dank dieses Umstands verzichtete Fabre auf den extremistischsten und rituellsten Teil seiner Neigung, um wieder so etwas wie ein wiegendes Selbstvergessen zu erlangen. Die brutale Erregung, die ihn normalerweise auf die Straße trieb, um die Dunkelheit und das Leben herauszufordern, verwandelte sich auf der Insel in ein gleichförmiges, ununterbrochenes Prickeln der Lust. Eine Lust, die er gemäßigter und weniger aggressiv, aber deshalb nicht weniger leidenschaftlich empfand. Unter all diesen Jungen auf Djerba, die sich haufenweise um ihn scharten, wurde sein Verlangen zu etwas Gesellschaftlichem, auf perverse Art Öffentlichem. Fabre spürte seinen Körper wie ein zur Schau gestelltes, austauschbares Material, und diese Vernichtung, diese Reduzierung seiner selbst zur Sache war die Negierung und zugleich der Triumph seiner Persönlichkeit.

Es war heißer als sonst an diesem Tag. Der Wind hatte sich gelegt, und jetzt rüttelte er nur noch an den Abfallhaufen auf der anderen Seite des Platzes.

Fabre saß vor dem Café *Central* im Schatten einer an zwei Bäumen befestigten schmalen und langen Schilfrohrmatte. Wenige Menschen überquerten den vor ihm liegenden Platz. Sie warfen ihm aus nächster Nähe im Vorübergehen kurze Blicke zu, so, als wäre er ein sonderbarer Gegenstand, den jemand verloren hatte. Außer daß er seinen Tee schlürfte, bewegte sich Fabre nicht. Er war von der Hitze erdrückt und vielleicht auch von diesen Blicken. Seine Einsamkeit war vollkommen und auf schreckliche Weise sichtbar: der gesamte Platz wurde davon erfaßt. Fabre hätte diese Leere am liebsten mit etwas ausgefüllt. Er versuchte es mit einer Geste: er verrückte den Stuhl ein bißchen, auf dem er saß, er hob den Arm bis zu den Augen, als wollte er sich schützen (aber wovor?). In dieser Haltung versuchte er für einen Augenblick, sich ein neues Leben, eine neue Vergangenheit vorzustellen. Was ihm vor Augen trat, war eine geregelte, eiserne Existenz, eine Art befreiendes Gefängnis. Jeder Tag genauso wie der andere, die schnell davonjagende Zeit, und nicht einen Augenblick zum Nachdenken. Kein Risiko, alles geordnet, alles klassifiziert.

Da sah er ihn. Oder besser: er sah einen hochgewachsenen, selbstbewußten Jungen, der ungefähr zehn Meter entfernt vorüberging. Fabre erkannte an diesem Gang nicht gleich den Sohn von Madame Lebrun. Es gelang ihm nicht, den Jungen in einem scharfen Bild festzuhalten. In dem inneren Halbdunkel, in das er gestürzt war, schaffte er es gerade noch, die Augen wie ein Kurzsichtiger zusammenzukneifen: gegen die Helligkeit des Platzes hatte Philippe sich aufgelöst wie ein Phantasiegebilde. Von diesem Körper hatte Fabre gerade nur das Vorübergehen wahrgenommen, sonst nichts.

Ohne sich Zeit zum Nachdenken zu lassen, sprang er auf. Begann, durch die kleinen Straßen des Ortes zu laufen. Doch der Ort war ein Labyrinth. Fabre verirrte sich, kehrte um, ging wieder zu der Stelle, an der Philippe verschwunden war. Auch in dem Durcheinander des Augenblicks war es klar, daß es sich nicht um einen Jungen aus dem Ort handelte: die Haare mußten blond sein, und die Haut sehr hell. Die knielange Hose mußte Fabres Meinung nach ziemlich groß sein, und auch das Hemd. Ein Tourist? Franzose, Deutscher? Fabre suchte ihn stundenlang vergebens: wenn er gründlich die ganze Stadt durchkämmte, dachte er, würde er ihn auch ausfindig machen. Sicher, eine richtige Begegnung oder irgendeine Form der Bekanntschaft stellte er sich nicht vor. Doch immerhin die Möglichkeit, ihn in Ruhe wiederzusehen, ihn aufmerksam zu betrachten: sein Geheimnis zu erfassen. Was war es nur, das ihn so anzog an ihm? Verwirrt spürte Fabre, daß dieser Junge mehr für ihn war als nur ein sexuelles Abenteuer.

Die folgenden Tage waren qualvoll, leer. Zum ersten Mal weigerte sich Fabre, die Jungen aus dem Ort zu sehen. Er fühlte sich dunkel an den Unbekannten mit der kurzen Hose gebunden. Sein natürlicher Jagdinstinkt, herausgefordert von der Unmöglichkeit, die Beute zu fangen, war düster und melancholisch geworden. Sich zu absolutem Nichtstun zwingend, am selben Tisch des Cafés *Central* sitzend oder mit dumpfer Hartnäckigkeit die kleinen Straßen in den Außenbezirken von El Kantara absuchend, war er in eine Art monogamisches Delirium gestürzt. In seinem Kopf hatte der Körper des ausländischen Jungen nach und nach schließlich alle im Verlauf von annähernd fünzig Lebensjahren begehrten Körper in sich zusammengefaßt. Und die Unzugänglichkeit, die geheimnisvolle Unbestimmtheit stellten das schmerzhafte, das erregende Stigma dafür dar.

Fabre fing wieder an zu rauchen. Die Nervosität, die Ungewißheit, der Eindruck, seine Zeit würde ins Nichts abgleiten, hatten ihn dazu gebracht, das erste, dann das zweite und das dritte Päckchen Zigaretten zu kaufen. Doch jeder Zug war wie ein Gewehrschuß in den Magen, der Kopf brummte, und der Mund stand in Flammen und glühte. Er fing an, wenig aus dem Haus zu gehen. Die Tage verlangsamten sich und wurden undurchschaubar. Unter dem Küchenfenster hörte er abends das Flüstern der Jungen, die ihn suchten. Fabre gewöhnte sich an, einen großen Eimer mit Wasser zu füllen und ihn hinunterzuschütten, sobald er seinen Namen rufen hörte.

Nach ungefähr zwei Wochen absoluter Isolation (offenbar wusch er sich auch nicht mehr und zog sich nicht mehr um) entschloß sich Fabre, wieder über die Schwelle seines Hauses zu treten.

Im Café *Central* saß er an seinem gewohnten Tisch. Es war fast Abend. Der Platz fing an, sich mit Touristen und Einheimischen zu füllen. Er war erstaunt, daß er wenige Augenblicke später von einem Mädchen gegrüßt wurde, das unterdessen auf ihn zukam. Sabine sagte: »Erinnern Sie sich an mich, Herr Professor? Sie sehen müde aus. Geht es Ihnen nicht gut?«

Er erkannte sie nur an ihrer Stimme, an ihrem hohen Tonfall. Madame Lebruns Tochter stellte tausend Fragen, die Fabre nicht mit voller Klarheit zu beantworten wußte. Dennoch empfand er es angenehm, ein paar Worte in seiner Sprache wechseln zu können. Und außerdem war Sabine freundlich und besorgt. Das war Fabre bewußt, bisweilen war er darüber sogar bewegt, auch wenn es ihm Mühe machte, der Unterhaltung zu folgen. Das Mädchen hatte in ihren Gesichtszügen etwas undefinierbar Bekanntes, das ihn ablenkte. Sie war schön, gewiß, eine Frau inzwischen, doch schien sie ihn weniger an ihre Mutter zu erinnern als vielmehr an einen geheimnisvoll virilen Zug.

Das Gespräch war fast zu Ende, als Sabine plötzlich sagte: »Ich warte auf meinen Bruder. Macht es Ihnen etwas aus, wenn ich hier bei Ihnen sitzen bleibe?«

In diesem Augenblick sah Fabre sie fest an, während in seinem Blick viele Bilder vorüberjagten, Bilder der Vergangenheit bis zu dem vor einigen Tagen, dem eines Jungen, der den Platz überquerte und sich in der Hitze des frühen Nachmittags in der stehenden Luft auflöste. Das war Philippe. Philippe war der junge Unbekannte. Im Geist wiederholte Fabre seinen Namen, zärtlich, aber auch voller Furcht. Wie war es nur möglich, daß er ihn nicht erkannt hatte? Er spürte den Drang zu fliehen und gleichzeitig zu bleiben. Er rührte sich nicht. Sabine mußte etwas erahnt haben, denn sie fragte: »Erinnern Sie sich an Philippe, meinen Zwillingsbruder? Auch er wird sich freuen, Sie wiederzusehen. Wir haben uns schon gefragt, wieso Sie dieses Jahr eigentlich nicht im Hotel abgestiegen sind.«

Fabre entschloß sich: er stand auf, sagte undeutlich etwas von einer dringenden Angelegenheit. Leider könne er nicht dableiben. Aber sicher würden sie sich früher oder später wiedersehen. »Die Insel ist ja sehr klein«, sagte er abschließend voller Entsetzen.

Philippe. Philippe. Wie oft hatte er diesen Namen in den vergangenen Jahren aussprechen hören? Wie oft hatte er das Kind auf dem Hotelstrand spielen gesehen? An einem weit zurückliegenden Nachmittag hatte er sogar einmal den Eindruck gehabt, daß der kleine Junge (wie alt war er da eigentlich? zwölf? dreizehn?) ihn belauerte, während er, Fabre, am Strand mit ein paar jungen tunesischen Freunden herumtollte. Was hatte Philippe an diesem Tag gesehen?

Das Haus dröhnte wider vom Namen Philippe. Auch im tiefsten Schlaf noch fühlte Fabre seine Traurigkeit. Es war ihm, als wäre sein ganzer Körper in sie eingewickelt. Keine noch so elende oder einsame Bewegung, die sich dieser Trostlosigkeit hätte entziehen können. Sein ganzes Wesen schien in diesem Kreis der Angst konzentriert und eingeschlossen zu sein, die einen genauen Klang, einen genauen Umriß hatte und von der Philippe zur gleichen Zeit Mittelpunkt und Peripherie war. Fabre verwünschte sich, daß er ihn auf dem Platz von El Kantara gesehen hatte. Jetzt wäre er gern in einen stufenlosen Schlaf hinübergeschlafen, um völlig geheilt und allvergessend wieder aufzuwachen. Wie lange aber sollte diese Qual noch weitergehen? Die Zeit, dachte er, konnte vorübergehen wie ein Heer abgeteilter, unerreichbarer Augenblicke: er würde nichts anderes machen als in sich verschlossen bleiben und sie vorbeiziehen sehen.

Er versuchte zu reagieren. Er würde unter einem Vorwand ins Hotel kommen, um Philippe wenigstens einen Augenblick lang sehen zu können.

Es war fast dunkel, als er das Haus verließ. Der Wind wehte warm und kräftig. Fabre hatte sich sorgfältig angezogen: er hatte aus dem Koffer einen dunkelblauen Anzug und ein weißes Hemd mit dünnen Streifen hervorgeholt, für das er eine passende feuerrote Seidenkrawatte ausgesucht hatte. In seine Brieftasche hatte er eine ansehnliche Dinar-Summe gesteckt. Während er sich anzog, hatte er sich immer wieder im kleinen Spiegel über dem Küchenspülbecken angesehen. Wozu diese ganze Eleganz? Fabre sagte sich, daß es nur eine Reaktion auf die Verlorenheit der vorausgegangenen Tage war. Gleichwohl war ihm auch das Trauerhafte daran bewußt, so als würde er zu einer traurigen Zeremonie gehen.

Er fuhr im Taxi nach Midoun, dann ging er zu Fuß weiter. Er schlug die Straße ein, die ihn am Strand vorbei innerhalb kürzester Zeit in die Nähe des Hotels führen würde. Es war eine dunkle, nicht asphaltierte Straße, die er gut kannte. Auf diesen holprigen Parcours hatte er sich viele Male auf die Jagd nach Jungen begeben. Abgesehen vom Wind in den Palmenzweigen hörte man an diesem Abend nichts weiter. Sogar während der kurzen Strecke im Auto hatte Fabre den Eindruck, daß die Welt aufgehört habe zu bestehen, zumindest was die Geräusche anging. Alles war ihm fern und stumm vorgekommen. Auch das Taxi glitt durch die Abendluft wie ein gespenstisches Raumschiff. Jetzt bekam diese glanzlose, gleichförmige Stille entlang der Straße am Meer etwas Bedrohliches. In der Ferne erkannte man schon die Lichter des Hauptgebäudes der

Hotelanlage. Philippe mußte ganz sicher dort sein. Beim Gedanken an den Jungen schlug sein Herz schneller.

Das, was Fabre über alles fürchtete, trat an diesem Abend ein. Sobald seine elegante und nur dem äußeren Anschein nach ungezwungene Erscheinung aus dem Dunkel auftauchte, das das Süßwasserschwimmbecken umgab, erkannte man ihn. Fabre zeigte sich höflich, aber auch kurz angebunden. Er mußte hart bleiben, durfte sich nicht überrumpeln lassen. Er ging auf das pulsierende Herz des Hotels zu: das arabische Café. Die Boutique von Madame Lebrun lag unmittelbar gegenüber. Er erkannte Blasi weit drüben: der Arzt sah verloren aus, wirkte plötzlich gealtert. Merkwürdigerweise blieb er vor dem Geschäft von Philippes Mutter stehen, er, der diese Frau nicht ausstehen konnte, und sich über die Jahre – wie Fabre beobachtet hatte – damit beschäftigt hatte, eine minuziöse Strategie zu entwickeln, sich immer und in jedem Fall auf angemessene Distanz zu ihr zu halten. War es also diese überraschende Nähe, die ihn jetzt so niedergeschlagen aussehen ließ?

In der Menge, die für die Zeit nach dem Abendessen typisch war, bemerkte er den Hoteldirektor, der mit einem hochgewachsenen, ganz in Schwarz gekleideten jungen Mann redete. Diesen Mann hatte Fabre nie zuvor gesehen. Zwei Schritt weiter, Madame Lebrun: sie schüttelte den linken Arm und sprach intensiv mit zwei oder drei anonymen Touristen. Noch weiter drüben Sabine, die ihrerseits in ein Gespräch vertieft war und mit wer weiß wem lachte. Auf diese Entfernung, den Körper teilweise ins Halbdunkel der Allee getaucht, machte die gesamte Menschengruppe auf Fabre den Eindruck einer glänzenden, wenngleich entsetzlich weit zurückliegenden Inszenierung, deren alleiniger Nutznießer er war. Bevor er sich in diese kleine Welt aus Verstellung und vorhersehbaren Floskeln stürzte, fragte er sich, ob nicht vielmehr er in seiner längst unwandelbar gewordenen Isolierung der einzige war, der seine eigene zerfahrene Komödie spielte.

Pradine erinnerte sich später an diesen Abend (oder wenigstens glaubte er, ihn in der Erinnerung zu rekonstruieren) als an eine immer wieder unterbrochene Abfolge von miteinander nicht verbundenen Bildern. Das erste dieser geistigen Photos stellte einen kompakten Hintergrund aus Dunkel dar, auf dem sich abhoben: eine im Wind schaukelnde Lichterkette, der zufriedene Ausdruck auf dem Mund von Madame Lebrun und, auf der zweiten Hintergrundebene, doch schärfer in den Bildausschnitt gerückt, die Erscheinung eines Mannes, der aus der Tiefe des Blickfelds näherkam. Das zweite Bild ist bewegter: viele vergrößerte Gesichter (darunter auch solche aus seiner mehr oder weniger vollständigen Truppe), im Mittelpunkt zerschmettert. Dann: der Körper des Mannes, der einen Augenblick vorher noch von den anderen getrennt war, befand sich neben Madame Lebrun, die ihren Gehstock zu ihm hochhob und auf ihn zeigte, als würde es sich um einen Punkt auf einer Landkarte oder um eine auf eine Wandtafel geschriebene Gleichung handeln. Dann folgten noch vier bis fünf praktisch unbrauchbare Momentaufnahmen: das Licht war viel zu stark oder auch viel zu schwach, und der Inhalt schien verwackelt und verblichen. Schließlich hielt noch eine kleine Gruppe den Neuankömmling in kleinsten Einzelheiten fest (doch diese Einzelheiten haben nur geringe Bedeutung). An ihm überraschten vor allem: die verzehrende Unruhe in seinen Augen, als wäre der Mann nicht in der Lage, seinen Blick länger als zwei Sekunden auf dem gleichen Gegenstand ruhen zu lassen; die weißen, langen Hände: sie sahen aus wie Nachtfalter; das Revers des Jacketts war ein bißchen verknittert.

Ansonsten war Pradine nicht imstande, noch anderes von diesem Abend stärker zu belichten.

Fabre hatte den deutlichen Eindruck, in seinem Körper zwei parallele, miteinander in Mißklang stehende Herzen zu beherbergen. Das linke schlug methodisch und volltönend, während das andere, dem Blutkreislauf entgegengesetzt, harte, tonlose Schläge von sich gab, was ihn erstaunte und verwirrte. Gegen dieses zweite Herz, dieses wilde, erdrückende, versuchte Fabre anzukämpfen.

Philippe war nicht zu sehen. Die Gespräche von Madame Lebrun verschwammen in der Luft des Abends. Sabine kam zu ihm. Sagte irgend etwas. Irgend etwas absolut Konventionelles. In welcher Sprache hatte sie nur geredet? Vielleicht hatte sie lediglich gesagt: »Guten Abend« oder auch: »Wie geht es Ihnen, Herr Professor?« Fabre beschränkte sich auf eine Bewegung mit dem Kopf. Er hätte gerne deutlich und einfach gesagt: »Wo ist Philippe?« Anderes interessierte ihn nicht. Dann hätte er sich zurückgezogen, vielleicht wäre er auch gegangen, im glücklichen Bewußtsein, daß Philippe an einer bestimmten Stelle des Hotels war. Und zu Hause, eingetaucht, ertrunken im Dunkel seines Betts, würde er still das Gesicht des Jungen, dann den Hals und den Brustkorb, die Hüften, die Beine, die Füße nachbilden. Würde diesen Körper sanft streicheln.

Fabre sagte zu Sabine: »Entschuldige« und entfernte sich ein paar Schritte von ihr.

Blasi fragte sich anschließend oft, warum Professor Fabre an diesem Abend ihn als Gesprächspartner oder gar als Komplizen ausgesucht hatte. Der Dottore stellte sofort fest, daß der Mann in den vergangenen Tagen wenig und schlecht gegessen haben mußte. Die Gesichtsfarbe war nicht gut, und die Zunge, sah Blasi versteckt, wies grüne Streifen auf. Schlechte Ernährung, noch schlechtere Verdauung: Fabres Stuhl war mit Sicherheit braun und höchst wahrscheinlich flüssig, möglicherweise durchsetzt mit faserigen Rückständen von unterschiedlicher Festigkeit, ohne das Vorhandensein der einen oder anderen Art von Parasiten auszuschließen. Fabre war mit Sicherheit die Beute aufwühlender Gefühle, einer nie gesehenen Störung, daß er sich in einem solchen Zustand befinden konnte. Sollte dieser Mann auch in ihm, Blasi, derartige Stürme der Gefühle wahrgenommen haben? »Nur«, sagte der Dottore zu sich, »mein Stuhl deutet auf nichts Alarmierendes hin.«

»Auch diese Nacht werde ich schlecht schlafen«, dachte Oku in einer raschen Stille.

Hätte er es vermeiden können, ihn wiederzusehen? Hätte er, gerade jetzt, wo sich endlich etwas in ihm geöffnet hatte, verzichten, verdrängen können? In einem gewissen Sinn hatte Fabre sein Leben lang nichts anderes getan: wo war denn seine Fähigkeit, auch nur die Idee, ins Freie zu treten, zu verscheuchen? Und wo das nach Jahren der Übung erlangte Gleichgewicht?

Plötzlich fühlte er sich wie ein nicht mehr in Gebrauch befindliches Arsenal, in dessen Innerem unbekannte und schon halbvergessene Gedanken metallisch widerhallten. In seiner Existenz gab es nichts mehr, das es wert gewesen wäre, erzählt oder auch nur erwähnt zu werden. Alles war Schutt und Trümmer.

Mechanisch berührte er seinen Bauch. Wie konnte er nur hoffen, von Philippe geliebt zu werden, wo sein eigener Körper doch nichts anderes war als die materielle Projektion der in ihm hausenden Alpträume? Vielleicht hatte Blasi ja recht: er brauchte ein bißchen Ruhe. Ruhe und regelmäßige Mahlzeiten.

»... noch bis vor gar nicht so vielen Jahren wiederholte sich das jeden Sommer ... es hat sich bis zu Papas Tod, glaube ich, wiederholt ... inzwischen mußte ich Philippe drängen, er war so merkwürdig geworden, wollte nicht mehr, sagte: besser nicht ... an diesem Nachmittag waren Mama und Papa wie immer mit dem Boot hinausgefahren, der Wind war sehr stark, das sagten viele, hinterher, die Segel hatten sich sofort gebläht ... Philippe lag auf dem kleinen Bett neben mir, wir hatten zwei gleiche Betten, Zwillingsbetten aus klar lackiertem Metall... im Zimmer war es sehr hell... der Vorhang scheuerte gegen eine Wand ... ich streckte mich auf meinem Bruder aus... das war unsere Bindung... stundenlang reglos bleiben... atmen... aneinanderhaften... an diesem Tag hatte uns die Tante erwischt, aber sie sagte kein Wort ... irgendwas war passiert auf dem Meer ... das Boot war plötzlich umgeschlagen ... Mama hatte ein zerquetschtes Bein, Papas Körper war unauffindbar (er wurde nie gefunden) ... von diesem Tag an hat sich Philippe gegen unsere Bindung gewehrt, unsere Körper sind aneinander zu Waisen geworden ... ich glaube, daß er, wenn er könnte, Männer vorziehen würde... ich nicht...«

Dies hätte Sabine ein paar Tage später gerne sagen mögen.

Fabre war es, als würde sein Körper während der Unterhaltung mit Blasi zerbröckeln, und es kam ihm vor, daß am Abend alles in tausend Splitter, Bruchstücke, Worte ohne Hand und Fuß zerbröckelte, die im Dunkeln herumtrieben wie eine in die Irre versprengte Herde. In diesem Augenblick hatte Fabre das Bild seines körperlichen Niedergangs faßbar und deutlich vor Augen. Bis dahin hatte er das Heranrücken des Alters wie einen geradeaus fliegenden, gleichmäßig beschleunigten und sozusagen parallel zum Körper dahinschwirrenden Pfeil begriffen. Der einzige virtuelle Anknüpfungspunkt, den er zwischen dem Faktor Zeit und seiner eigenen Individualität erkennen konnte, lag in seinen allgemein gehaltenen Eingeständnissen von Schwäche, in den verschwommenen und prinzipiell das Opfer in den Mittelpunkt rückenden Einsichten in seine Unfähigkeit, diese oder jene körperliche Anstrengung auf sich zu nehmen. Jetzt dagegen sah es Fabre nicht nur als plötzlich klar vor ihm stehende Tatsache an, daß er eine genaue Anzahl von Jahren zurückgelegt hatte, sondern er konnte sogar erahnen, daß diese in seinem Inneren verbreitete Zeithäufung ihrem ureigensten Wesen nach jener anderen abstrakten Vorstellung von zukünftiger Zeit die Qualität und Weite entzog. So dachte der Professor an jenem Abend zum ersten Mal, daß das Leben kein unbegrenztes Feld zukünftiger Möglichkeiten ist, sondern ein begrenzter, stickiger Raum, den er zum großen Teil bereits durchstapft hatte. Keinerlei Eile, keinerlei Entscheidung hätte die Grenzen dieser Oberfläche ausgeweitet oder auch nur verändert, und Philippes Gegenwart hätte letzten Endes das Aktionsfeld nur noch weiter eingeengt. Darin, soviel war jetzt klar, mußte der verborgene Sinn seiner einsamen nächtlichen Jagd liegen: jede Möglichkeit, die Zeit mit einem anderen Menschen zu teilen, zunichte machen, dafür aber den Lebensbereich ausweiten, und sei es auch nur illusorisch…

Für einen Augenblick verstellte Myriams ausladender Körper die Sicht. Die Frau trat ein paar Schritte zur Seite. Sie dachte: »Heute habe ich die Kalorienzahl heruntergesetzt. Danach müßte ich eigentlich innerhalb einer Woche noch drei Kilo abnehmen.« Eine Pause. Dann, mit einem Anflug von Ungewißheit: »Was habe ich nur getan? Warum sieht mich dieser Mann da weiterhin so an, als wäre ich ein Monster?«

Der Junge war oben an der Treppe aufgetaucht, die zur Rezeption hinunterführte. Er hatte seine Haare zu einem Pferdeschwanz zusammengebunden. Am Hals trug er einen Foulard aus dunkler Seide. Er war dunkelblau gekleidet, oder wenigstens sah es so aus. Hinter der Frau, die in ihrer Massigkeit unten stand, nahm das Bild von Philippe die Umrisse einer mystischen Erscheinung an: wie wenn aus einem schweren, reglosen Körper ein weiterer hervorgegangen wäre, der aufgrund seiner Maße und seiner Festigkeit der spiegelbildliche Doppelgänger des ersten war.

Fabre spürte einen Stich in seinem Herzen.

Gegen halb zehn am nächsten Morgen, einem Morgen von drückender Schwüle Ende Juli, schrie David Pradine, irgendwas würde nicht funktionieren. Der Bildausschnitt wurde durch ein dunkles Bündel hinten am Strand gestört. Die Truppe war an solche Wutausbruche gewöhnt, vor allem während der ersten Arbeitsstunden. Oku stellte noch einmal die Paneele ein, die das Sonnenlicht abhalten sollten. Myriam tat, als hätte sie nichts gehört. Chris machte sich bei den Mädchen zu schaffen und überprüfte, ob der Bildhintergrund Pradines Wünschen entsprach. In der Ferne, bemerkte Chris, kam etwas merkwürdig Verhülltes, etwas, das wie eine umgefallene Modepuppe aussah, von mehr oder weniger bläulicher Farbe, zwischen Sand und Gestrüpp zum Vorschein.

Kurz darauf wurde der Körper von Julien Fabre identifiziert. Der Mann war seit vielen Stunden tot.

5 Anmerkungen über die Scham

Aus den Notizheften von David Pradine, 1099 Skyline Drive, Daly City, California:

»Die Photographie ist ein Pseudo-Gegenwärtiges und der Hinweis auf ein Abwesendes zugleich.« Susan Sontag

»Das Unbehagen ist die Strafe für den Verlust.«
Walker Percy

Als Kind habe ich immer nur gelogen. Ich belog alle: meine Mutter, die Nachbarn, die Schulkameraden. Es war eine physische Notwendigkeit. Als würde ich spüren, daß eine Last auf meiner Existenz läge. Der einzige Weg, diese Last zu beseitigen, war, den anderen das zu zeigen, was sie von mir erwarteten. Daher habe ich gelogen. Immer wieder und, alles in allem, auch sinnlos.

Eine Last. Ich finde kein anderes Wort. War es die Last, als Irrtum empfunden zu werden? Ich weiß nicht. Soviel Zeit ist jetzt vergangen. Schwer, heute noch die Ursachen für dieses Unbehagen zu rekonstruieren. Sicher ist, daß das Unbehagen wuchs, Tag für Tag, Jahr für Jahr, und es hat mich nie verlassen.

Als Jugendlicher hatte ich mir eingeredet, ich wäre schüchtern. Das schien mir eine plausible Definition. Sie sagte zwar nicht alles über mich, aber doch genug. Zum Beispiel das: bei Familienzusammenkünften, als plötzlich nie zuvor gesehene Onkels, Tanten, Cousinen und Cousins auftauchten, war ich jemand, der sich abseits hielt. Man hätte mein Verhalten auch als Hochmut oder Dünkel auslegen können, aber das ging mich nichts an. Ich wußte, daß meine Schüchternheit es mir in diesem Augenblick einfach unmöglich machte mitzuspielen, mit den anderen zusammenzusein. Ich kann es nicht ganz leugnen: es gab auch Situationen, in denen meine Zurückhaltung das Ergebnis einer genau überlegten Entscheidung war (aus Verachtung). Aber ich kann sagen, das kam ziemlich selten vor. Ich zog mich von den anderen einfach deshalb zurück, weil ich Angst hatte.

Und im übrigen: lag im Lügen denn nicht schon eine Form der Angst, sich auszudrücken?

Ich erinnere mich nicht mehr genau, wann ich zum ersten Mal eine sexuelle Erregung gespürt habe. Wahrscheinlich war das am Kreuzungspunkt von der Zeit des Lügens und der Zeit der Schüchternheit. Jedenfalls war es die Hölle. Ich habe gerne mit kleinen Mädchen gespielt, auch wenn sie größer waren als ich. Ihre Namen waren schön, sie gefielen mir besser als mein eigener. Eine hieß Myriam, eine Sarah, eine Deb. Myriam war nicht nur Jüdin, sie hatte auch italienische Vorfahren. Wir spielten jeden Nachmittag vor unserem Haus. Diese Nachmittage waren lang und einfach. Gewöhnlich spielten wir Ball oder auch Verstecken im Garten. Ich verkroch mich fast immer in der Garage, hinter dem Auto meines Vaters. Das war mein Lieblingsversteck: nur Myriam (oder war es Deb?) hatte es herausgefunden, weshalb ich dann im allgemeinen auch als erster entdeckt wurde. In diesen Jahren war es immer heiß. Oder wenigstens kommt es mir heute so vor. Wir wohnten auf Long Island, und für mich war das die Welt.

Eines Tages kam Bill mit uns spielen. Er war mindestens drei Jahre älter als ich und ein Verwandter oder Nachbar einer meiner Freundinnen. Blond, blaue Augen. Ich hatte damals nicht nur rote Haare, sondern auch überall Sommersprossen. Bill war weitaus schöner als ich und auch viel stärker. Ich erinnere mich, daß er auf mich den Eindruck eines Erwachsenen machte. Mit ihm gingen meine Freundinnen anders um: sie spielten die Zimperlichen, jedenfalls sah es aus, als fühlten sie sich nicht ganz wohl in ihrer

Haut. Wir spielten wie gewohnt, aber ich spürte, daß eine Spannung in der Luft lag: es war, als würden wir uns vor unsichtbaren Eltern zur Schau stellen. Wenn es spät geworden war, setzten wir uns auf die Stufen vor dem Haus. Und ich fing an, völlig frei erfundene Geschichten über meine Familie zu erzählen. Ziemlich tragische Geschichten, die aus Flucht, Krankheiten und geheimnisvollen Toden bestanden. Ich weiß nicht genau, weshalb ich einen solchen Haufen Blödsinn erfand, doch ich erinnere mich, daß Bill mir am Ende direkt in die Augen starrte und, mir die Hand drückend, sagte: »Da steht einem ja der Schwanz«.

Ich glaube, damals bin ich zum ersten Mal in meinem Leben rot geworden.

»Laß mich damit beginnen, dir zu sagen, daß ich verliebt war. Eine banale Feststellung, sicher, doch kein gewöhnlicher Umstand, denn nur ganz wenige wissen, daß Lieben Zärtlichkeit ist, und daß die Zärtlichkeit nicht, wie viele vermuten, Erbarmen ist.« Truman Capote

Mein Vater akzeptierte mich nicht. (Nun ja, das ist ein abgedroschener Satz, und ich weiß nicht genau, was er bedeutet). Wahrscheinlicher ist, daß er nicht begriff, was für ein Typ ich eigentlich war, er wußte nicht, wie er mich einordnen sollte: daher dachte ich dann wohl, daß er mich nicht mochte. Er lebte im Mythos der Söhne unserer Nachbarn, zwei schon große Jungen (damals mußten sie so an die sechzehn gewesen sein). Wahnsinnig sportliche Jungen, wahnsinnig extrovertiert, bei jedem Schulball wechselten sie die Freundin. Mein Vater vergötterte sie. Ich weiß nicht genau: irgendwie konnte ich sie nicht ausstehen, aber insgeheim gefielen sie mir, glaube ich. Ich weiß nicht, was aus ihnen geworden ist. Nur eines ist sicher: sie haben meine Kindheit vergiftet.

Die Tatsache, daß ich davon träumte, Schriftsteller oder Dichter zu werden, war für meinen Vater etwas völlig Absurdes. Bücher waren für mich das wirkliche Leben. Er dagegen fand es absurd, daß ich während der Ferien tagelang im Haus blieb, um Bücher zu lesen und überall die schönsten Sätze meiner Lieblingsautoren abschrieb. Ich sammelte die Worte von Schriftstellern wie Zinnsoldaten. Diese Worte sagten über mich mehr aus, als ich selber hätte sagen können. Sie erzählten mein Leben, erklärten meine Welt: würde es mir jemals gelingen, mich mit der gleichen Aufrichtigkeit auszudrücken?

Ich muß allerdings sagen, daß die Zweifel meines Vaters an meiner literarischen Berufung prompt bestätigt wurden. Mein Ausbildungsweg ist unregelmäßig und unzusammenhängend gewesen. Außerdem: für Bälle und für Mädchen hatte ich auch nicht die Spur eines Interesses, und während der gesamten Schulzeit ist es mir gelungen, mich vor jeder sportlichen Aktivität zu drücken. Da war es nur selbstverständlich, daß die Distanz zwischen ihm und mir groß geworden war. Meine Mutter hat dafür die Quittung bekommen. Wenn ich daran denke, empfinde ich noch immer Reue für alles Unheil, das ich wahrscheinlich angerichtet habe. Sie akzeptierte mich. Oder wenigstens akzeptierte sie die Situation. Sie liebte mich, mit einem Wort. Doch daß eine Mutter ihren homosexuellen Sohn liebt, das wird mir jetzt klar, hat noch nie Sinn gemacht.

Gut: jetzt ist es heraus. Ich war homosexuell. Was für ein merkwürdiges Wort für einen kleinen Jungen. Es gab auch noch andere im Umlauf, die das gleiche besagten. Ziemlich plumpe Wörter: Beleidigungen. Doch das Wort »homosexuell« war das merkwürdigste von allen: vielleicht, weil es mit diesem wissenschaftlich-aseptischen Unterton daran denken ließ, daß man sehr krank sein und so schnell wie möglich einen Arzt konsultieren müsse. Ich, um die Wahrheit zu sagen, fühlte mich nicht krank, im Gegenteil, ich fühlte mich gesund, in Form. Seit ich Bill kennengelernt hatte, kam es mir vor, daß die ganze Welt (das heißt Long Island) ein fabelhafter Platz wäre. Nach und nach war es mir gelungen, sein bester Freund zu werden. Myriam und die anderen beneideten mich, weil er mich vorzog. Bill und ich verbrachten jeden Nachmittag zusammen. Wir spielten, gingen hierhin und dorthin, redeten. Immer zusammen. Aber zwei Dinge mochte ich mehr als alles andere: seine Hände betrachten und ihn »Da steht einem ja der Schwanz« sagen hören. Zwei Dinge, die oft vorkamen.

Später habe ich mich oft gefragt, ob auch Bill homosexuell war. Mir schien es nicht so. Er war gesund und flink wie ich. Nur war er muskulöser. Konnte die Tatsache, schöne Muskeln zu haben, helfen, nicht homosexuell zu sein? Jedenfalls redete ich mit ihm nicht über derlei Dinge. Wir führten unglaublich romantische und phantasievolle Gespräche. Ich gab mein Bestes bei der Erfindung von Unsinn über unser Schicksal. Selbstverständlich wäre es ein Schicksal gewesen, das diesen Namen auch verdient hat. Beide würden wir denkwürdige Taten vollbringen, würden wir ungeheuer reich und absolut glücklich sein (ich redete von den Büchern, die ich schreiben wollte, nur in Andeutungen, um Bill nicht zu enttäuschen oder um ihn durch Einzelheiten nicht zu langweilen). In diesen Gesprächen war nicht viel Platz für Mädchen. Aber Bill schien das auch nicht viel auszumachen.

Als er drei Jahre später mit seiner Familie nach Illinois zog, mithin auf die andere Seite des Universums, war das für mich ein großes Unglück. Die Nachricht lag schon seit langem in der Luft, doch zu Anfang kam sie mir absurd vor, haltlos. Als er sich von mir verabschiedete, sagte Bill, daß er mir schreiben würde, daß wir auf die eine oder andere Weise Verbindung halten würden. Er fuhr lächelnd weg, so als wäre nichts weiter, während es mir vorkam, als würde der gesamte Himmel mit allen Wolken, dem Mond und den Planeten mir auf den Kopf stürzen. Aber das zeigte ich weder Bill noch später meinen Eltern. Ich erinnere mich, daß ich mich in mein Zimmer einschloß und mich nicht bewegte, wie wenn ich vom Blitz getroffen worden wäre. Ich hatte Lust zu weinen, eine unbesiegbare Lust. Aber ich widerstand. Ich war vom Kopf bis zu den Füßen verschwitzt, so anstrengend war das Widerstehen, aber ich preßte auch nicht eine Träne heraus.

»Interessantere Lebenserscheinungen haben wohl immer dies Doppelgesicht von Vergangenheit und Zukunft, wohl immer sind sie progressiv und regressiv in einem. Sie zeigen die Zweideutigkeit des Lebens selbst.«

Thomas Mann

Mit Bill hatte ich nie über meine Gefühle für ihn gesprochen. Außerdem dachte ich damals, daß Gefühle wie unsichtbare Fäden wären, die Personen zusammenhalten. Ein Faden band mich an meine Mutter, ein anderer (viel unsichtbarer) an meinen Vater, wieder andere an Myriam, an Sarah, an Deb und an meine Schulkameraden. Der, der mich an Bill band, hätte der festeste und vielleicht auch der weniger unsichtbare sein sollen. Wie auch immer, über einen Faden gibt es wenig zu diskutieren. Der Faden zu Bill war jetzt zerrissen.

Ich muß nicht eigens sagen, daß ich später keines der Bücher geschrieben habe, das ich mir hatte einfallen lassen, als ich mit Bill zusammen war. Ich habe es übrigens auch nie versucht. Als ich ungefähr zwanzig war, las ich Musil und begriff, daß ich nie auch nur eine kleine Erzählung für die Campus-Zeitung hätte schreiben können. Es war ein später Vormittag im Oktober, meine ich. Ich hob die Augen vom Buch (ich war auf den letzten Seiten von *Der Mann ohne Eigenschaften*) und sah die reine, glänzende Luft um mich herum. Da waren die Bauten des College, ein junges Mädchen ging in diesem Augenblick eilig vorüber, zwei Bäume, die Wiese, auf die ich mich hingelegt hatte. Alles erschien mir real, doch das einzige, was für mich wirklich vorhanden war und alles umschloß, auch meinen Körper, war die Luft, ihre plötzliche Durchsichtigkeit. Es war wie die Entdeckung einer unerwarteten Qualität des Daseins. Ich stellte mir die banale Frage: »Könnte ich das alles beschreiben? Könnte das Schreiben diese Vision wieder zusammenfügen? Um das zu können, müßte es durchsichtig und unberührbar sein wie die Luft. Müßte sich das Schreiben selbst zunichte machen, damit die Dinge hervortreten können? Aber was bliebe an diesem Punkt von der Realität noch übrig?« Ich sagte mir, daß Musil nicht zufällig das Schema jeder möglichen Erzählung aufgegeben hatte, um eine neue Form auszuprobieren, bei der das Schreiben in etwa mit dem Heraustreten aus sich selbst, mit dem Zuschreiten auf den eigenen Tod übereinstimmte. Sollte ich diesen Weg zurücklegen müssen? Dafür gab es Voraussetzungen in meinem Leben von damals: ich studierte Philosophie. Ich hatte mich leidenschaftlich mit Kant und Heidegger beschäftigt und versuchte das nichtpsychologische Wesen meiner Neigung zur Lüge und zum Versteckspiel zu begreifen. So wurde mir an diesem Oktobermorgen schlagartig klar wie die Luft, daß ich nur dann einen Weg finden könnte mich auszudrücken, wenn ich ein- für allemal die Idee des Schreibens aufgeben würde.

Die Photographie war eine hinreichend konkrete und abstrakte Sprache, um den schüchternen und nach Schemata suchenden Studenten, der ich damals war, zu faszinieren. Warum konkret und abstrakt? Weil sie die Dinge selbst wiedergab, indem sie die Realität durch die Realität erzählte. Gleichzeitig interpretierten der Bildausschnitt, die Verwendung von Schwarz und Weiß, das Blitzlicht, die Bewegung des Auslösers die wiedergegebenen Dinge, veränderten sie. Das Wesen des Photographierens war vieldeutiger und neutraler als das des Schreibens. Ich war dabei, die Distanz zwischen mir und der Realität zu verkürzen. Ohne mir darüber bewußt zu sein, suchte ich einen abgekürzten Weg aus meiner Angst.

Die Zeit, die jetzt begann, war ziemlich konfus. Ich ging von der Universität, fand einen Job in einer Bar, brach jede Beziehung zu meiner Familie ab. Mit meinen Ersparnissen richtete ich mir ein kleines Atelier ein (das auch Schlafzimmer und Eßzimmer war). Ich war von der Vorstellung des Portraits besessen. Abends machte ich mich auf den Weg durch die Schwulenbars, schleppte Jungs, Transvestiten, Stricher ab, brachte sie mit nach Hause, fickte mit ihnen, dann photographierte ich sie. Ich portraitierte beispielsweise einen Arm, wie er auf dem Weiß des Bettuchs ruhte, oder auch einen Rücken, der den gesamten Bildausschnitt ausfüllte, oder auch Haare wie ein vom Wind zerzauster Wald. Nur der Gebrauch des Lichts und die besondere Nähe oder Ferne zum Objekt sollten den Sinn des Photos ausmachen. Ich versuchte nicht zu überraschen, zielte nicht aufs Unzusammenhängende. Was mich interessierte, war die Wahrheit: doch je mehr ich das Besondere eines Körpers ins Bild rückte, um so mehr kam seine Maske zum Vorschein. Ich wechselte zum Selbstportrait, obwohl mir klar war, daß es wahrscheinlich schwieriger sein würde, mich selbst zu überraschen. Ich photographierte mich frühmorgens, nach wenigen Stunden Schlaf, um mich müde, unbeschützt zu finden. Oder nachdem ich zwei-, dreimal hintereinander onaniert hatte. Doch wenn ich Abzüge machte oder meine Photos auf eine Wand projizierte, da kippte das Bild plötzlich, da war der Sinn plötzlich verhüllt. Als hätte sich nicht das konkrete Objekt auf den Film gebannt, sondern vielmehr seine Travestie, meine kreative Absicht.

Heute kommen mir alle diese Sophismen ziemlich lächerlich vor. Und noch lächerlicher, weil ich einen beachtlichen Erfolg hatte, als ich diese Photos, die für mich ein Reinfall waren, zum ersten Mal ausstellte. Die Kritiker, von denen ich nicht erwartet hatte, daß sie kommen und sich meine Arbeit ansehen würden, schrieben darüber nur Gutes. Die Galerie, die klein war und wegen Geldmangel immer am Rande des Bankrotts stand, machte daher ausgezeichnete Geschäfte. Und ich befand mich in der peinlichen Lage, hochgelobt und vollkommen mißverstanden zu werden.

Zu der Zeit traf ich Myriam wieder. Sie war sehr schön damals. Sehr schön und sehr aggressiv. Auch sie machte Photographien. Sie arbeitete mit einem ziemlich bekannten Feministenkollektiv zusammen, hatte keinen Cent in der Tasche und hatte sich kurz zuvor von ihrem italienischen Ehemann getrennt. Ein paar Tage, bevor die Ausstellung schloß, kam sie in die Galerie. Ich war glücklich, sie wiederzusehen. Natürlich waren wir sehr viel anders als zu der Zeit, als wir miteinander auf Long Island spielten. Trotzdem war es angenehm, wenigstens für mich, in diesem Augenblick ein kleines Stück meiner Wurzeln wiederzuentdecken. Es war sozusagen beruhigend.

»Das Wenigste ist da, um uns einzuleuchten, und die Jugend gehört nicht dazu, auch die Stadt nicht, in der sie stattgehabt hat.« Ingeborg Bachmann

Myriam fand meine Photos wenig überzeugend. Ich glaube, sie benutzte genau diesen Ausdruck. Das überraschte mich, denn sie war offensichtlich die einzige, die bemerkt hatte, daß irgend etwas in diesen Bildern nicht stimmte. Mir kam es vor wie der Beweis für eine uns gemeinsame Sensibilität. Könnte die Tatsache, daß wir unsere Kindheit gemeinsam verbracht hatten, das erklären? Wie auch immer, ich bot ihr an diesem Tag an, uns wiederzusehen, hin und wieder ins Kino zu gehen, mit einem Wort: wieder Freunde zu werden. Vor allem aber dachte ich – zumal ich ihre verheerende finanzielle Situation erahnt und mein Bekanntheitsgrad mir einen gewissen Einfluß ermöglicht hatte –, ich könnte ihr in beruflicher Hinsicht von Nutzen sein.

Ungefähr zehn Tage später rief sie mich an. In der Zwischenzeit hatte ich verschiedene Arbeitsangebote erhalten.

Ein paar davon waren interessant. Ohne daß ich mir klar darüber wurde, war ich genauso aufgeregt wie als Kind, als ich, dank der Märchen, die ich über dieses und jenes erfand, Zuneigung oder Bestätigung von jemandem erhielt. Als ich vor kurzem mit Oku darüber sprach, hat er diese Form der Erregung »den Schauder der perfekten Fälschung« genannt.

Eine Zeitlang machten wir es uns zur Gewohnheit, gemeinsam zu Abend zu essen. Gewöhnlich war ich es, der kochte, sei es, daß wir uns bei ihr trafen, sei es, daß sie in meine Höhle kam. Myriam zeigte mir gegenüber das, was man ein ambivalentes Verhalten nennt: ich fühlte ihre Zuneigung, spürte sogar einen Hauch kindlicher Zärtlichkeit mir gegenüber, aber gleichzeitig war es, als würde sie sich bemühen, eine gewisse Distanz einzuhalten, fast als müßte sie sich vor mir schützen. Wir redeten wenig über die Photographie. Wenn wir es taten, kam es vor, daß wir beide ziemlich gleichartige Ideen hatten, daß wir gleicher Meinung waren: auf diese Weise waren die Diskussionen schon beendet, bevor sie überhaupt begonnen hatten. Statt dessen sprachen wir über die Vergangenheit. Über die Spiele, die wir spielten, über unsere Nachbarn auf Long Island, über Sarah und Deb. Manchmal erwähnte Myriam Bill, aber dann wechselte ich sofort das Thema, und sie ging darauf ein, ich glaube aus Diskretion.

Ich erinnere mich an diese Zeit wie an seltene Augenblicke wirklicher Unbeschwertheit in meinem Leben. Meine Gewohnheiten hatten sich verändert, ohne daß mir das bewußt geworden wäre. Ich ging nicht mehr in die Schwulenbars, abends ging ich nur noch selten weg, und wenn ich es tat, war es, als müßte ich dem Scheinbild eines alten Impulses folgen. Ich fühlte mich überall gleich unwohl. Ich war befangen, unfähig, jemanden anzusprechen, den ich nicht schon kannte. Mein Sexualleben war dementsprechend eine ausgesprochene Katastrophe. Trotzdem, das alles belastete mich nicht, im Gegenteil, es schien mir eine sonderbare Freiheit zurückzugeben: wie wenn ich meine Jugend noch einmal erleben würde, aber in vermittelter, bewußter Form. Myriam, die davon mit Sicherheit nichts wußte und auch nichts wissen wollte, schenkte mir das Prickeln, eine Familie ganz für mich allein zu haben, eine ganz kleine und eng miteinander verbundene Familie.

Ganz im Gegensatz zum äußeren Anschein, war Myriam viel ausgeglichener als ich. Für sie war unser Verhältnis etwas Wichtiges in ihrer Existenz, aber nicht das Wichtigste. Oder jedenfalls nicht das einzige. Mit anderen Worten, sie hatte auf Sex nicht verzichtet. Wenigstens nicht in der dunklen, verfänglichen Weise, wie ich sie für mich erarbeitet hatte. Sie erzählte mir oft über ihre Liebhaber, auch wenn es ihr am Ende dann aus dem einen oder anderen Grund nie möglich war, sie mir irgendwann vorzustellen. Sie erzählte mir aber von ihnen in einem komplizenhaften Ton, meistens ironisch. So wie sie sie beschrieb, hatten diese Männer etwas Lächerliches: sie erregten mehr Mitleid als Leidenschaft. Ob sie nun sehr jung und attraktiv waren oder verheiratet und vielleicht sogar erfolgreich, in ihren Gesprächen traten sie immer als Menschen hervor, die unfähig waren, sich hinzugeben, gehemmt, von einer fast peinlichen Zerbrechlichkeit. Myriam verbreitete sich auch über die intimeren Einzelheiten ihrer Beziehungen, und ich muß gestehen, daß ich, vor allem in der ersten Zeit, dazu neigte, sie zu zensieren. Aber später lachten wir gemeinsam darüber. Ansonsten konnte ich mich nicht dazu bringen, eifersüchtig auf sie zu sein.

Es war offenkundig eine Zeit der Erwartung: aber, so sagte ich mir, nichts, das so angenehm wäre wie das Erwarten.

»Sieh, ich lebe. Woraus? Weder Kindheit noch Zukunft / werden weniger ... Überzähliges Dasein / entspringt mir im Herzen.« Rainer Maria Rilke

Ich habe Oku diese Seiten nicht zu lesen gegeben. Allerdings haben wir über sie gesprochen. Oku hat mir mit jener zerfahrenen Aufmerksamkeit zugehört, die mich, das gebe ich zu, am Ende immer irritiert. Auch wenn ich es ihm nicht zeige. Er sagte: »Du versuchst, der Leere auszuweichen. Statt zu schreiben und dir selber das zu erzählen, was du längst weißt, solltest du die Seiten deines Heftes einfach weiß lassen. Versuch sie als das zu sehen, was sie sind, nämlich weiß und glatt. Du mußt sie nicht unbedingt füllen.«

Ich schließe nicht aus, daß Oku recht haben könnte. Ich schließe nicht aus, daß mein ständiges Herumtun, auch meine Art zu meditieren, Entsetzen ist: eine Weise, mich nur in dem wiederzuerkennen, was außerhalb von mir ist. Oku sagte, daß die Worte – wie die Photographien – im Grunde eine anästhesierende Funktion haben. Doch neben dieser beruhigenden Rolle ist da auch etwas Bitteres, Düsteres. Ich fragte: »Willst du sagen: Verzweiflung?« Ich weiß, daß Oku bei eindeutigen Fragen ins Schwimmen kommt, aber ich weiß auch, daß seine Abschweifungen nur für einen kurzen Augenblick wie Abschweifungen aussehen und am Ende immer scharfsinnig sind und zur Sache gehören, mehr als jede direkte Antwort.

Also, Oku hatte von den Masken des No-Theaters zu sprechen begonnen. Er hat erklärt, daß sie aus bemaltem Holz bestehen und auf der Innenseite die Signatur des Künstlers tragen, der sie hergestellt hat. Ihr Ausdruck ist zweideutig, weil sie Schmerz und Freude mitteilen müssen. Es ist der Erste Schauspieler, der die Maske auf der Bühne trägt, aber nur dann, wenn er die Rolle einer Frau oder die eines Alten spielt. Am Ende sagte Oku: »Du bist keine Frau und du bist auch kein Alter.«

Ich glaube, an diesem Punkt bin ich rot geworden, aus Furcht, den Sinn dieses Gedankens überhaupt nicht erfaßt zu haben. Er hatte es bemerkt und schnell und einschmeichelnd gesagt: »Das wird doch keine Frage der Scham sein?« Da spürte ich einen stechenden, tiefen Schmerz mitten in der Brust. Wie wenn ein in tausend Meilen Entfernung zufällig abgeschossener Pfeil mich ebenso zufällig voll und ganz getroffen hätte, ohne mich jedoch umzubringen.

»Ich mußte noch weiter in mir vordringen, um die Klarheit der Photographie zu finden, das, was jeder sieht, wenn er ein Photo betrachtet und es in seinen Augen von jedem anderen Bild unterscheidet. Ich mußte Abbitte tun.«

Roland Barthes

6 Für Julien

Die folgenden Seiten wurden unter den persönlichen Gegenständen von Julien Fabre gefunden. Es sind lose, maschinengeschriebene Blätter, vermutlich Teil eines Tagebuchs. Sie enthalten keine Tintenstift- oder Kugelschreiberkorrekturen, sie sind weder unterschrieben noch datiert. Die Blätter wurden durch ein einfaches gelbes Gummiband in einem Papierumschlag zusammengehalten und befanden sich in einer Innentasche des Koffers von Julien Fabre. Einige müssen schon vor Jahren geschrieben worden sein, denn das Papier ist vergilbt, andere sind mit Sicherheit jüngeren Datums. Auch der Briefumschlag weist keinerlei Merkmale auf, die zum Verständnis beitragen: weiß, großformatig, rechteckig, am oberen Rand aufgeschnitten, und zwar eindeutig mit einem Brieföffner oder einem ähnlichen Gegenstand. Es befinden sich keine Briefmarken auf dem Umschlag, auch kein Absender. Der Name des Adressaten (»für Julien«) ist zweimal unterstrichen. Nur in der oberen linken Ecke steht, ebenfalls maschinengeschrieben: »199..« Ein mögliches Datum oder eine Postleitzahl?

Mein Lieber, ich weiß nicht, wo ich anfangen soll. So viele Dinge kommen mir in den Sinn, daß ich es wirklich nicht weiß.

Gestern abend bin ich angekommen, gegen acht. Es war noch Licht, nur wenige Leute unterwegs. Ich habe etwas gegessen und mich dann gleich ins Bett gelegt. Die Koffer sind noch nicht ausgepackt: es kommt mir so eigentümlich vor, daß Du nicht hier bist. Das Wetter ist schön, aber ich habe keine Lust, an den Strand hinunter zu gehen. Ich fühle mich ein bißchen gar zu allein auf dieser Insel, die ich nicht kenne.

Das Haus ist bequem, hat eine gute Lage, ist aber ziemlich kahl. Ich habe zwei fürchterlich häßliche Bilder abgenommen und in dem kleinen Raum versteckt, der in den Eingang führt. Eigentlich müßte ich eine Menge erledigen, hinausgehen, einkaufen, Ordnung machen, aber wenn ich die Wahrheit sagen soll, dann glaube ich, daß ich heute nichts mehr ausrichte. Vielleicht ist es die Hitze: ich komme mir völlig kraftlos vor.

Du hättest mitkommen sollen. Nein, das ist kein Vorwurf. Ich möchte [*durchgestrichenes Wort*] nicht, daß Du das falsch verstehst. Aber es wäre schön gewesen, gemeinsam hier anzukommen, wie es in der Vergangenheit immer der Fall war, wenn wir für die Ferien am Meer ein Haus gemietet haben. Doch dieses Jahr hast Du es so arrangiert, daß ich zuerst abfahren sollte. Und noch immer habe ich nicht richtig verstanden, warum. Aber lassen wir das. Sonst könntest Du mir vorwerfen, ich würde mich immer nur beklagen, wo Du doch derjenige bist, der sich immer beklagt.

Ich weiß, ich sollte Dir das Haus besser beschreiben, seine Lage (sei beruhigt, es ist schön luftig), die Straße, die zum Ort führt. Ich sollte Dir alle Einzelheiten aufschreiben: die Pflanzen auf der Terrasse (die allerdings nicht sehr groß ist), wer die Nachbarn sind und wie sie sind und so weiter und so fort. Aber jetzt habe ich dazu keine Lust, statt dessen würde ich mich gerne wieder aufs Bett legen und an nichts denken. Ich verspreche Dir, daß ich das nächste Mal etwas genauer sein werde, aber glaub mir, jetzt macht es mir Mühe weiterzuschreiben.

Merkwürdigerweise regnet es heute. Nach fast zwei Wochen anhaltend schönen Wetters hat es unvermittelt angefangen in Strömen zu regnen. Ich bin nicht aus dem Haus gegangen. Ich wollte eigentlich ein Feuer im Kamin anzünden, nur um irgend etwas zu tun, doch dann habe ich gemerkt, daß kein Holz da war. Was soll's. Statt die Hände in den Schoß zu legen, habe ich mich hingesetzt und angefangen zu schreiben.

Nutzlos zu lügen. Nutzlos, um den heißen Brei herumzureden. Ich fühle mich einsam. Ich fühle mich einsam und bin es leid, hier alleine zu sein. Und ich habe auch den Eindruck, daß es Dir nicht besonders gefällt, zu mir zu kommen: Du tust nichts anderes, als Deine Ankunft immer wieder zu verschieben. Du hast Arbeit, ich weiß. Du hast es mir ja auch am Telefon noch einmal gesagt. Aber wenn ich die Wahrheit sagen soll, dann kümmert mich das einen Dreck, und ich würde es lieber sehen, wenn Du hier wärst und Dich mit mir unterhieltest oder einfach still im Sessel säßest.

Simone und René haben mir mitgeteilt, daß sie nicht vor dem 10. August kommen werden. Sie haben mir einen unendlich langen und sehr amüsanten Brief geschrieben, mit allen Einzelheiten über die Hochzeit von Lise und Ronald in South Carolina. Sie sagten, daß Ronalds Familie katholisch sei und die Kinder deshalb nach katholischem Ritus geheiratet hätten. Aber eigentlich hat das keinen interessiert. Es ist eine schöne Feier mit vielen Gästen gewesen: lediglich wir beide haben gefehlt. Ein bißchen tut es mir leid, daß ich nicht habe da sein können. Am Tag nach der Feier sind Lise und Ronald auf eine Reise nach ich weiß nicht wohin gegangen, und nach ihrer Rückkehr werden sie sich in der Nähe von Oakland in Kalifornien niederlassen. Wer weiß, wann wir sie wiedersehen.

Ich hoffe, daß Du bereits hier sein wirst, wenn Simone und René ankommen. Es liegt mir viel daran, eine kleine Party für ihre Rückkehr nach Europa zu geben. Auch wenn nur wir vier anwesend sind, könnte es doch amüsant sein.

Im Ort habe ich noch niemanden kennengelernt. Auf dieser Insel sind die Leute so verschlossen, so reserviert. Sie kommen mir [*durchgestrichenes Wort*] allesamt vor wie Mumien. Sie grüßen dich, Guten Tag und Guten Abend, aus und Schluß. Ich habe versucht, ein paar Kontakte zu knüpfen, einfach nur, um ein bißchen zu schwätzen. Aber das war bisher nicht möglich. Es sind wirklich Inselbewohner.

Neulich bin ich zum Friedhof gegangen, ich weiß nicht warum. Es war niemand da. Ich habe einen langen Spaziergang gemacht: der Friedhof wird in Ordnung gehalten, mit gepflegten Beeten und ordentlichen Kieswegen. Dann bin ich in einer Ecke stehengeblieben, und, Du wirst es nicht glauben, auf dem Grabstein eines jungen Mannes, der mit nur vierundzwanzig Jahren gestorben ist, standen Verse von Pound: »Was Du wirklich liebst, bleibt, / das andere ist Schlacke / Was Du wirklich liebst, wird Dir nicht entrissen / Was Du wirklich liebst, ist Dein wirkliches Erbe«; das stand darauf geschrieben, und ich habe die Tränen nicht zurückhalten können, weil ich plötzlich an alle denken mußte, die nicht mehr sind. Ich sage ausdrücklich alle: Dein Vater, die Freunde, die Eltern und auch die Unbekannten. Die, die mit zwanzig und mit fünfzig und mit neunzig Jahren von uns gegangen sind. Und es kam mir wie eine Vergeudung vor, an all diese verstorbenen und begrabenen Leben zu denken. Ein bißchen habe ich auch an die gedacht, die nie geboren wurden. Aber lassen wir das.

Ich wünschte, es würde aufhören zu regnen, denn dieser ganze Regen läßt mich nur auf traurige, düstere Gedanken kommen. Und dann ist es mir auch, als würde die Zeit noch langsamer vergehen als sonst. Ich habe nur immer das Bild des jungen Mannes vor Augen, der mit vierundzwanzig gestorben ist: auf dem Farbphoto das schöne, heitere, lächelnde Gesicht eines Menschen, der noch jünger aussieht als er ist, mit zwei grünen durchsichtigen Augen. Wer weiß, wieso er mit vierundzwanzig gestorben ist. Beim besten Willen kann ich es mir nicht vorstellen. Heute wäre er womöglich ein glücklicher Mann, wer weiß. Jedenfalls stelle ich mir das gerne vor.

Wenn ich die Wahrheit sagen soll, hat mich Deine Postkarte von Djerba verblüfft. Mir ist der Gedanke gekommen, daß Du mich hierher geschickt hast, um Dich dann, nach einigem Zögern, aus dem Staub zu machen. Und ohne vorher ein Wort darüber zu sagen. Das hättest Du wirklich nicht tun dürfen [*durchgestrichene Wörter*] ... Morgen kommen Simone und René an, und ich weiß nicht, was ich tun soll. [*Zwei durchgestrichene Zeilen*].

Sicher ist, daß wir Dich dieses Jahr nicht am Meer sehen. Hoffen wir, daß es nur für dieses Jahr ist. Aber ich frage mich auch, was Du eigentlich alleine auf Djerba machst. Jetzt bist Du da unten und ich hier, und beide sind wir allein. Naja.

Gestern habe ich Blumen an das Grab des jungen Mannes gebracht, der mit vierundzwanzig Jahren gestorben ist. Seine Familie wird denken, daß es da noch ein Mädchen gibt, das an ihn denkt. Arme Eltern, wer weiß, was für ein Leid. Und wer weiß, wie auch das Mädchen gelitten haben wird, sofern es wirklich ein Mädchen gab.

Zuweilen denke ich, daß das Leid die Menschen blind macht. Wenigstens ist es bei mir nach dem Tod Deines Vaters so gewesen. Ich war noch jung, ich hätte mir ein neues Leben aufbauen können, wie man so sagt. Tatsache ist, daß ich mich nach dem Tod meines Mannes völlig durcheinander fühlte: alles habe ich mir vorstellen können, nur nicht, daß er mich so bald schon verlassen würde. Ich weiß, daß es dumm ist, so etwas zu sagen, aber es ist die Wahrheit. Von dem Augenblick an habe ich mich auf einem Auge blind gefühlt. Vor allem in der ersten Zeit kam es mir vor, als könnte ich nichts mehr machen und als würden die anderen mich nichts mehr angehen. Zum Glück warst Du da. Wieviel Zeit ist vergangen, es kommt mir jetzt über hundert Jahre vor.

Ich hoffe, daß ich ab morgen weniger an die Vergangenheit und an den jungen Mann denke, der mit vierundzwanzig gestorben ist. Simone und René sind immer ein schönes Paar gewesen: sie können einen mit ihrer guten Laune anstecken, ohne daß man es merkt. Die Glücklichen. Andererseits haben sie ein gutes Leben gehabt. Jetzt, wo auch Lise verheiratet ist, können sie sich beruhigt und zufrieden fühlen. Ronald ist ein hervorragender Junge, wie es scheint. Er ist Literaturwissenschaftler. Simone war es wichtig, mir das zu sagen, weil sie weiß, wie gerne ich lese und [*durchgestrichenes Wort*] nochmals lese.

Also, auch in diesem Jahr keine gemeinsamen Ferien. Ich habe die Befürchtung, daß Dein Djerba zur Gewohnheit werden könnte. Eine ganz private Gewohnheit von Dir. Im vergangenen Jahr bist Du überraschend dorthin gefahren, und auch jetzt hast Du aus Deiner Abreise ein Geheimnis gemacht. Ich bin in dieser Hinsicht etwas argwöhnisch. Was verbirgst Du? Du hast ein schönes Hotel erwähnt, das Dir Dein Kollege mit dem halb polnischen Namen empfohlen hat, hast gesagt, daß Du Dich wohlgefühlt hast, ausgeruht. Doch auf alle meine Fragen hast Du Antworten gegeben, die nicht besonders befriedigend sind. Es wird doch wohl nicht so sein, daß Du Dich da unten mit einer unverheirateten Frau triffst? Das würde mich durchaus nicht verletzen. Im Gegenteil: nach Anne, die eine sichere Sache zu sein schien, hat es mir leid getan, daß Du nie wieder vom Heiraten gesprochen hast. Das mit Anne muß Dir seinerzeit sehr zugesetzt haben. Wenn da also jetzt eine andere Anne wäre, würde ich mich glücklich schätzen, sie kennenzulernen und zu wissen, daß früher oder später…

Ich habe mich entschlossen, in der Stadt zu bleiben. Vielleicht einen Sprung aufs Land zu Simone und René, für eine Woche. Simone leidet an Gallensteinen, und René ist so gealtert nach Lises Hochzeit. Beide sind sie gealtert: als wären jetzt, wo sie an nichts mehr zu denken haben, alle Gedanken der Welt auf ihre Schultern gestürzt. Sie sind gebeugter geworden, wie sonderbar, sie machen einen so sonderbaren Eindruck auf mich.

Neulich habe ich einen kurzen Brief aus Italien bekommen: von der Mutter des jungen Mannes, der mit vierundzwanzig Jahren gestorben ist und Franco hieß. Sie, Lina, ist eine außerordentlich starke und nervöse Frau, mit einer Spur von Hysterie in ihrem Blick. Der Junge nahm anscheinend Drogen und ist wohl daran gestorben. Lina hatte es nie genau wissen wollen. Sie hing an dem Jungen, der der dritte Sohn und, so wie sie von ihm sprach, ihr Liebling war. Sie und ich haben uns beim zweiten oder dritten Mal kennengelernt, als ich Blumen ans Grab brachte. Lina war so überrascht, daß es eine alte Ausländerin war, die die Blumen gebracht hatte. Sie hatte geglaubt, es wäre ein Freund ihres Sohnes. Ihr Junge mochte Frauen nicht. Jedenfalls, als Lina entdeckte, daß ich es war, die die Blumen brachte, das heißt eine völlig Unbekannte, schien sie erleichtert. Es kam, wie es kommen mußte: wir schlossen Freundschaft, trotz meiner mangelhaften Italienischkenntnisse. Auch nach der Ankunft von Simone und René haben wir uns ständig besucht. Lina ist jünger als ich, aber genauso einsam: ihre Kinder sind verheiratet und wohnen in einer Stadt, die nicht weit entfernt ist, aber sie sehen sich nicht oft. Sie wollte im Ort bleiben, weil sie, wie sie sagt, bei ihren Toten bleiben will, zu denen zuerst Franco gehört, dann ihr Mann und ihre Eltern. In dem kurzen Brief, den ich neulich erhalten habe, hat Lina gesagt, wie traurig sie sei, daß ich in diesem Jahr nicht wiederkomme. Ich habe ihr in meiner Antwort den Vorschlag gemacht, nach Frankreich zu kommen. Lina ist nie gereist, sie hat sich nie über Italien hinausbegeben. Ich habe ihr geschrieben: »Noch ein Grund zu kommen.« Aber ich glaube nicht, daß daraus etwas wird.

Statt dessen ist Lina doch gekommen, und ich war unendlich zufrieden, sie wiederzusehen. Sie ist zwei Wochen geblieben, in denen ich ihr die Stadt gründlich gezeigt habe, und zum Schluß sind wir noch ein paar Tage zu Simone und René aufs Land gefahren. Es waren wunderbare Tage, weil Lina mir wieder Lust gemacht hat, das Haus zu verlassen und wie eine Touristin herumzulaufen. Auch Simone und René schienen glücklich über unseren Besuch. Sie sagten, wir hätten sie abgelenkt.

Lina hat mich viel nach Dir gefragt. Sie wollte wissen, was für einer Arbeit Du nachgehst, ob Du verheiratet bist, wo Du wohnst und so weiter. Doch als ich mit ihr sprach, merkte ich, daß ich nicht mehr viel über Dich weiß. Zum Beispiel, diese Sache mit Djerba, die mich neugierig macht, habe ich ihr nicht erklären können, und Lina war einigermaßen überrascht über die Tatsache, daß Du und ich uns viele Dinge nicht erzählen. Sie kannte alle Freunde ihres Sohnes, sie telefonierten oft miteinander. Nur diese Sache mit der Droge hatte sie überhaupt nicht verstanden. Und im Grunde, so scheint mir, von der Art und Weise, wie sie noch jetzt darüber spricht, zieht sie es vor, sich nicht daran zu erinnern. Kann man ja auch verstehen.

Die Tatsache, daß der Junge nichts mit Frauen anfangen konnte, hat Lina ziemlich gut hingenommen. Sie hatte den Verdacht schon, als Franco noch sehr klein war: sie sah, daß er sich anders verhielt als seine größeren Brüder. Doch anfangs hatte sie sich gesagt, daß sich die Dinge mit der Entwicklung schon richten würden. Aber Franco zeigte weiterhin ein etwas eigenartiges Verhalten. Nichts besonders Auffälliges. Kleinigkeiten. Aber Lina ist eine Frau, das habe ich in diesen beiden Wochen begriffen, der nichts entgeht. Sie beobachtet alles, auch wenn sie es nicht zeigt, aber sie beobachtet und registriert. Und so hat sie bei Franco begriffen, als er um die siebzehn oder achtzehn war. Offen gestanden, sie war durchaus nicht glücklich. Eine Mutter, ein Vater denkt immer, daß ein Kind, das anders ist als die anderen, letzten Endes mehr leiden wird als die anderen. Jedenfalls, sie hing unendlich an diesem Jungen, und außerdem war er der einzige Sohn, der ihr ähnlich sah. Die anderen schlugen eher dem Vater nach. Franco hatte ihr niemals etwas Genaues gesagt, nie etwas rundheraus Eindeutiges. Und sie hat keine Fragen gestellt. Sie hatten einander längst verstanden. Er hatte sich nämlich ein paar Jahre vor seinem Tod in den Osterferien zu Hause eingefunden, und zwar mit einem Freund. Sie würden in Rom zusammenwohnen, hatte er gesagt. Franco arbeitete bereits, während sein Freund, der nur um weniges älter war, Philosophie studierte. Sie kannten sich seit über einem Jahr, und man konnte sehen, daß sie aneinander hingen. Lina sagte, sie seien gut miteinander ausgekommen, der andere sei ein äußerst ernsthafter Junge gewesen, der Vertrauen einflößte. So war sie, nach der ersten, einigermaßen verständlichen Verlegenheit zufrieden gewesen: wenn Franco schon so war, dann war es wesentlich besser, wenn er einen Freund gefunden hatte, mit dem er ein ruhiges Leben ohne allzu viel Durcheinander führen konnte.

Doch dann muß irgend etwas vorgefallen sein, denn plötzlich hatte Franco wieder alleine gewohnt und gleich darauf war er nach Mailand gezogen. Über den Freund hatte er seiner Mutter nichts gesagt. Er wollte nicht darüber reden. Und so nahm das Unheil seinen Lauf. Denn in Mailand führte Franco allem Anschein nach eine chaotische, turbulente Existenz. Lina hatte das sofort bemerkt, aber was konnte sie schon tun. Sie telefonierte jeden Tag mit Franco, der Junge war sonderbar, immer aufgedreht, nervös. Bis eines Morgens der Anruf eines gewissen Marco kam, der sagte, daß etwas Schreckliches, einfach Schreckliches passiert sei, kommen Sie her, um Gottes willen, kommen Sie sofort. Lina glaubte, daß Franco in einer unangenehmen Sache stecke, an mehr hatte sie nicht denken wollen. Am nächsten Tag nahm sie das Flugzeug nach Mailand. Die Beerdigung haben sie zu Hause, im Ort vorgenommen. Auch der Freund von Franco war gekommen, der Philosophiestudent. Lina sagte, er habe etwas abseits gestanden und die ganze Zeit über geweint. Sie weinte an diesem Tag nicht, sie sagte, sie habe einfach nicht weinen können: sie fühlte zwar, wie sie erstickte, aber eine Träne brachte sie nicht heraus. Mit dem Freund von Franco hatte sie kein Wort gewechselt, aber nicht, weil sie ihn auf Distanz hätte halten wollen. Sie haben sich fest umarmt. Francos Freund weinte immer mehr, seine Schluchzer durchschüttelten die Brust. Aber sie sprachen kein Wort. »Er hatte ja keine Schuld, der Arme, und außerdem war die Bescherung ja schon passiert«, hatte Lina gesagt.

Lina hat mir geschrieben, daß ihr das Buch, das ich ihr empfohlen hatte, sehr gefallen hat. Jetzt will sie noch weitere Romane von George Eliot lesen. Ich werde ihr sagen, sie soll mit *Middlemarch* weitermachen, das außergewöhnlich ist. Ihr kommt es ganz unwirklich vor, daß sie die Freude am Lesen entdeckt hat. Sie sagt mir, daß sie von nun an versuchen wird, die gesamte verlorene Zeit nachzuholen. Ich bin stolz auf ihre Entdeckung. [*Durchgestrichene Wörter*].

Wer weiß schon, was Du dagegen liest. Inzwischen schreibst Du mir ja nicht einmal mehr die schönen Briefe von früher, als Du mir ein bißchen über Deine Tage erzählt und mir viele gute Ratschläge über neue Romane gegeben hast. Du hast Dich entfernt, das fühle ich. Ich frage mich, ob das so ist, weil Du Dich auf den Tag vorbereiten willst, an dem ich nicht mehr da bin. Das eine ist sicher: wir sehen uns schon seit langem nicht mehr. Seit Du weggezogen bist, ist es, als würden wir auf zwei verschiedenen Planeten leben. Zuerst wurden Deine Besuche an den Wochenenden seltener, danach hast Du praktisch aufgehört zu schreiben. Du beschränkst Dich darauf, alle sieben bis zehn Tage einmal anzurufen. Im Sommer fliehst Du weiterhin nach Djerba und sagst mir nichts. Ich weiß nichts mehr über Dich, und das macht mir Angst.

Simone hat mir vorgeschlagen, ich solle mir doch eine Katze oder einen Hund zulegen, zur Gesellschaft. Aber ich fühle mich nicht imstande, mich um ein Tierchen zu kümmern. Ich habe die Befürchtung, ich könnte mich allzusehr daran klammern. Und dann, ich weiß nicht recht, ich brauche keine Tiere. Ich brauche einen Menschen, mit dem ich mich unterhalten kann.

Morgen besuche ich René, der in der Klinik liegt, und diesmal sieht es ganz so aus, als würde er nicht durchkommen. Das Alter ist über uns alle hereingestürzt wie ein Berg aus Stein. Noch heute kann ich nicht begreifen, wie das möglich gewesen ist, einfach so, auf einen Schlag.

Wieviel Freude würde es mir dagegen machen, zu schreiben, daß alles in Ordnung ist und wir glücklich und ohne Sorgen sind.

René ist durchgekommen, es geht ihm besser. Als Lise das erfahren hat, hat sie beschlossen, nicht von Amerika herüberzukommen. Wie es aussieht, erwartet sie ein Kind und hat die Anstrengung der Reise lieber nicht auf sich nehmen wollen. Unter Seufzern hat Simone gesagt: »Besser so für alle.«

[*Durchgestrichene Wörter*] Lina schreibt mir unablässig, und mein Italienisch ist beinahe gut. Sie lege sich Bildung zu, sagt sie. Sie liest unaufhörlich. Und wenn ich ihr sage, die Zeit vergehe überhaupt nicht, antwortet sie prompt: »Wie? Ausgerechnet Du sagst so etwas? Dabei gibt es doch so viele schöne Bücher.« Ich bringe nicht den Mut auf, ihr zu sagen, daß die Bücher mir auf die Nerven gehen und ich lieber ein bißchen Gesellschaft hätte.

Wenn es mir gelingen sollte, würde ich sie im nächsten Sommer gerne besuchen. Nur daß sie mir vor kurzem etwas geschrieben hat, das mir Sorge macht. Nichts Schlimmes, aber es hat mich irritiert. Lina sagte, wenn sie genau darüber nachdenke, dann habe mein Verhältnis zu Dir ziemlich viel Ähnlichkeit mit dem, das sie zu ihrem Sohn Franco gehabt habe. Was für eine Konfusion, habe ich mir gesagt. Ich habe mir gesagt, daß man sein eigenes Leben nicht mit dem der anderen durcheinander bringen darf, auch wenn das etwas Tröstliches an sich haben könnte. In meinem Antwortbrief bin ich nicht darauf eingegangen.

Die Ferien sind gut verlaufen, dem Himmel sei Dank. Lina war eine rührend besorgte Gastgeberin, und wir haben uns keinen Augenblick gelangweilt. Das habe ich vorgestern auch Simone gesagt. Nur, daß die Rückkehr hierher nach Hause eine große Traurigkeit in mir ausgelöst hat. Im Briefkasten habe ich Deine übliche Postkarte gefunden. Aber sie war so klein geschrieben, daß ich sie nicht habe lesen können. Es hat mir aber genügt zu wissen, daß es Dir gut geht und Du Dich von Zeit zu Zeit an mich erinnerst.

Simone und René haben mich zu sich aufs Land eingeladen, aber ich glaube, ich habe keine Lust dazu. Ich lasse erst einmal ein paar Tage vergehen, bevor ich eine Entscheidung treffe. Die Zugreise, auch wenn sie nur kurz ist, strengt mich jetzt an. Lises und Ronalds Baby müßte in Kürze auf die Welt kommen, und Simone und René wissen nicht, ob sie aus diesem Anlaß hinüberfliegen sollen. Das heißt Simone möchte gern, aber René ist der Meinung, daß die Reise bis Oakland schrecklich lang ist.

Es ist schon dunkel. Ich werde das Radio einschalten und mich ins Bett legen.

Um nicht müßig herumzusitzen, bin ich gestern aus dem Haus gegangen. Ich wollte mir die Häuser anschauen, in denen wir gewohnt haben. Natürlich bin ich nicht hineingegangen, ich habe die Häuser von außen betrachtet. Die Häuser und die Straßen. Sie kamen mir nicht sehr verändert vor. Sie waren noch wie damals. So viele Erinnerungen sind zurückgekommen, so viele kleine Einzelheiten, unwichtige Dinge, und am Ende kam es mir vor, als hätte ich eine eigentümliche Rekapitulation meines und auch – soweit ich es kenne – Deines Lebens vorgenommen. Vor dem Haus, das wir von General Fouqué gemietet hatten, dem Haus in der Rue Fortia, hatte ich plötzlich daran denken müssen, daß Lina doch nicht so unrecht hatte, wenn sie sagte, daß Du und ich ein ähnliches Verhältnis gehabt hätten wie sie zu ihrem Sohn Franco. Als wir in der Rue Fortia wohnten, warst Du ungefähr vierundzwanzig Jahre alt, und da habe ich mich erinnert, wie Du in diesem Alter warst. Groß, mager, mit verschüchterten Augen. Mich überkam eine Sehnsucht. Nicht nach denen, die wir damals waren, sondern nach denen, die wir hätten sein können. Als ich dann aber nach Hause zurückgekehrt bin, habe ich mich von einer Last befreit gefühlt. [*Zwei durchgestrichene Zeilen*].

Doch jetzt Schluß mit diesem Gerede. Der Spaziergang hat mich ziemlich müde gemacht. Es ist spät und vielleicht ist es besser, wenn ich versuche, ein bißchen zu schlafen.

7 Exil

Chris wollte sich übergeben: noch nie zuvor hatte er eine Leiche gesehen. Die Mädchen blieben an der Stelle, wo sie waren, während Oku schweigend wegging. Wieder schrie Pradine. Sagte, man müsse jemanden rufen und die Ruhe bewahren. Dann ging er zu Fabres Körper und fing an, ihn zu photographieren. Bestimmte den Bildausschnitt und drückte auf den Auslöser. Wiederholt, pausenlos. Myriam dachte, daß Pradines Raserei die eines Killers war: eines Killers allerdings, der die Geduld eines Insektenkundlers in sich schloß.

Minuten vergingen. Minuten absoluter Stille. Alles war reglos und still, außer dem Klicken der Photokamera. Der Himmel über ihren Köpfen schien nicht mehr dazusein, so hoch war er und so durchsichtig.

Blasi kam als erster an. Zufällig hatte er in der Empfangshalle des Hotels die – offengestanden kryptischen – Worte gehört, die Oku gebrauchte, um die Tragödie mitzuteilen. Während der Japaner versuchte, zuerst Salah und dann dem Hoteldirektor zu erklären, was vorgefallen war, hatte Blasi das deutliche Gefühl gehabt, daß etwas Furchtbares geschehen sein mußte. Daher hatte er sich gleich zu der abgelegenen Stelle begeben, wo Pradines Truppe an diesem Tag arbeitete. Ihn trieb vor allem die grauenhafte Vorstellung, daß das Unglück Myriam betreffen könnte. Doch als er sie aus großer Entfernung in ihrem bunten Pareo sah, fühlte Blasi sich gleich ruhiger und entspannter. Kurze Zeit später war er als einziger unter den Anwesenden in der Lage, das Vorgefallene mit klaren, entsprechenden Worten der örtlichen Gendarmerie mitzuteilen.

Dem Anschein nach war Fabre ermordet und ausgeraubt worden. In seinem Haus in El Kantara wurde jedoch nichts gefunden, was Aufschluß über den vermutlichen Mord hätte geben können. Ein paar Bücher, ein paar pornographische Hefte, wenige Kleidungsstücke und ein Haufen maschinenbeschriebener Blätter: sonst hatte dem Professor nichts gehört. Nirgendwo eine Adresse oder eine Telefonnummer von Djerba. Fabre schien zum wirklichen Leben des Ortes keine Beziehung zu haben. Lediglich auf das Titelblatt eines Buchs, das der Professor gerade gelesen hatte, war mehrere Male, geradezu besessen, »Philippe« geschrieben worden. Aber das stimmte niemanden besonders nachdenklich: abgesehen vom Sohn Madame Lebruns kannte man keine anderen Philippes, die mit dem Professor etwas zu tun hatten. Zumindest nicht auf Djerba. Und der Sohn von Madame Lebrun war den ganzen Abend bis ziemlich spät in der Gesellschaft vieler Hotelgäste gewesen.

Natürlich gedieh der Klatsch, auf der Insel ebenso wie im Hotel. Fabres Leben schien aus seiner eifersüchtig gehüteten Geheimhaltung herauszutreten. Innerhalb weniger Stunden war jeder imstande, eine unbekannte und völlig belanglose Begebenheit aus dem Leben des Opfers zu erzählen. Aber es handelte sich dabei um derart unbedeutende Einzelheiten, daß sie nichts, aber auch gar nichts zur Klärung beitrugen.

Das eigentliche Problem für den Augenblick war die Autopsie. Auf der ganzen Insel gab es keinen Gerichtsmediziner, und bei der Hitze konnte man es sich nicht erlauben, lange zu warten. Fieberhafte Konsultationen fanden zwischen der Gendarmerie, der Hoteldirektion und der französischen Botschaft in Tunis statt. Am Ende wurde Doktor Ghorbal (wohnhaft in Houmt Souk, allerdings Herzspezialist) gebeten, den Autopsiebefund festzustellen, und zwar mit Unterstützung von Dottor Blasi, in den die Hoteldirektion größtes Vertrauen setzte.

In dem kleinen Krankenzimmer lag Fabres Körper auf der Untersuchungsliege. Doktor Ghorbal war bereits soweit. Er wartete nur noch auf Blasi, um mit der Untersuchung des Körpers beginnen zu können. Die Hitze war drückend.

Blasi kam herein und machte eine Bewegung mit dem Kopf. Das hieß: »Entschuldigung für die Verspätung«, und auch: »Fangen wir an«. Ein leichtes Zittern seiner Hand verriet seine Nervosität.

Ghorbal beschrieb langsam die Kleidungsstücke an Fabres Körper. Die Leiche wurde ausgezogen. Blasi kniff die Augen zusammen. Ein paar Sekunden lang täuschte er Müdigkeit vor. Ghorbal starrte ihn an. Dann machten sie weiter. Sie gingen zur Feststellung der Todeszeichen über, indem sie nach äußeren Merkmalen suchten, die als Todesursache in Frage kommen konnten. Die Zeichen erster Ordnung waren deutlich feststellbar: Stillstand der Herzfunktionen, Stillstand der Atemfunktionen, Stillstand der Motorik, Pupillenerweiterung. Dann gingen sie zu den Zeichen zweiter Ordnung über. Eine Fliege setzte sich auf Fabres Bauch. Aus irgendeinem Grund war Blasi davon wie hypnotisiert. Er sagte halb zu sich selbst: »Mein Gott ...« Ghorbal machte eine Bewegung mit der linken Hand. Die Fliege flog weg. Auch Blasi wollte wegfliegen. Die Leichenflecken von blauroter Färbung waren in dem Bereich, in dem sie sich gebildet hatten, weniger stark, weil die Leiche bewegt worden war. Der Körper war nicht mehr starr, auch nicht mehr kalt. Todeszeichen dritter Ordnung... Blasi verließ für einen Augenblick den Raum. »Die Hitze ...« gab er mit einem Zeichen zu verstehen.

Midoun. Bericht über die Autopsie der Leiche von Lucien Fabre, durchgeführt am 23. Juli 19.. von Doktor Azouz Ghorbal mit der Unterstützung von Dottor Benedetto Blasi.

Vorbemerkung:
Der Leiter der Gendarmerie von Houmt Souk, Kommandant Ali Ben Sedrani, hat mich mit der Aufgabe betraut, eine Autopsie an der Leiche von Lucien Fabre durchzuführen, um Zeit und Stunde des Todes, Todesursache und Gegenstände festzustellen, die den Tod herbeigeführt haben. Darüber hinaus sollte jede weitere gerichtsverwertbare Angabe gemacht werden.

Befund:
Die Leiche weist die nachfolgenden Verletzungen auf:

– Platz- und Schlagwunde an der Kopfhaut, im rechten parieto-okzipitalen Bereich, in der Größe von 4 mal 3 cm, mit ausgefransten und blutunterlaufenen Rändern und Bruch des darunter liegenden Knochens;

– Platz- und Schlagwunde mit gleichen Merkmalen wie der vorigen, von 4 mal 5 cm, auf dem rechten Unterarm, seitlicher Bereich, welche senkrecht von oben nach unten in halbseitlicher Richtung verläuft (um sich zu schützen, hat der Angegriffene den Arm instinktiv vor sein Gesicht gehalten);

– Platz- und Schlagwunde an der rechten Schulter von der Größenordnung und den Charakteristiken der Schädelverletzung;

– Weitere, weniger schwerwiegende Wunden sind auf dem linken Unterarm, den unteren Gliedmaßen, auf dem Rücken und dem Torax (rechtsseitig) festzustellen.

Nach Durchführung einer Sternotomie, die bis zum Bauchnabel erweitert wurde, sind Blutergüsse der Weichgewebe in Übereinstimmung mit den Wunden an der Haut festgestellt worden. Sonst nichts.

Nach Öffnung des Abdomens sind keine Verwundungen festgestellt worden.

Nach Öffnung des Magens sind Rückstände von unverdauter (noch im Labor zu untersuchender) Speise festgestellt worden.

Nach Öffnung des Torax mittels Rippenbogenschnitts wurden keine nennenswerten Wunden festgestellt.

Nach Öffnung des Schädels durch Entfernung der Schädeldecke mittels elektrischer Säge (dies nach lappenweiser Abhebung der Kopfhaut durch einen geraden Schnitt von einem Ohr zum anderen über den Scheitel) wurden in Übereinstimmung mit der parieto-okzipitalen Wunde auf der rechten Seite Blutablagerungen auf der Gehirnmasse und ein kleines Hämatom im Inneren festgestellt.

Epikritische Würdigung:
Die an der Leiche von Lucien Fabre festgestellten Wunden sind auf eine stumpfe Waffe von ungefähr 4 cm Dicke zurückzuführen. Der Angreifer könnte den ersten Schlag auf den Schädelbereich abgegeben haben, um das Opfer zu betäuben. Der tödliche Schlag erreichte nicht gleich die tragische Wirkung, sondern ermöglichte dem Opfer noch Bewegungen zum eigenen Schutz, die den Angreifer zu weiteren Schlägen veranlaßten. Die Position des Angreifers war rechts vom Opfer, worauf die Häufigkeit der Wunden auf der rechten Seite hinweist.

Schlußfolgerungen:
Stunde und Zeit des Todes: der Tod ist vor ungefähr 28–32 Stunden eingetreten. Man kann ihn daher zwischen ein und fünf Uhr am Morgen des 22. Julis 19.. festlegen.

Gegenstände, die den Tod herbeigeführt haben: eine knüppelartige Waffe verursachte das Schlagtrauma.

Todesursache: traumatische Gehirnhämorrhagie.

Nein, Blasi war mit den Schlußfolgerungen des Befunds nicht einverstanden. Sicher, der bedauernswerte Professor Fabre war von jemandem in der Nähe des Strandes angegriffen worden. Er war angegriffen und ausgeraubt worden, denn in seinem Portemonnaie war jede Spur von Geld verschwunden und in seinem Haus in El Kantara war nicht ein einziger Geldschein gefunden worden. Aber sein Tod ließ sich nicht auf ein Schlagtrauma zurückführen. Vielleicht hatte es sich um den Gnadenstoß gehandelt: dies konnte Blasi vernünftigerweise nicht ausschließen. Aber Fabre mußte sich schon im Todeskampf befunden haben. Die Nahrungsrückstände in seinem Magen hatten eine Färbung, eine Form und eine Festigkeit, die Blasi nicht entgangen waren. Ghorbal mangelte es offensichtlich an Erfahrung. Außerdem war er sehr jung. Doch auch ohne die Notwendigkeit genauerer Laboruntersuchungen hatte Blasi intuitiv erkannt: Er hatte gesehen ... Die Tatsache aber, daß er beschlossen hatte, seinem Kollegen nichts zu sagen, war wiederum eine Sache für sich. Eine Sache, die im Grunde nur ihn, Blasi, etwas anging.

8 Anmerkungen über die Scham

Aus den Notizheften von David Pradine, Sullivan's Isle, South Carolina:

»Nichts bringt soviel Stille hervor wie die Erfahrung, und so bleibt mir an diesem Punkt nur noch wenig zu sagen.«
Flannery O'Connor

Ich begann zu reisen. Vor allem nach Europa. Am Tag, an dem mein Vater starb, war ich in Berlin. Dort hatte ich eine Ausstellung, die nachmittags eröffnet wurde. Ich erhielt ein Telegramm aus Long Island. Meine Mutter hatte einfach geschrieben: »Dein Vater ist heute morgen davongegangen.« Hätte ich nicht gewußt, daß er krank war, daß die Zuckerkrankheit sich in der letzten Zeit verschlimmert hatte, hätte ich auch an eine plötzliche Kurzschlußhandlung denken können. Ich hätte mich gerne an meinen Vater so erinnert wie an einen inzwischen alt gewordenen Mann, der eines Morgens aufwacht und sich ohne jedes Motiv entschließt, sein Leben zu ändern. Statt dessen hatte er sich darauf beschränkt zu sterben.

Die Kunstgalerie war voll mit Menschen. Außer der Galeristin kannte ich von den Anwesenden niemanden. Ich antwortete auf die Fragen einiger Journalisten, war höflich und ging auf alle ein. Dann, als ich sicher sein konnte, daß niemand etwas merken würde, machte ich mich aus dem Staub. Zu Fuß kam ich zum Checkpoint Charlie. Es war stockdunkel. Eine große Zahl Touristen kam von ihrem Ausflug hinter den Eisernen Vorhang zurück. Es war ganz still und es ging ein leichter Wind. Ich erinnere mich, daß ich mich wie ein Spion fühlte. Ich starrte eine

Zeitlang auf die verschwommenen, blassen Lichter, die aus dem Ostteil herüberkamen: sie kamen mir viel weiter entfernt vor, als sie es in Wirklichkeit waren. Da weinte ich, als ich an meinen Vater dachte. Ich hatte ihn schon unendlich lange nicht mehr gesehen.

Nach Berlin machte ich eine Reise durch Deutschland und kam schließlich nach Paris. Ich reiste alleine. Das war der einzige Weg, um arbeiten zu können. Ich hatte mit dem Photographieren von Körpern, Gesichtern, Blicken aufgehört. Sex schien mir weniger wichtig nach der Zeit, wo ich tagtäglich mit Myriam zusammen war. Oder besser, ich dachte, Sex müßte man außerhalb des menschlichen Elements aufspüren können. Alle diese Körper, denen ich wie besessen nachgerannt war, hatten mich angewidert. Jetzt mochte ich Blumen, leere Flaschen, einfache Flächen und Linien. Ich verwendete nur Schwarz-Weiß und versuchte, alles immer klarer hervortreten zu lassen. In Paris photographierte ich auch viele Bäume auf den Alleen. So beschloß ich im letzten Augenblick, daß meine erste Ausstellung in der Stadt ganz aus botanischen Photos bestehen sollte. Ich warf das Programm um, setzte mich gegenüber dem Herausgeber durch, der den Katalog schon fast fertig hatte, und konnte ihn überzeugen. Die Photos wurden mit verhaltener Freundlichkeit aufgenommen, doch irgend jemand schrieb, daß in meinen Aufnahmen vielleicht ein etwas übertrieben formales Element zu beobachten sei. Es hätte mir Spaß gemacht, Myriam als Richterin da zu haben. Ich fühlte, daß ich noch nie so aufrichtig war.

»So gehört das Schöne in das Sichereignen der Wahrheit.«
Martin Heidegger

Ich gewöhnte mir an, viel zu trinken. Abends konnte ich wirklich nicht mehr ohne auskommen. Der Alkohol gibt den Dingen etwas Weiches, und ich wollte, daß die Wirklichkeit nicht allzu viele Ecken und Kanten hatte. In kurzer

Zeit wurde mir klar, daß ich zum Alkoholiker wurde. Ich schlief wenig und schlecht, ich arbeitete nicht, ich hatte keinen Sex.

Ein paar Wochen, bevor ich Paris verließ, schrieb ich Myriam einen langen Brief. Ich sagte ihr, daß ich mit der Photographiererei aufgehört hätte, daß sie mich nicht mehr interessiere, daß ich Lust hätte, sie, Myriam, wiederzusehen. Sie erhielt diesen Brief nicht, wie ich später erfuhr, denn sie war nach Kalifornien verzogen. Und weil ich keine Antwort erhielt (auch ihr Telefon klingelte umsonst), entschloß ich mich, nach Amsterdam zu fahren, wo ich noch nie gewesen war.

»Und weiß doch nur, daß mein Körper, / von beiden Geschlechtern gleich weit entfernt, / sächlich ist oder abstrakt, fast / eine Ablagerung der Seele.« Juana Inés de la Cruz

In Holland kannte ich niemanden, und niemand schien mich zu erkennen. Das weckte in mir unerwartete Freude. Ich fühlte mich freier, auch wenn ich nicht genau wußte, in welchem Sinn, und ich wußte auch nicht, was ich mit dieser Freiheit anfangen sollte. Ich mietete ein Einzimmer-Apartment in der Kerstraat, im Herzen des Zentrums. Der Raum war winzig, und auch das verursachte ein Wohlgefühl in mir: die Wohnung war mehr so etwas wie eine Verlängerung meines Körpers als irgend etwas sonst. Ich konnte alles tun, ohne mich auch nur einen Schritt zu bewegen. Es war, wie wenn man in sich selbst wohnen würde. Nach und nach hörte ich mit dem Trinken auf. Der Kopf war wieder frei, entrümpelt. Doch der Photoapparat blieb im Koffer.

Eines Abends entschloß ich mich, einen Sprung in ein Bordell für Männer zu machen. Es hieß *Man to Man*. Ich hatte es unzählige Male gelesen, wenn ich tagsüber dort vorbeigekommen war. Ich war auf fiebrige Weise neugierig. Ich erwartete mir Gott weiß was. Statt dessen hatte der Laden das Aussehen einer ruhigen Bar mit vorwiegend

Leuten reiferen Alters, die ein Glas tranken und miteinander redeten, und von Jungen, die mit Videogames herumspielten. Ich bestellte ein Bier. Der Barmann lächelte mich an, fragte, ob es das erste Mal sei, daß ich in dieses Lokal kam. Ich nickte. Da lächelte er wieder und reichte mir zusammen mit dem Bier ein großes Photoalbum. Ich begann, es fasziniert und gleichzeitig entsetzt durchzublättern. Es war der Katalog der verfügbaren jungen Männer: Nacktaufnahmen noch und noch, an die zehn Jungs, von denen jede anatomische Einzelheit aufgenommen worden war, mit Beschreibungen, die die Maße eines jeden, die sexuellen Eigenheiten, die Geschmäcker, den entsprechenden Preis präzisierten. Es waren Farbphotos, technisch miserabel, manchmal sogar ausgesprochen häßlich. Und doch schlugen sie gleich auf den Magen. Sie waren nicht wirklich pornographisch, dafür hatten sie etwas viel zu Steifes und Tristes an sich. Ich machte das Album zu, trank mein Bier aus und ging weg. Am Abend darauf kam ich zurück. Ich blätterte wieder in einer Art Hypnose den Katalog durch und ging weg. Das wiederholte sich an mehreren aufeinanderfolgenden Abenden.

Kann ich aus dem Abstand einer so langen Zeit versichern, daß die Zeit in Amsterdam die Periode in meinem Leben war, in der ich mich dem Wesen der Photographie am nächsten gefühlt habe? Würde es sich nicht ein bißchen anmaßend anhören, würde ich Ja sagen. Die Jungs, die sich in Fleisch und Blut um mich herumbewegten und gleichzeitig in den Albumseiten ruhten, waren schon nicht mehr nur Objekte der Begierde und noch nicht reines Bild. Ihre Muskeln, ihre Haare, ihre Lippen und der Ausdruck ihrer Augen schienen in einem Zwischenbereich zwischen Wirklichkeit und Vorstellung dahinzutreiben. Es waren, sagte ich mir, körperliche Phantasien. Wenn ich nachts nach Hause kam, war ich durchaus nicht mehr ganz sicher, ob das, was ich vor einigen Stunden gesehen oder gemacht hatte, wirklich der Wahrheit entsprach.

In jenen Wochen geisterten durch meine Träume riesige Hände, die in träge Körper drangen, oder auch grauenhafte Peitschen, bluttriefende Ledermasken, Ketten, um die Hand- oder Fußgelenke eines Wesens gebunden, das menschlich aussah und zugleich mechanisch. Es gelang mir nie, jemanden in diesen immer wiederkehrenden Alpträumen genau zu erkennen. Keine Einzelheit, keine Bewegung, kein noch so kleines Zeichen deutete darauf hin, daß es sich um einen bestimmten Jungen handelte, den ich in einem Lokal gesehen, oder um einen bestimmten anderen, den ich wer weiß wo belauert hatte. In meinen Träumen reduzierten sich diese Körper auf ihren materiellen Ursprung, der anonym war und keinerlei Individualität besaß. Ich selbst erschien nur, indem ich mich entzog, außerhalb des Blickfelds, wie ein starr auf die Dinge gerichteter Blick.

»Der Schrecken bemächtigt sich. Der Schmerz krümmt sich über sich selbst.« Edmond Jabès

Ich brach nach Italien auf. Zuerst Mailand und dann, im Zug, Rom. Ich konnte diese ganze Einsamkeit einfach nicht mehr ertragen, auch die nächtlichen Alpträume nicht, die sich bei Tageslicht verflüchtigten. Ich löste ein Ticket zweiter Klasse. In meinem Abteil saßen schon zwei Personen, eine dritte kam kurz danach hinzu. Niemand von ihnen sprach englisch. Erst in Bologna stieg Mark zu. Wir begannen, uns zu unterhalten, als wären wir alte Bekannte. Innerhalb weniger Minuten erzählte er mir eine Menge über sich: trotz seiner blonden Haare und blauen Augen war er Grieche (seine Mutter stammte allerdings aus London); er war fünfundzwanzig und angehendes Model. Er fuhr durch Italien, teils um Ferien zu machen, teils um eine Beschäftigung zu finden. Er wollte eine Woche in Florenz bleiben, dann, sagte er, würde er nach Griechenland zurückkehren, nach Heraklion. Seiner Ansicht nach war die Welt der Mode in Italien wirklich schwer zu erobern.

Ich erwähnte meine Arbeit mit keinem Wort. Ich hatte Angst, daß sich zwischen ihm und mir das Vertrauensklima, das gerade erst entstanden war, zerstören könnte. Ich konnte nicht herauskriegen, ob Mark homosexuell war. Ich versuchte von Zeit zu Zeit, darauf anzuspielen, doch meine Andeutungen fielen immer ins Leere. Mark dribbelte schüchtern und gleichzeitig entschlossen um das Thema herum. Eben diese Mischung aus Zerbrechlichkeit und Selbstsicherheit erinnerte mich an Bill.

»Die Idee des Todes nistete sich endgültig in mir ein wie eine Liebe. Nicht daß ich den Tod etwa liebte, ich haßte ihn vielmehr. Aber nachdem ich zweifellos von Zeit zu Zeit an ihn gedacht hatte wie an eine Frau, die man noch nicht liebt, haftete das Denken an ihn jetzt so vollständig in der tiefsten Schicht meines Gehirns, daß ich mich mit keiner Sache beschäftigen konnte, ohne daß diese erst durch die Idee des Todes hindurchgegangen wäre, und selbst wenn ich mich mit nichts beschäftigte und mich völliger Ruhe hingab, leistete mir die Idee des Todes so unaufhörlich Gesellschaft wie die Vorstellung von meinem Ich.« Marcel Proust

Mark war nicht aufsehenerregend schön, doch nach so langer Zeit hatte er in mir den Wunsch geweckt, einen Gefährten zu haben. Das wurde mir klar, sobald er aus dem Zug gestiegen war. Als wir uns verabschiedeten, wechselten wir einen langen, stillen Blick. In Rom nahm ich ein Zimmer in einem Hotel in der Nähe des Pantheons. Am Abend streifte ich durchs Stadtzentrum, und ich fragte mich, wieso nicht auch ich in Florenz ausgestiegen war.

Es waren die ersten Tage des Sommers, die Luft war süßlich, schäumend. Der Verkehr war verrückt, Menschen und knatternde Mopeds überall. Ich fühlte mich alles in allem wohl. Ich hatte Sehnsucht nach Myriam, nach New York, nach meiner Wohnung, aber es machte mir nichts aus, mich so weit weg von allem zu fühlen. Zum ersten Mal, seit ich durch Europa reiste, spürte ich ein Bewußtsein unbegrenzter Möglichkeiten. Ich dachte weiter an Mark, an seine Art zu sprechen, die Hände zu bewegen, an die sonderbare Ähnlichkeit mit Bill.

In Rom fanden meine Träume einen neuen gemeinsamen Nenner. Jede Nacht träumte ich von Wasser: Wasserfälle, Seen, Häfen, Überschwemmungen. Einmal tat sich vor mir das stille und unbewegliche Bild vom Viale Trastevere auf, der sich in einen nächtlichen Fluß verwandelt hatte. Ein anderes Bild war die Villa Borghese, die, von oben gesehen, einem Archipel grünender, menschenleerer Inselchen glich. Die ganze Stadt wirkte wie ein aquatisches, geheimnisvolles, anziehendes Wesen. Ich fing an sie zu durchlaufen, als müßte ich jeden Millimeter von ihr reproduzieren. Ihr Licht war es vor allem, das mich verführte. Aber ich photographierte nichts: was ich eigentlich hätte realisieren mögen, waren einfache Ansichtskarten.

Im Verlauf der Tage vermischte sich die Erinnerung an die Begegnung mit Mark immer mehr mit der Erinnerung an Bill. Ich dachte an Kindheitsnachmittage zurück, die ich mit ihm verbracht hatte, an meine Faszination für seine Hände, für seine festen Beine. Ich dachte an den stummen Schmerz zurück, den ich an dem Tag empfunden hatte, an dem er mit seinen Eltern nach Illinois umzog. War das alles sinnlos? Die Geschichten, die ich erfunden hatte, die Angst bei der Vorstellung, meine Gefühle zu verraten: nur eine große, naive Verschwendung von Energie? Wenn ich meine Hand im richtigen Augenblick zur richtigen Stelle ausgestreckt hätte ... Vielleicht hätten wir unser gutes erstes Mal erlebt und dann nicht mehr weiter darüber gesprochen.

Ich glaube, ich hätte gerne diese wirren und unsicheren Erinnerungen photographiert. Bill und Mark und mein Selbst von vor vielen Jahren und von jetzt photographieren wie einen langen Augenblick unausgesprochener Dinge, verpaßter Gelegenheiten. Ich hätte es so gemacht, daß alles in Gestalt flüchtiger Lichtstreifen erschiene: waren das die Fäden, die Personen aneinander binden, wie ich sie mir als kleiner Junge vorgestellt hatte?

Ich schlug meine Kalenderkladde auf der Seite auf, wo Mark seine Adresse in Heraklion aufgeschrieben hatte. Die Schrift war nervös, ein bißchen infantil. Ich sah wieder seine Hände, die auf der Seite verweilten. Ich fragte mich, ob er Italien bereits verlassen hatte. Er hatte auch seine Telefonnummer aufgeschrieben. Einen Augenblick lang dachte ich daran, ihn anzurufen. Mittag war vorüber. Ich begann mit meinen Vorbereitungen, Rom zu verlassen.

9 Exil

Ganze Fliegenfamilien saßen reglos auf dem Rand der Gläser. Kommandant Ali Ben Sedrani hatte die Worte von Doktor Ghorbal gehört, ohne besonders viel zu verstehen. Er war nicht bei der Sache, war nervös. Er verstand nur, daß es irgendwo irgend etwas mit einer Leiche zu regeln gab, bevor die verschiedenen Papiere vom französischen Konsulat eintrafen, und daß ein oder mehrere Mörder so schnell wie möglich hinter Gitter zu bringen waren. Ganz offensichtlich wäre Ben Sedrani lieber nicht an dem Platz gewesen, an dem er war.

Ghorbal sagte noch einmal: »Der Mann hat zwischen ein und fünf Uhr morgens aufgehört zu leben, und zwar aufgrund eines Schlags auf den Kopf, ich glaube mit einem Knüppel.« Nach einem kurzen Augenblick fügte er hinzu: »Dottor Blasi, der italienische Freund des Hoteldirektors, der das Opfer ziemlich gut gekannt hat, scheint allerdings nicht davon überzeugt zu sein. Er sagt, daß er mit mir übereinstimme, was die Zeit und den Ablauf des Verbrechens angeht, aber ich spüre, daß ihm etwas anderes durch den Kopf spukt…« Ghorbal unterbrach sich. Sogleich nahm er den finsteren, drohenden Gesichtsausdruck des Gendarmeriekommandanten wahr und sagte: »Aber ich weiß nicht, was.«

Die beiden befanden sich auf der Veranda des arabischen Cafés des Hotels. Sie flüsterten, obwohl niemand in diesem Augenblick in ihrer Nähe umherstreifte. Die Veranda war durch einen dichten Halbschatten geschützt, der jedoch keine Kühlung brachte: die Hitze klebte an allem wie eine zweite, perverse Natur. Ghorbal machte eine rasche, entschlossene Handbewegung, die sich auf niemanden bezog. Aus dem Inneren des Cafés tauchte ein Kellner auf. Doktor und Kommandant bestellten eine weitere Kanne Minztee. Der Kellner machte ein Zeichen, daß er verstanden hatte und nahm die beiden in einer Linie stehenden Gläser vom niedrigen Tisch. Die Fliegen darauf bewegten sich nicht.

Plötzlich trat ein Leuchten in Ben Sedranis Gesicht. Er rückte ein bißchen weg und schlug die Beine übereinander. Ihm war eine Idee gekommen: eine praktische, einfache Idee, die einen Augenblick lang für ihn die Wirkung eines angenehm kühlen Lufthauchs hatte. Ghorbal starrte ihn erwartungsvoll an. Der Kommandant bekam einen zufriedenen Gesichtsausdruck, sagte: »Es dauert sicher noch ein paar Tage, bevor Anweisungen bezüglich des Körpers von diesem Professor Fabre eintreffen.« Pause. Dann: »Die Tatsache, daß er keine Familie hat, wird die Dinge komplizierter machen. Die Franzosen ertrinken in ihrem Papierkram, und wir hier müssen sehen, wie wir alleine zurechtkommen.« Ghorbal stimmte dem zu. Auch er dachte, daß innerhalb der nächsten Stunden keiner einen Finger rühren würde, um dieses scheußliche Knäuel zu entwirren und daß dann früher oder später jemand kommen und von der Ineffizienz der Behörden in Midoun reden würde. An diese Art Anschuldigungen durch die Ausländer war man in Tunesien gewöhnt, dachte Ghorbal: ob es sich nun um kleinere Diebstähle handelte oder um etwas Schwerwiegenderes, wie es ganz sicher jetzt der Fall war.

Der Arzt sagte: »Also, Kommandant, was werden Sie tun?«

Das war die Frage, auf die Ben Sedrani gewartet hatte. Er sah Ghorbal mit einem Anflug kindlicher Dankbarkeit an. Er wartete, bis der Kellner kam, um den kochendheißen Minztee zu servieren und dann wieder dahin zu verschwinden, woher er gekommen war. So, als wollte er die Einzelheiten eines ebenso ehrgeizigen wie tollkühnen Planes enthüllen, sagte er: »Ich werde die Leiche in einer der Kühlkammern des Hotels unterbringen. Auf diese Weise haben wir keine Probleme, selbst wenn viele Tage vergehen.«

Ghorbal hatte erwartet, daß der Kommandant noch etwas hinzufügen würde, was die Befragung oder wenigstens die Unterhaltungen mit den Hotelgästen betraf. Er hatte erwartet, daß Ben Sedrani allen Anweisung geben würde, nicht wegzugehen, solange die Dinge nicht auf die eine oder andere Weise geklärt wären. Er hatte irgendeine konkrete Initiative erwartet. Doch, abgesehen von dem Hinweis auf die Leiche, kamen keine weiteren Worte aus dem Mund des Kommandanten Ali Ben Sedrani.

Der Doktor prustete vor Hitze. Er öffnete weit die Arme und verwünschte in seinem Inneren alle Ausländer, die jedes Jahr mit ihrem Geld und ihren fürchterlich chaotischen Lebensläufen über Djerba hereinbrachen.

Was hatte Doktor Ghorbal ihm sagen wollen, als er ihn fragte: »Sind Sie auch wirklich meiner Meinung?« Hatte er etwa bemerkt, was er, Blasi, im Gedärm des bedauernswerten Fabre gesehen hatte? Und warum hatte sein junger tunesischer Kollege in dem Augenblick, als er den Autopsiebericht unterschreiben wollte, mit so viel Nachdruck gesagt: »Wollen Sie noch etwas Eigenes hinzufügen? Irgendwelche Bemerkungen?«

Für den Augenblick hatte Blasi keine Lust, sich in diesen Fall einzumischen. Er war auf liebenswürdige Art und Weise vom Hoteldirektor gezwungen worden, an der Autopsie teilzunehmen. Er hatte dem höflichen Drängen nachgegeben, doch jetzt wollte er um die Angelegenheit einen weiten Bogen machen. Aus Kriegszeiten war ihm noch eine gewisse Allergie gegen jede Art militärischer Autorität geblieben. Und erst seine Meinung über die tunesischen Militärs! Um Himmels willen, nein, lieber sich um seine eigenen Angelegenheiten kümmern und zu keiner Menschenseele auch nur ein Wort sagen.

Seit dem Morgen litt der in die Jahre gekommene Arzt an einer scheußlichen Migräne. Er schrieb sie nicht nur der von Ghorbals Gerede gestörten Verdauung zu, sondern auch den Aufregungen dieses Tags. Er versuchte, an Myriam Levi zu denken. Die Frau hatte nach dem Auffinden von Fabres Körper absolute Ruhe bewahrt, während alle anderen Mitglieder der Truppe ziemlich hysterisch reagierten. Es schien, als hätte sich Pradine, nachdem er an die zehn Aufnahmen von der Leiche des Professors gemacht hatte, in sein Zimmer eingeschlossen und würde sich weigern, selbst mit Oku ein Wort zu wechseln. Chris, einer der jungen Assistenten des Photographen, brauchte an diesem Morgen sogar ärztliche Hilfe wegen einer Art Nervenzusammenbruch. Myriam Levi hatte sich dagegen durch ein distanziertes, klarsichtiges Verhalten hervorgetan, wofür Blasi nur Bewunderung empfand. Diese Frau, sagte sich der betagte Arzt, war wirklich ein Triumph an Eleganz und Diskretion.

Die Hitze hatte in den letzten Stunden spürbar zugenommen. Der Wind wirbelte alles in die Luft, was er finden konnte. Blasi dachte, daß auch sein Verstand auf der Suche nach Myriam herumwirbelte. Er ging zur Terrasse des Cafés *Le fruit d'or*.

Madame Lebrun war zum Glück nicht dort. Dafür aber ihre Kinder. Sabine sprach mit ihrem Bruder und machte vorsichtige Bewegungen, wie jemand, der beruhigend und in seiner eigenen Sorglosigkeit unbeirrbar erscheinen will. Philippe schüttelte leicht den Kopf: es sah aus, als wollte er sagen, nein, es gäbe keinen Grund, sich Sorgen zu machen. Aber seine Hände zitterten deutlich sichtbar.

Außer den Zwillingen waren ein paar Leute aus Pradines Truppe dort: Brian, zwei Models, ein bißchen weiter abseits Oku. Blasi widmete allen eine kurze Aufeinanderfolge von Kopfnicken.

Da sah er Myriam Levi von einer Seitentreppe herkommen. Er fühlte sich verwirrt und innerlich bewegt. Er nahm seinen ganzen Mut zusammen und ging auf die Frau zu.

Zuerst täuschte Myriam höfliche Gleichgültigkeit vor, doch in Wirklichkeit war sie wegen Blasis wiederholten Versuchen, ihre Freundschaft zu suchen, einigermaßen verstört.

Der Arzt sagte: »Alles in Ordnung?«, und die Unterhaltung wäre damit auch schon zu Ende gewesen, wäre die Aufmerksamkeit beider nicht von der Diskussion gefesselt worden, die wenige Meter weiter auf der Terrasse des arabischen Cafés zwischen dem Gendarmeriekommandanten, Doktor Ghorbal und dem Hoteldirektor stattfand. Blasi kommentierte die Szene, von der sie kaum etwas oder auch gar nichts mithören konnten, und sagte: »Es hat den Anschein, als würde da drüben irgend etwas nicht ganz so laufen ... Irre ich mich oder findet da wirklich ein Streit statt?« Ohne den Blick von dem abzuwenden, was sich dort abspielte, sagte Myriam: »Ja, sie streiten sich. Und der Streit betrifft uns alle.«

»Können Sie arabisch?« fragte Blasi.

»Nein. Aber es ist nicht schwer sich vorzustellen, daß unsere Rechnung das einzige ist, was den Hoteldirektor ernsthaft interessieren kann.«

»Unsere Rechnung?«

»Unsere Rechnung ... Unser Aufenthalt hier, will ich sagen. Andererseits ist dies für ein Hotel eine ideale Situation: wenn die Polizei alle anweist, den Ort unter keinen Umständen, auf unbestimmte Zeit nicht zu verlassen, ist das doch ein gutes Geschäft für die Eigentümer, oder etwa nicht?«

»Schon«, räumte Blasi ein, »aber wozu dann der Streit?«

»Vielleicht, weil der Kommandant diese Sicherheitsmaßnahme nicht für notwendig hält. Im übrigen habe ich den Eindruck, daß der Kommandant überhaupt keine Maßnahme für notwendig hält.«

Myriam und Blasi lachten laut. Oku und Philippe schickten aus ihren jeweiligen Ecken auf der Terrasse mißbilligende Blicke zu ihnen herüber, was wiederum zwischen

Myriam und dem Arzt eine vergnügte Komplizenschaft herstellte.

Ein paar Augenblicke lang hörte man auf der Caféterrasse nur das trockene Wehen des Winds.

Am selben Tag hatte Madame Lebrun ein kurzes Gespräch mit Kommandant Ali Ben Sedrani. Ihre französische Staatsbürgerschaft und ständigen Freundlichkeitsbeweise und Besuche seitens zahlreicher Konsulatsbeamten hervorkehrend, hatte sie sich erlaubt, dem Kommandanten nicht nur die allergrößte Diskretion über den Vorfall zu empfehlen, sondern es auch ihren Landsleuten zu überlassen, sich ernsthaft mit dieser Angelegenheit zu beschäftigen. Madame Lebrun hatte nicht das geringste Vertrauen in die Ermittlungsfähigkeiten der örtlichen Gendarmerie, und aus dieser Meinung hatte sie nie einen Hehl gemacht. Ihrer Meinung nach konnten die tunesischen Soldaten in ihren antiquierten, komischen Uniformen bestenfalls ein farbiges Element darstellen. Gewiß, Professor Fabre sei auf Djerba umgebracht worden und nicht in Frankreich, aber ein wenig Geduld werde reichen und mit Sicherheit werde von der Botschaft in Tunis irgendein guter Ermittler eintreffen, der, unter dem Vorwand, er müsse sich um die Leiche kümmern, die Ermittlung in angemessener Weise in die richtige Richtung lenken könne. Madame Lebrun war außerdem der Meinung, daß es nicht ratsam sei, so störende Anweisungen zu erlassen wie etwa »Niemand verläßt das Hotel« oder etwas in der Art. »Auch weil der Professor«, hatte sie deutlich entschlossen gesagt, »in den vergangenen Sommern hier Gast war. Dieses Jahr dagegen hatte er sich, wie Sie ganz sicher wissen, in einem Haus in El Kantara eingemietet. Es wäre also gut, wenn die Suche dort begonnen würde.«

Ben Sedrani hatte ihr in allem zugestimmt. Taub für die unterschwellige Verachtung der Dame, hatten Madame Lebruns Ratschläge für ihn so geklungen, als solle er die

Sache in aller Ruhe angehen. Und das hätte er sowieso getan. Auch weil im vorliegenden Fall seine friedfertig dumpfe Behäbigkeit sich als hervorragende Tarnung für seine ungestörten Ermittlungen erweisen würde.

Auf dem Nachttisch lagen die Bücher ungeordnet herum. Oben auf dem kleinen Stapel erkannte man deutlich den Umschlag von *Das innere Schloß* der Theresa von Avila. Im Zimmer war kaum Licht. Nur durch die große Fenstertüre, die auf die Terrasse hinausführte, schimmerte ein Sonnenstrahl herein. Im Halbdunkel war eine Schnur zu erkennen, die das Zimmer diagonal unterteilte. An der Schnur waren an die zehn noch feuchte Photos aufgehängt. David Pradine lag ausgestreckt auf dem großen weißen Bett. Vollständig bekleidet. An den Füßen trug er dunkle Schuhe, die die blütenreinen Bettücher beschmutzt hatten. Außer dem wenigen staubdurchzogenen Licht drang von außen nur das Rauschen des Windes herein.

Wie lange war er schon da drinnen eingeschlossen, ohne etwas gegessen, ohne geschlafen, ohne am Telefon geantwortet zu haben? Pradine wußte es nicht, und es interessierte ihn auch nicht. Er hatte ununterbrochen an den Photos von Fabres Körper gearbeitet, wie ein wildes Tier. Er hatte diesen Körper seziert, durchdrungen, besessen. Hundert Jahre war es her, daß er nicht mehr eine derartige Begeisterung für seine Arbeit empfunden hatte. Die Kräfte waren alle auf einmal wieder in ihn zurückgekehrt. In seinem Blut hatte er das gleiche Adrenalin wie damals strömen gefühlt, als er in New York jede Nacht durch Schwulenbars und Strichergegenden gestreift war, wo er sich seine Models herholte, seine Opfer.

Ja, einen Augenblick lang war dieser physische Schwung zurückgekehrt, diese körperliche Energie der ersten Photos. Er hatte den Vampir in sich wiederentdeckt, das einsame Wesen, das zu allem fähig war. Wieder hatte er sich außerhalb jeglicher moralischer Ordnung, jeglicher Vorschrift befunden. Die einzige Ordnung, die einzig mögliche Vorschrift war die Photographie. Jetzt wurde ihm dies endlich bewußt.

Die Photos von Fabres Leiche bewegten sich im Halbdunkel: Pradine dachte an Trauerwäsche, in der Wohnung zum Trocknen aufgehängt.

Im Zimmer war es heiß, eine undurchlässige Hitze, die einem die Vorstellung von etwas Schmutzigem vermittelte. Pradine sah sich selbst als Ursprung dieses Schmutzes an. Er stellte die Klimaanlage ein und bereitete sich vor, unter die Dusche zu gehen. Im Wandspiegel des Badezimmers sah er seinen müden, noch weiter abgemagerten Körper. In den letzten Tagen hatte er nicht seine üblichen Vitamine eingenommen. Aus der Zimmerbar war eine Flasche Whisky verschwunden. Das konnte er sich nicht mehr gestatten. Er konnte sich ein derartiges Abdriften nicht mehr gestatten. Bevor er unter den eiskalten Wasserstrahl trat, öffnete Pradine den Medizinschrank. Einen Augenblick lang starrte er auf die Schachtel mit den Tabletten, dann schluckte er eine Handvoll hinunter: seine Tagesration. Am Ende verschwand er in der Duschkabine.

Chris und Brian hatten lange an die Türe geklopft, bevor sie durch das kleine, halbgeschlossene Fenster das Rauschen des Wassers und Pradines Stimme hörten. Zuerst dachten sie, der Photograph würde etwas vor sich hinträllern, aber dann erkannten sie ein langgezogenes, gleichmäßiges Klagen.

10 Von Kopf bis Fuß

Es war der 1. März 19.., als sich im Leben von Lina Cuccu zwei Ereignisse zutrugen, die sich später für sie zu einem einzigen verbanden.

Jener 1. März war ein strahlender Tag. Schon in aller Frühe hatte Lina ihre Einkäufe auf dem Markt besorgt, danach war sie zum Friedhof gegangen, auch wenn nur für wenige Minuten, gerade solange, wie sie brauchte, um das Wasser in den Vasen auf dem Grab ihres Sohnes zu wechseln. Das Grab ihres Gatten hatte sie längst vergessen. Auf der Straße hatte sie niemanden getroffen, den sie kannte, auch auf dem Markt nicht. Ihre Einkäufe: zwei Pferdesteaks, frisches Brot aus dem Holzbackofen, eine Tüte Milch. Sie hatte nicht viel bezahlt: die Preise waren gestiegen (sie tun nichts anderes als steigen, sagte sie), doch mit der Rente ihres Mannes kam sie gerade noch über die Runden. Im Sommer hatte sie die Wohnung mit der schönen Terrasse direkt am Meer vermietet. Damit war es ihr möglich, sich die eine oder andere Reise zu finanzieren, den Erwerb vieler guter Romane, hin und wieder einen Rock oder eine Bluse. Wenn sie aus der Wohnung ausziehen mußte, stattete Lina ihrer Freundin Nathalie Fabre einen Besuch in der Provence ab, jedenfalls solange, wie die alte französische Dame, die in ihr die Liebe zu Büchern geweckt hatte, noch lebte. Danach war sie zu ihren Söhnen gegangen. Nicht daß sie gerne dort hinging, doch weil sie eine Weile beim einen und eine Weile beim anderen blieb, war es ihr möglich, mit niemandem zu streiten, vor allem aber, nicht den Haß der Schwiegertöchter auf sich zu ziehen. Bei den Enkelkindern hatte sie Jahr für Jahr gemerkt, daß sie ihr völlig gleichgültig waren. Sie waren noch zu klein und darüber hinaus verwöhnt.

Das Wetter war schön geworden. Lina mochte den Anfang des Frühlings besonders gern. Sie fühlte sich voller Kraft, keine Schmerzen mehr im Rücken und in den Händen. Viele Anfragen wegen der Wohnung waren bereits eingetroffen. Vor allem waren es Ausländer, die ihr so frühzeitig geschrieben hatten: sie wollten alles wissen, waren gewissenhaft, genau. Lina machte diese Gewissenhaftigkeit nichts aus: im Gegenteil, sie setzte die Brille auf, ließ sich am Tisch im Wohnzimmer nieder und erwog jede Anfrage. Im allgemeinen beantwortete sie aus Höflichkeit alle, auch wenn sie möglicherweise schon ihre Entscheidung getroffen hatte, an wen sie ihre Wohnung vermieten wollte. Jedenfalls handelte es sich um gutsituierte, vertrauenswürdige Personen. Oft kam es dann vor, daß sie für mehrere aufeinanderfolgende Jahre an dieselben Personen vermietete. Der Preis für die Wohnung war verhältnismäßig niedrig. Lina wollte niemanden ausnehmen. Ein ehrlicher Preis. Als Gegenleistung forderte und erhielt sie korrektes, zuverlässiges Verhalten. Bis jetzt hatte sie nie Probleme gehabt. Die Fremden, wie sie sie nannte – ob es sich nun um Deutsche, Franzosen, Engländer, Amerikaner oder auch Japaner handelte (in einem Jahr hatte sie an eine Familie aus Nara vermietet) – waren immer freundlich und vertrauenswürdig. Wesentlich besser als die Italiener vom Festland. Lauter großmäulige Schwätzer, schlitzohrig und unehrlich. Die Fremden gaben mehr Sicherheiten. Lina mußte sich nicht einmal Gedanken darüber machen, welche Sprache sie während der Verhandlungen gebrauchen sollte, weil man ihr im allgemeinen auf italienisch schrieb. Vielleicht ein bißchen holprig, aber immerhin italienisch. Die Fremden sind gebildete Leute, hatte sie daraus geschlossen.

Auf dem Weg nach Hause war sie, wie fast jeden Tag, ein paar Minuten vor dem Schaufenster des Juweliers stehengeblieben. Für Lina war Schmuck immer schon eine Leidenschaft gewesen. Eigentlich kam das von dem schönen Diamantring, den ihr Mann ausgesucht hatte. Nach diesem Geschenk aber hatte Sergio sich nicht mehr besonders angestrengt: einmal verheiratet, war er geizig geworden. Ringe, Ohrringe hatte Lina nur wenige. Sie war es, die sie sich gekauft hatte, vom Ersparten. Und dann hatte sie auch etwas von ihrer Mutter geerbt. Nach dem Tod Francos, ihres Lieblingssohnes, war dieser Schmuck ihr Lebensinhalt geworden, ihre Leidenschaft. Erst vor wenigen Jahren war zu dieser Leidenschaft auch die Leidenschaft für Romane gekommen. Das Verdienst von Nathalie Fabre: jeder ihrer Briefe hatte die Bedeutung einer Aufforderung, neue Romane zu entdecken. Jetzt trauerte sie diesen Briefen nach. Hin und wieder las sie den letzten, den sie erst eine Woche vor Nathalies Ableben erhalten hatte.

Vor dem Schaufenster des Juweliergeschäfts auf dem Corso blieb Lina beinahe jeden Tag stehen. Signor Manni erkannte sie, warf ihr ein Zeichen von drinnen her zu, lud sie manchmal auch ein, auf einen Espresso und einen kleinen Schwatz dazubleiben. Unter dem Vorwand des Espressos und dem kleinen Schwatz zeigte er ihr dann am Ende immer ein »Juwelchen«, das er gerade erhalten hatte, oder ein »Ührchen«, das wie für ihr Handgelenk gemacht war. Manni redete genau so: er sagte »Juwelchen« und »Ührchen«, und Lina konnte derlei überkandidelte Wörter nicht ausstehen. Aber er war der beste Juwelier im Ort, und das war der Grund, weshalb sie einfach nicht anders konnte, als ihn zu besuchen. Außerdem war dies einer der günstigsten Zeitabschnitte des Jahres, weil Manni sich, in Erwartung des Sommers und der Touristen, mit neuer Ware eindeckte, die er auch aus dem Ausland bezog.

Der Blick streifte von den Ketten über die etwas weiter abseits ausgestellten Broschen hin zu den Ohrringen und Ringen, ohne bei irgend etwas Besonderem stehenzubleiben. Da lagen so viele neue Korallen, der eine oder andere Aquamarin, ein paar Smaragde. Lina mochte die modernen Fassungen nicht sonderlich. Sie sagte, daß sie die Steine meistens erstickten, sie nicht atmen ließen, wie es nötig wäre. Daher zog sie alten Schmuck vor, den ein bißchen ärmlichen, dem man die Sparsamkeit ansah.

Gegen zwanzig vor zwölf kam sie nach Hause zurück. Später konnte es nicht sein, weil eine Männerarmbanduhr in Mannis Schaufenster halb zwölf angezeigt hatte, und mehr als zehn Minuten hatte sie nicht gebraucht, bis sie den Schlüssel ins Türschloß steckte. Sie stellte die Einkaufstasche in der Küche ab und warf die Post auf den Tisch im Wohnzimmer. Außer der üblichen Reklame waren da zwei Briefe, die aus dem Ausland kamen. Einer war von ihrem Neffen, der aus England schrieb. Sie wollte gerade in die Küche zurückgehen, als sie merkte, daß der andere nicht an sie adressiert war. Oder besser gesagt, die Adresse war zwar ihre, aber der Name des Adressaten gehörte zu jemand anderem. Lina starrte den Briefumschlag an. Er kam aus Frankreich. Sie erkannte Briefmarke und Stempel. Aber wer war diese Myriam Levi, an die dieser Brief adressiert war? Lina erinnerte sich: ein paar Jahre zuvor hatte sie ihre Wohnung an eine Amerikanerin mit diesem Namen vermietet. Sie erinnerte sich daran, weil die Frau einen Namen hatte, der italienisch klang. Lina spürte auch nicht einen Augenblick den Antrieb, den Briefumschlag zu öffnen. Wenn es etwas gibt, das die Fremden schätzen, ist es Diskretion, dachte sie.

Sie hatte den Gedanken noch nicht zu Ende gedacht, als das zweite Ereignis dieses aus vielerlei Gründen denkwürdigen Tages eintrat. Denkwürdig zumindest für sie, Lina Cuccu.

(Franco wurde an einem stickig heißen Morgen im Juli geboren. Sie hatten ihn in Erinnerung an einen Bruder Linas so genannt, der in Afrika während des letzten Krieges als vermißt gemeldet worden war. Franco wurde zu Hause geboren. Er wog wenig, war sehr mager und sehr lang: die Hebamme sagte, er sehe aus wie ein Zicklein mit spärlichem Fell. Lina hatte bei der Entbindung erheblich gelitten. Sie hatte geschrien und mitunter den Eindruck gehabt, es nicht zu schaffen, zu ersticken. Der Junge, der die gleichen grünen Augen wie sein Onkel hatte, war gleich gewaschen und dem Ehemann gezeigt worden, der sich aber nicht weiter aufgeregt hatte: es war nun das dritte Mal, daß Sergio Vater wurde, daher trat eine gewisse Härte in seinen Blick. Möglicherweise war das die Härte eines Menschen, der bereits Erfahrung mit etwas hat und weiß, daß sein Leben trotz allem gleichbleibt, tödlich identisch mit dem Leben vorher.

Im Haus waren wenige Verwandte. Die beiden Brüder von Franco waren zu den Nachbarn geschickt worden, damit sie mit ihrer Spielerei, ihrer Fragerei nicht störten. Sergio blieb nach der Geburt seines dritten Sohnes nur kurz da. Er müsse die Arbeitsschicht fortsetzen, sagte er, aber Lina wußte, daß das nicht ganz der Wahrheit entsprach. Sie wußte, daß Sergio kurze Zeit später aus dem Haus gehen, die Treppen eilig hinunterspringen, die Hauptstraße rasch überqueren, mit einem flüchtig angedeuteten Handzeichen auf die Glückwünsche des einen oder anderen Bekannten antworten würde, aber nicht, weil er zur Arbeit stürzte. Sergio würde in der Café-Bar am Bahnhof Etappe machen, dessen war sich Lina sicher, und dort die ersten Biere des Tages hinunterkippen. Auf die Biere würden gegen Abend viele Whiskys folgen.

Lina starrte für einen Augenblick auf den Säugling, der neben sie aufs Bett gelegt worden war. Das Kindchen schien gleichzeitig zu lachen und zu weinen. Es war wirklich mager. »Endlich ein Kind, das mir ähnlich sieht, mir und meinem armen Bruder, der in Afrika gestorben ist.« So dachte Lina. Und während sie es für sich wiederholte, hatte sie nicht bemerkt, daß das Kindchen aufgehört hatte zu lachen und zu weinen. Die beiden sahen sich eine Weile in die Augen. Sie wirkten wie hypnotisiert.)

Ein Höllenlärm, ein dumpfer und gleichzeitig durchdringender Lärm war das, was Lina von oben herunterkommen hörte. Wie wenn sich der Himmel über dem Haus, über dem ganzen Ort aufgetan und eine geheimnisvolle Ladung abgeworfen hätte. Lina blieb unbeweglich am Tisch des Wohnzimmers stehen, den Brief an die Unbekannte in der Hand. Einen Augenblick lang hatte sie Angst, eine ganz einfache, absolute Angst. Sie dachte an ein Erdbeben, an eine Naturkatastrophe. Dann dachte sie an Einbrecher. Die Angst wurde zur Panik. Langsam, ganz langsam gelangte Lina in die Küche, ergriff ein Messer und ging zum Flur. Die Wohnungstüre war unbeschädigt, alles war ruhig und in Ordnung. Durch den Flur ging sie ins Schlafzimmer. Auch da alles normal. Was war nur geschehen? Sollte sie sich den furchtbaren Lärm etwa nur eingebildet haben?

Linas Blick bewegte sich vorsichtig durchs Haus wie eine verstörte Katze. Er bewegte sich langsam, argwöhnisch. Alles schien diesen Blick aufzunehmen und für einen Augenblick aufzuhalten.

Lina öffnete die Fenstertüre, die auf die Terrasse führte. In diesem Augenblick merkte sie, was geschehen war, und merkte gleichzeitig nicht, was im nächsten Augenblick geschehen würde. Ein langes Stück Verputz hatte sich vom Balkon über der Terrasse gelöst und war heruntergekommen. Nur daß genau in der Sekunde, in der ihr das bewußt wurde, ein weiteres und viel größeres Stück Mauerwerk oben herunterbrach und sie traf. Lina fand sich auf dem Boden wieder, mit blutendem Kopf, und keiner war da, der ihr helfen konnte. Bevor sie die Augen zusammenkniff, völlig durcheinander wegen des Schmerzes in der Nackengegend und des süßlichen Geschmacks ihres Blutes, sagte Lina zu sich selbst: »Das war es nun.« Ein klarer, wie in Stein gemeißelter Gedanke. Er hatte etwas eigentümlich Schönes an sich.

(Abends war es immer am schwierigsten. Tagsüber nicht, der Tag flog so schnell vorüber. Lina merkte es nicht einmal. Da mußte an die Kinder gedacht werden, an das Haus, ans Mittag- und ans Abendessen. Und dann war da auch noch Francos Gesundheit. Er war immer noch so mager, wuchs zwar, wuchs in die Länge, aber daß er auch nur ein Kilo an Gewicht zunehmen würde, daran war gar nicht zu denken. Lina konnte sich darüber nicht beruhigen. Dieses Kindchen, das das einzige war, das ihr ähnlich sah, das sie an ihren armen Bruder erinnerte, war auch das einzige, das nicht einmal einen Hauch von Gewicht zulegte.

Doch abends vergaß Lina alles. Alles verschwand, alles löste sich auf. Da gab es weder Franco noch seine Magerkeit, da gab es auch nicht die größeren Jungen, und auch nicht die Wohnung, einfach nichts. Abends kam Sergio heim.

Wenn sie seinen schweren Schritt auf der Treppe hörte, war Lina vor Angst gelähmt. Das Darmgeschlinge verdrehte sich ihr, der Magen zog sich zusammen. Sogar die Wände in der Wohnung schienen ein Opfer der Krämpfe zu werden. Noch bevor Sergio eintrat, konnte Lina seinen Geruch und seinen heißen, unangenehmen Atem wahrnehmen. Das war der Augenblick, wo Lina die Kinder in ihr Zimmer verschwinden ließ. Das war der Augenblick, wo sie regelmäßig ihren Ring am Finger betrachtete, ihn nehmen und in tausend Stücke zertrümmern wollte. Doch dann hatte nichts mehr Sinn, dann war nichts mehr wichtig. Sergio kam zur Wohnung herein. Das Gebrüll konnte man bis in den Treppenflur hören.)

»Ich kann ohne dich nicht leben. Willst du das endlich begreifen? Das ist keine fixe Idee. Es ist einfach so und aus. Und das weißt du auch.«

Wie oft wiederholte das Mädchen Tag für Tag diesen oder einen ähnlichen Satz? Lina hatte sich nach der Störung der ersten Stunden daran gewöhnt. Das Mädchen im Krankenbett neben ihr sagte diese Worte jedem, der in ihre Nähe kam. Die verschriebenen Mittel, hatte die Krankenschwester gesagt, bewirkten, daß sie die Leute nicht mehr erkannte. Daher verwechselte sie jeden mit Andrea, ihrem Verlobten. Nur daß Andrea seit Monaten verschwunden war. Mehr oder weniger seit dem Zeitpunkt, wo sie angefangen hatte, deutlich zu zeigen, wie unmäßig sie an ihm hing.

Lina sah sie mit einer Mischung aus Mitleid und Wut an. Wie war es nur möglich, daß man wegen eines Mannes so heruntergekommen war? Wie war es nur möglich, daß ein so reizvolles junges Mädchen versuchte, Selbstmord zu begehen, nur weil sich ein Geck nicht mehr blicken ließ?

Linas Zustand besserte sich zusehends. Der Schlag auf den Kopf und der Sturz hatten glücklicherweise keine schlimmen Folgen. Zur Notaufnahme war sie von der Nachbarin gebracht worden, die, durch den Lärm neugierig geworden, ans Fenster gekommen war, um zu sehen, was auf der Etage unter ihr passiert war. Die Frau hatte im Haus Alarm geschlagen, und andere Nachbarn hatten die Türe gewaltsam geöffnet. Die Lage sah schlimmer aus, als sie in Wirklichkeit war: Lina lag unter einem Berg von Schutt ohnmächtig und mit blutendem Kopf. Doch im Krankenhaus hatten die Ärzte nach eingehenden Untersuchungen erklärt, daß sie mit ein paar Stichen an der Stirn und ungefähr zehn Tagen Bettruhe wieder hergestellt sein würde.

Nur: in der ersten Nacht im Krankenhaus war Lina von furchtbaren Träumen heimgesucht worden. Der Schmerz hämmerte an ihrer Schläfe. Die Wirkung der schmerzstillenden Mittel hatte nachgelassen und an ihre Stelle war ein unruhiger, immer wieder unterbrochener Schlaf getreten. Lina erinnerte sich an nichts Genaues. Wenige Stunden nach dem Ereignis vermischten sich die Augenblicke – von dem Schlag auf den Kopf bis zum vollen Aufwachen in ihrem Krankenbett – zu einer grauen, faserigen Masse aus Schmerz und geistiger Abwesenheit. Die Träume der ersten Nacht waren, so erinnerte sie sich an sie, vor allem eine Abfolge ganz kurzer Flashs. Sie waren unmittelbar, schnell und unsinnig, so schnell, daß ihr schwindelig wurde.

Das Mädchen im Bett neben ihr sagte wieder: »Ich kann ohne dich nicht leben. Versuch doch, das zu verstehen.« Lina streckte den linken Arm zu ihr aus, drückte ihr sanft das Handgelenk, sagte dann leise: »Auch ich kann ohne dich nicht leben.«

(Das folgende ereignete sich ebenfalls an einem Tag im Juli. Eine Woche vor Francos zehntem Geburtstag. Lina war weggegangen, um, wie gewöhnlich, einzukaufen. Sergio war auf der Arbeit. Die Wohnung war kühl, lag im Halbschatten. Die halbgeschlossenen Fenster ließen ein bißchen Luft herein. Die älteren Brüder waren am Meer. Sie würden müde, braungebrannt und hungrig nach Hause kommen. Dann würden sie ein großes Durcheinander veranstalten, weil sie vor dem Essen nicht duschen wollten. Lina würde ihnen drohen müssen.

Unter dem Vorwand, daß es ihm nicht gut gehe, war es Franco gelungen, alleine zu Hause zu bleiben. Er mochte diese langen Stunden des Alleinseins und der Stille. Nicht etwa, weil er ein stilles, eigenbrötlerisches Kind gewesen wäre: er war ja, im Gegenteil, lebhaft, sehr gesellig, seine Stimme war sogar sehr hoch. Der Vater meckerte ihn deshalb immer an, sagte: »Schrei nicht so mit dieser Stimme.« Franco mochte diese Stunden der Stille und des Alleinseins, weil er sich ungestört in der Wohnung bewegen konnte. Und die Wohnung kam ihm so groß, so unbekannt vor. Er schlüpfte sofort ins Badezimmer und schaltete alle Lampen ein. Dann öffnete er alle Schubläden neben dem Spiegel, das waren die, in denen seine Mutter den Lippenstift, die Handcreme und den Gesichtspuder aufbewahrte. Franco wagte es nicht, diese dunklen und ordentlich aufgestellten Behälter und Schachteln zu berühren. Er betrachtete sie. Er merkte es sofort, ob seine Mutter zufällig einen Artikel durch einen anderen ersetzt hatte, ob neben dem üblichen Lippenstift ein neuer stand. Nach der Erkundung des Badezimmers ging Franco ins Schlafzimmer der Eltern. Hier wurde er schon kühner. Zielbewußt ging er auf die dritte Schublade der Frisierkommode zu. Er wußte, daß sich in einer Ecke, in einer Blechdose verborgen, der Schmuck seiner Mutter befand. Es war nicht viel, aber seiner Meinung nach war er wunderschön. Er glitzerte und war wertvoll: Franco hatte keine anderen Worte, mit denen er ihn beschreiben konnte. Er nahm alles in seine Hände, schloß sie, und für einen Augenblick schloß er auch seine Augen.

Im ovalen Spiegel über der Kommode sah sein Gesicht genauso aus wie das seiner Mutter. Die Augen aber waren wie die seines Onkels. Der Onkel, dessen Namen er trägt, und der so schön ist in seiner Uniform der 91. Infanteriedivision Superga, wie auf dem letzten Photo geschrieben steht, das er von der Front in Afrika geschickt hatte. Franco lächelte sich im Spiegel zu. Er hatte nicht gemerkt, daß hinter ihm seine Mutter ins Zimmer getreten war. Sie starrte ihn an, er schlug die Augen zu Boden. Beide schwitzten und atmeten schwer.)

Lina vergaß das Mädchen im Krankenhaus nicht. Nach ihrem kurzen Aufenthalt besuchte sie sie auch weiterhin. Jedesmal setzte sie sich neben sie ans Bett und drückte ihre Hand. So verharrten sie ungefähr eine Stunde. Das Mädchen wiederholte die üblichen Sätze, und sofort antwortete Lina: »Ja, natürlich.« Aber im allgemeinen verhielten sich die beiden Frauen reglos und still, die Hand der einen in der Hand der anderen. Dann, nach einer gewissen Zeit (das Mädchen hatte nach und nach jede Form von Lebensfunktion aufgegeben, und zwar bis zu dem Punkt, an dem sie Lina wie eine Statue aus Gips vorkam), verschwand die Kranke. Das Bett war leer. Lina fragte bei den Krankenschwestern der Abteilung nach. Sie erfuhr lediglich, daß der Zustand des Mädchens sich verschlechtert hatte. Die Ärzte hatten der Familie geraten, es mit moderneren Therapien zu versuchen, vielleicht gar im Ausland.

Zu Hause hatten die Ausbesserungsarbeiten am Kranzgesims begonnen. Signor Michele kam mit seinem Gehilfen früh am Morgen und ging gegen fünf Uhr nachmittags wieder fort. Lina kam in diesen Tagen das Leben merkwürdig prall vor. Es war voller Besuche und Beschäftigungen. Sie fand kaum noch Zeit, für den üblichen Schwatz mit Signor Manni, dem Goldschmied.

Ebenfalls in diesen Tagen erhielt sie den zweiten an Myriam Levi adressierten Brief. Dieses Mal kam er aus Italien. Doch die Schrift auf dem Umschlag war die gleiche. Lina verglich die beiden Briefe miteinander, und mit einem Blick war sie absolut sicher. Was sollte sie nur tun?

Sie öffnete die Schublade der Kommode, in der sie die Blechdose mit dem Schmuck aufbewahrte. Sie wählte die Korallenkette und die kleine Diamantenbrosche in Form eines Seesterns aus, steckte auf die Finger ihrer linken Hand ein paar Ringe, die ihrer Großmutter gehört hatten, goldenes Zeug zwar, aber ohne jeden Wert. Sie sah sich im Spiegel an. Wieder verspürte sie den stummen Schmerz, nicht die Witwe eines reichen Römers mit einem ordentlichen Beruf zu sein.

(Es war im Schlaf geschehen. Lina hatte nicht das geringste gemerkt. Vielleicht… Vielleicht hatte sie für einen Augenblick ein etwas beschwerlicheres Atmen gehört, oder wenigstens eine Unsicherheit, ein inneres Aussetzen und Zögern des Einatmens, wie wenn ganz plötzlich ein Zweifel, eine unumgängliche, notwendige Frage Sergios Brustkorb erfaßt und ihn in seiner ewigen Tätigkeit aufgehalten, ihn davon abgebracht hätte und ihm schließlich den Rat habe geben wollen: »So, jetzt reicht's, jetzt darfst du ausruhen.« Aber das sind doch alles Wahnvorstellungen, Wahnvorstellungen. Das ist spätere Einsicht, dachte Lina.

Lina hatte überhaupt nichts gemerkt. Sie hatte bis spät geschlafen. Auch als sie aufgestanden war und schnell, ohne ein Geräusch, durch das Zimmer gegangen war, sich rasch den Morgenmantel übergeworfen und langsam die Türe beigezogen hatte, nicht einmal da hatte sie etwas gemerkt.

In der Küche hatte sie den Espresso vorbereitet und ein bißchen Milch gewärmt. Außer ihr und Sergio war niemand in der Wohnung. Es war nicht mehr so wie früher, als sie sich beeilen mußte, um den Kindern, diesen drei Dämonen, das Frühstück zu richten, dann immer wieder rufen mußte, weil sie keine Lust hatten aufzustehen. Jetzt war alles viel ruhiger und stiller. Auch Sergio war ruhiger und stiller geworden. Er trank zwar noch immer, aber nicht mehr, bis er sternhagelblau war. Und selbst wenn er es tat, was immer seltener vorkam, war er nicht mehr so jähzornig und gewalttätig wie früher, er brüllte nicht mehr wegen jeder Kleinigkeit herum, er drohte nicht mehr. Wenn Sergio jetzt ein bißchen angeheitert war, wurde er weinerlich und nostalgisch und seine Augen glänzten sofort. Auf sie wirkte er wie jemand, der sich ergeben hatte, der sich aus Angst in die Hosen machte. Mitunter dachte Lina: alles in allem war er vorher besser dran.

Mit der Tasse Milchkaffee in der Hand war Lina auf das Bett zugekommen. Sergio bewegte sich nicht. Sie wollte gerade zum Fenster gehen und das Rouleau hochziehen, als ihr undeutlich bewußt wurde, daß irgend etwas mit der Unbeweglichkeit ihres Gatten nicht stimmte. Sie zögerte. Dann streckte sie im Halbdunkel die Handfläche nach Sergios Körper aus. Kalt. Sergio war kalt. Auch Lina war es kalt. Ihr kamen keine Tränen, ihr kam gar nichts. Sie dachte, daß sie die Söhne herbeirufen und alles für die Beerdigung vorbereiten müsse. Sie dachte, daß sie von nun an Witwe war. »Was für ein widerwärtiges Wort«, dachte sie.)

Auf den Umschlag schrieb Lina: Signora Myriam Levi. In der Zeile darunter fügte sie die Anschrift hinzu, wobei sie wieder darauf achtete, ordentlich zu schreiben und nicht nach unten abzurutschen. In den Umschlag hatte sie die in der vorangegangenen Zeit bei ihr eingetroffenen und keineswegs aufgeschnittenen Briefe gesteckt (noch zwei weitere waren angekommen: ein zweiter aus Italien, der letzte aus einem Land, dessen Namen sie nicht entziffern konnte), dazu noch ein Billett, auf dem sie erklärte, daß sie sie vor ein paar Wochen erhalten habe. Lina hatte sich weder mit Einzelheiten noch mit umständlichen Höflichkeitsfloskeln aufgehalten, zumal sie sich bei Myriam Levi nur an weniges erinnerte. Sie hatten sich lediglich gesehen, als die Frau aus den Vereinigten Staaten angekommen war. Bei ihrer Abreise, die vor dem vorgesehenen Datum stattfand, hatten sie sich nicht gesehen: Myriam Levi hatte die Schlüssel und ein kurzes Dankesbriefchen bei den Nachbarn hinterlassen. Sie hatte nicht einmal die Rückgabe des geringfügigen Geldbetrags abgewartet, den sie als Kaution für eventuelle Schäden überwiesen hatte. Sie war ein bißchen überstürzt abgereist, wie die Nachbarn sagten.

Lina ging aus dem Haus, um den Brief einzuwerfen. Und da sie nun schon einmal draußen war, dachte sie, würde sie einen Sprung zu Manni machen, um zu sehen, ob die Sommerneuheiten eingetroffen waren. Sie hatte sogar im Sinn, etwas zu kaufen: seit langem schon hatte sie sich nichts mehr geschenkt, und nach dem gemeinen Schlag auf den Kopf wußte nur der liebe Gott allein, daß sie eine kleine Tröstung brauchte.

An dem bewußten Tag war Lina nicht nur zum Juwelier gegangen, sondern auch noch zum Buchhändler. Sie hatte zwei schöne Bücher gekauft, die ihr während der ersten Sommerhälfte Gesellschaft leisten sollten. Dieser Teil des Sommers war für sie immer der anstrengendere: wenn sie sich nämlich, nachdem die Wohnung vermietet war, an den Rhythmus und an das Leben der Schwiegertöchter, der Enkel und der Söhne gewöhnen mußte. Das eine der beiden Bücher war von einem russischen Schriftsteller des neunzehnten Jahrhunderts, der einen unaussprechbaren Namen hatte. Das andere bestand aus einer Sammlung von Kurzromanen einer kürzlich verstorbenen italienischen Schriftstellerin: allerdings hatte auch sie einen Namen, der ausländisch klang und schwer auszusprechen war.

In Mannis Laden war Lina etwas enttäuscht. Sie erwartete dort größere Neuheiten, gewagtere Modelle, den einen oder anderen etwas aufregenden Stein. Das sollte um Himmels willen nicht heißen, daß die Ware nicht gut gewesen wäre. Gegen sie ließ sich nichts einwenden. Vor allem bei den Edelsteinen nicht: da war das Angebot durchaus ansehnlich. Doch im allgemeinen machten die Stücke, die Manni ihr vorlegte, auf sie den Eindruck des déjà-vu, als wären sie schon getragen worden. Die Preise dagegen waren nicht hoch. Manni sagte, in Zeiten einer Wirtschaftskrise sei es unvermeidlich, daß die Qualität auf diesem Gebiet abnehme. Nachdem Lina lange gezögert und die Sache durchgerechnet hatte, entschloß sie sich am Ende für ein Paar Ohrringe aus schwarzen, für ihr Alter vielleicht ein bißchen allzu auffälligen Korallen, die sie sich gleich ansteckte. Als sie das Geschäft verließ, schaute sie flugs noch einmal in den Spiegel des Schaufensters: »Ein bißchen auffällig, das ist wahr«, sagte sie.

(Jetzt war die Nacht die Zeit der Ungewißheit und der Angst. Lina ging ziemlich früh zu Bett, schlief schnell ein. Gerade ein paar Seiten, und schon fielen ihr die Augen zu. Mitunter fand sie nicht einmal Zeit, das Licht auszumachen. Doch Lina schlief nie lange. Eine Kleinigkeit genügte, um sie aufzuwecken: das Ächzen eines Möbelstücks, die Sirene einer Einbruchssicherung irgendwo, ihr eigenes Schnarchen. Doch mehr als alles andere störte sie das Gebell der Hunde, das sich ab einem bestimmten Zeitpunkt so anhörte, als würden sie im Ort mehr und mehr werden.

Nachts hatte Lina Angst. Angst vor der Zeit, die verrinnt, Angst vor der Stille und vor Krankheiten. Sie fürchtete sich davor, früher oder später einmal mit schrecklichen Kopfschmerzen aufzuwachen, und dann wäre niemand da, um ihr zu helfen. Und doch war sie tagsüber eifersüchtig auf ihre Unabhängigkeit und auf ihr Alleinsein. Bei Nacht jedoch kehrte sie in die Vergangenheit zurück, zu den Dingen von einst, die nicht mehr waren. In diesen Augenblicken dachte Lina nicht an ihren Mann oder an ihren verstorbenen Sohn oder an ihre Eltern und Freunde, die davongegangen waren. Nein, Lina dachte an sich selbst. Vielleicht aus einem dunklen Schuldbewußtsein heraus, aber es war immer nur sie selbst, an die sie dachte. Daran, wie zart die Haut ihrer Brüste war, daran, wie sonderbar und herausfordernd ihr Lachen war und wie stolz und schnell sie sonntags morgens nach der Messe aus der Kirche ging. Jetzt war alles so ganz anders. Die Muskeln ihrer Arme schienen nicht mehr an den Knochen zu hängen und schwabbelten herum, die Haut war voller Falten, trotz aller Cremes, und ihre Schenkel und den Bauch betastete sie schon gar nicht mehr, aus Angst, daß sie neue Fettpölsterchen, weitere Orangenhaut entdecken könnte.

Schrecklich, mit diesen Gedanken bei Nacht umzugehen. Lina konnte darüber keine Ruhe finden. Nur schwer gelang es ihr einzuschlafen. Sie blieb bis sechs, höchstens halb sieben im Bett, doch ohne zu schlafen, sich unter der Bettdecke hin und her wälzend, mit immer größer werdender Angst und immer größer werdendem Entsetzen vor dem Alter. Zum Glück versteckten sich diese Gedanken mit dem beginnenden Tag irgendwo, genauso wie das Gebell der Hunde.)

Trotz der Jahreszeit hatte es viele Tage geregnet. Der Himmel war von einem gleichförmigen, undurchdringlichen Grau gewesen. Auch Lina fühlte sich grau und undurchdringlich. Auf der Terrasse waren die letzten Spuren der Maurerarbeiten vom Regen weggewaschen worden. Gelegentlich spürte Lina einen heftigen Kopfschmerz, und sie wußte nicht, ob er mit dem Wetter oder mit den Nachwirkungen des Unfalls vor einigen Wochen zu tun hatte. Sicher ist aber, daß ihr Kopf immer häufiger nachmittags hämmerte und weh tat, und daß dieser dröhnende, immer wieder unterbrochene Schmerz bis zum Abend nicht nachlassen wollte. An Tagen, wo es besonders schlimm war, steckte Lina ihre Nase nicht zur Türe hinaus. Da blieb sie im Haus und wickelte ihren Kopf in ein Seidentuch. Und die Zeit verging überhaupt nicht. Daher bemerkte sie auch nicht sofort den gelben Umschlag in ihrem Briefkasten.

Der Umschlag war ziemlich dick und kam aus den Vereinigten Staaten. Lina fragte sich, wer nur der Absender sein könne, auch weil auf der Rückseite lediglich ein S stand, das ihr überhaupt nichts sagte. Sie öffnete den Umschlag ganz langsam und vorsichtig in der Küche. Drinnen waren die an Myriam Levi adressierten Briefe, die sie selbst vor einiger Zeit weggeschickt hatte. Außer den Briefen auch ein mit Kugelschreiber geschriebener kleiner Brief mit ordentlicher, runder Schrift. Nur daß Lina kein Wort verstand, denn er war auf englisch geschrieben, und sie wußte lediglich, wie man auf englisch danke und auf Wiedersehen sagte. Doch auch ohne zu verstehen, weckte der Umschlag bei Lina ein ungutes Gefühl. Am nächsten Tag, so beschloß sie, würde sie die Tochter von Signora Sanna, die eine Ausbildung zur Dolmetscherin machte, bitten, ihr den Inhalt des kurzen Briefes zu übersetzen, an dessen Ende ein schönes Siegel aus goldenem Siegellack mit dem Buchstaben S prangte.

Am folgenden Tag setzte Giannina die Brille auf, las still den Inhalt des Briefes, sagte dann, indem sie jedes Wort deutlich aussprach: »Liebe Signora, Miss Myriam Levi wohnt nicht mehr hier. Wir sind jetzt die Eigentümer des Cottage.« Hier fühlte sich Giannina verpflichtet, eine kleine Pause zu machen und Lina und ihrer Mutter, die aufmerksam und voller Stolz zuhörte, zu erklären, was ein Cottage war. Lina drehte die Augen zum Himmel. Mit größerem

Zögern fuhr Giannina fort: »Es war sehr freundlich von Ihnen, die Briefe von Miss Levi hierher zu schicken, aber wir kennen niemanden aus ihrer Familie. Viele Grüße, Susan und Steve Serrano.« Giannina seufzte und sagte dann: »Da ist noch ein Nachsatz. Vielleicht interessiert es Sie zu erfahren, daß Miss Levi unglücklicherweise im vergangenen Monat verstorben ist.«

Lina spürte auf der Stelle heftige Kopfschmerzen. Als hätte die Nachricht vom Ableben Myriam Levis geradewegs den Teil ihres Körpers angegriffen, der jetzt der anfälligste war. Sie empfand nichts Besonderes: die Tatsache ließ sie gleichgültig, abgesehen von dem heftigen Schmerz an den Schläfen und im Nacken. Sie sagte Giannina und ihrer Mutter einige wenige Worte des Dankes. Schon an der Wohnungstüre, kommentierte Signora Sanna: »Die Arme, sie war doch so jung…« Vielleicht wollte sie noch etwas hinzufügen, aber Lina war bereits ein Stockwerk tiefer und machte ein Zeichen mit der Hand.

Auf der Straße ging es Lina ein bißchen besser: der Schmerz schien bei der Berührung mit der Luft etwas nachzulassen, war weniger erdrückend. Sie ging nach Hause, doch ihre Beine schienen unter der Wirkung der Kopfschmerzen ebenfalls nachzugeben und waren unfähig, sie zu stützen. Sie lehnte sich an den Türeingang eines Hauses, atmete tief. Was geschah nur mit ihr? Schlagartig erinnerte sie sich an Myriam Levi. Sie sah sie bei ihrer einzigen Begegnung. Myriam Levi war verhältnismäßig dick und eigentümlich angezogen. Ja, sie war jung: vielleicht war sie um die vierzig, aber in ihren Augen war etwas Trauriges, etwas Krankes. Es waren die Augen einer Frau, die bereits alt war. Nein, nicht die einer Frau: eher die einer alten Schildkröte.

Ohne zu wissen warum, wurde Lina bewußt, daß sie drauf und dran war zu weinen.

(Das Photo ist klein und rechteckig. Die Ränder ausgefranst. Die Körnung des Papiers inzwischen in schlechtem

Zustand. Linas Eltern nehmen den rechten Bereich des Bildes ein. Sie trägt ein langes weißes Kleid, der Schleier fällt weich über die Schultern. Mit dem linken Arm, der verloren herunterhängt, streift sie den Körper des Mannes, der in wenigen Augenblicken ihr Gatte sein wird. Der andere Arm dagegen hält einen Strauß Blumen, die so weiß sind wie das Kleid und wie der Ausdruck, der ihr das Gesicht wegnimmt. Er trägt einen dunklen Anzug mit schmalen Revers, ein weißes Hemd und eine vorschriftsmäßige schwarze Fliege. In der rechten Hand eine schon zum Stummel gewordene Zigarette. Sein Blick, schräg zur Einstellung, hat etwas Ironisches.

Hinter den Brautleuten eine große dunkle Fläche, auf der man Flecke auf einer Wand erkennt – Bilder, vermutlich – und in einer Ecke eine Kleiderablage mit hellen Stoffen. Auf dem Boden erahnt man die Umrisse eines Teppichs.

Auf diesem einzigen Photo ihrer Hochzeit sehen Linas Eltern nicht besonders glücklich aus. Es ist, als würden sie ihre Ansicht über die Welt zum Ausdruck bringen: die des Bräutigams ist distanziert, ihre nicht immun gegen eine gewisse Melancholie. Am Körper der Braut nimmt man bis jetzt keinerlei Anzeichen für eine Schwangerschaft wahr. Und doch wird Lina wenige Monate später zur Welt kommen. Das Verdienst für diese Vertuschung ist zum großen Teil der Tüchtigkeit der Schneiderin zuzuschreiben, die sich, auf ausdrücklichen Wunsch, ein elegant fließendes Kleid ausgedacht hat, das den Körper der Frau nicht einwickelt, sondern eher wiegt.

Lina hatte dieses kleine Photo ihrer Eltern immer geliebt. Sie stellte es in ihre Nähe, gut sichtbar auf die Frisierkommode im Schlafzimmer. Ihr gefiel der Gedanke, daß auch sie an diesem weit zurückliegenden Tag irgendwie anwesend war und an dem Ereignis teilgenommen hatte. Sie mochte die Vorstellung, daß sie eine ganz persönliche Erinnerung an diesen Anlaß hatte.)

Was in den an Myriam Levi adressierten Briefen stand, wußte Lina natürlich nicht. Bis sie der Versuchung nachgab, sie zu öffnen, wußte sie nicht einmal, in welcher Sprache sie geschrieben waren. Sie entdeckte, daß sie, wie vorauszusehen war, auf englisch geschrieben waren und in einer ziemlich unordentlichen Schrift. Als wäre der Schreiber gezwungen gewesen, sie in aller Eile oder jedenfalls an einem unbequemen, vorläufigen Ort hinzukritzeln. Lina stellte sich einen durch die Welt reisenden geheimnisvollen, romantischen Liebhaber vor: einen nicht mehr ganz jungen, jedoch athletischen, körperlich begehrenswerten Mann. Alles, was Sergio nie gewesen war. Sie phantasierte auch über den Inhalt. Sie hatte nicht den Mut, Giannina zu bitten, die Briefe zu übersetzen: damit hätte sie den Eindruck einer Frau abgegeben, die sich in alles einmischt. So erfand sie ziemlich konventionelle Sätze, die sie sich aus ihren Lieblingsromanen borgte, mit denen der Mann sich außerstande erklärte, ohne Myriam weiterleben zu können. Sicher, an Hochzeit und an Kinder war nicht mehr zu denken. Keiner von beiden war mehr jung. Aber gemeinsam hätten sie ein großartiges Abenteuer erlebt. Jedes Jahr hätten sie sechs Monate in Italien verbracht, wo sie sich kennengelernt hatten, und die anderen in Kalifornien, in Myriam Levis Villa. Das Leben wäre für beide dahingeglitten wie ein herrlicher, unendlich langer Sommernachmittag.

Zum zweiten Mal innerhalb kurzer Zeit spürte Lina einen festen Knoten in der Kehle. Sie versuchte, sich unter Kontrolle zu halten und sich nicht gehenzulassen. Hinter dem ausgedachten Leben von Myriam Levi und ihrem vermeintlichen Liebhaber stand ihre eigene Existenz, die in der Erinnerung auftauchte und sich jetzt in rascher Folge vor ihren Augen abspulte: kurze, durcheinander gewirbelte Momentaufnahmen einer Vergangenheit, die ihr nicht mehr gehörte, etwas, das sie längst nur noch zerstören, für immer auswischen wollte. Lina schluckte, brachte ihre Haare in Ordnung. Für einen Augenblick dachte sie an die warmherzigen Briefe, die Nathalie Fabre ihr in den wenigen Jahren ihrer Freundschaft geschrieben hatte. Sie steckte die Blätter wieder in ihren Umschlag und legte alles in eine Schublade der Frisierkommode, in die, in der auch die Blechdose mit dem Schmuck war. Sie holte die Dose hervor und öffnete sie. Der Schmuck kam ihr plötzlich armselig und stumm vor, so wie ihr eigenes Leben. Für einen Augenblick dachte Lina, daß sie die Briefe beantworten würde, die an Myriam Levi adressiert waren. Sie würde die anstrengende Liebesgeschichte zwischen ihrer dicken Ex-Mieterin und dem geheimnisvollen Bewerber aufleben lassen und weiterführen. Doch genau in dem Augenblick, als sie sich die Worte vorstellte, die sie gebrauchen müßte, fühlte sie sich endgültig armselig und stumm.

Sie dachte nicht lange nach. Sie nahm den Schmuck, lief in die Küche, legte ihn in Reih und Glied auf den Marmortisch und streichelte ihn ganz zart, so wie es Manni immer tat, wenn er ihn ihr zeigte und aus dem roten Samt wickelte. Lina starrte die Stücke flüchtig an, so wie man jemanden betrachtet, der für immer abreist. Dann suchte sie den Hammer im Handwerkerregal, packte ihn und schreiend vor Schmerz fing sie an, mit aller Kraft draufzuschlagen.

11 Exil

Die ersten Tage nach Fabres Tod waren heiß, und einer war wie der andere. Von der Gendarmerie erhielten die Hotelgäste lediglich eine sanfte Aufforderung, in erreichbarer Nähe zu bleiben, für den Fall, daß die Ermittlungen eine entscheidende Wende nehmen sollten. Allein die Vorstellung, daß der Körper des Professors in einer Kühlkammer des Hotels lag, rief bei den meisten ein unangenehmes Gefühl, eine wortlose Verwirrung hervor. Dieser Umstand war zu einer Art unterschwelligem Inhalt jeder Unterhaltung geworden, auch noch der heitersten und unbeschwertesten. Selbst Oku, der im allgemeinen so reserviert war und seine Worte genau überlegte, hatte sich einmal zu einer Anspielung in diesem Zusammenhang hinreißen lassen. Fabres Leiche war zum wichtigsten Gast des Hotels geworden: je weniger man über ihn sprach, um so größere Bedeutung gewann er.

Die Gerüchte über Fabre hatten sich gelegt. Man hatte ein bißchen über die Mutter des Professors geredet. Irgendjemand hatte gesagt, daß sie jeden Augenblick eintreffen würde. Doch dann hatte man erfahren, daß die Frau vor Monaten gestorben war und Fabre keine unmittelbaren Verwandten hatte, abgesehen von ein paar verhältnismäßig alten und tatterigen Onkels und Tanten.

Ansonsten erbrachten die Ermittlungen nichts Neues. Kommandant Ali Ben Sedrani wurde von den Gästen des Hotels immer häufiger gesehen, doch seine Gegenwart beschränkte sich auf höflich angedeutete Grüße und langes Herumsitzen an den Tischen des arabischen Cafés vor einer sich nicht leeren wollenden Kanne dampfenden Minztees. Der Direktor des Hotels dagegen tat alles, damit das

Leben weiterginge, als wäre nichts geschehen. Er erlegte den Bediensteten absolute Zurückhaltung hinsichtlich des Verbrechens und der Ermittlungen auf und spornte statt dessen die Leistungsfähigkeit im Dienst durch das eine oder andere persönliche Trinkgeld an.

Pradine und seine Truppe fingen wieder normal an zu arbeiten. Früh morgens verabredeten sie sich auf einer der Terrassen, wo sie das Frühstück zu sich nahmen, das aus Obst, Joghurt und nicht enden wollendem lautem Durcheinanderreden bestand. Dann gingen sie zum nördlichen Teil des Strandes, einem Bereich, an dem zwei Photosets aufgebaut worden waren. Später, während der heißesten Stunden, zog sich jeder von ihnen auf sein Zimmer zurück, aus dem er erst wieder hervorkam, als es dunkel wurde und die Zeit für den Aperitif und das Abendessen gekommen war.

Für einige Zeit kam Ghorbal verhältnismäßig häufig ins Hotel. Unter dem Vorwand, er müsse schnell noch bei ein paar Gästen vorbeischauen, die an leichter Herzinsuffizienz litten, hatte er sich gegen Abend oft in der Boutique von Madame Lebrun sehen lassen. Zunächst hatte sich Madame ihm gegenüber natürlich einigermaßen kalt verhalten: ihr waren Doktor Ghorbals anmaßende Ermittlungen nicht entgangen, und sie hatte befürchtet, daß hinter seinen ständigen Besuchen eine Falle steckte, vor allem für ihren Philippe. Der Name ihres Sohnes war in Fabres Haus in El Kantara an vielen Stellen hingeschrieben worden. Und dies war eines der wenigen sicheren Elemente in einem Verbrechen, für das es ansonsten keine einfache Lösung gab. Entsprechend vorsichtig hatte Madame Lebrun versucht, Doktor Ghorbal davon zu überzeugen, daß die Spur, die es weiterzuverfolgen gelte, die der jungen Liebhaber des bedauernswerten Professors vor Ort sei. Der Arzt war im großen und ganzen mit ihr einer Meinung. Doch dann, nach einigem Zögern, hatte er Madame Lebrun eines Abends gefragt, ob sie nicht rein zufällig irgend etwas Merkwürdiges, eine Besonderheit, ein noch so geringes Anzeichen von Schuld bei einem der Hotelgäste beobachtet habe. Madame Lebrun sah in dieser Frage ein verhülltes Angebot zur Komplizenschaft. Um von ihrem Sohn nur ja die Schande des Verdachts abzuwenden (zudem befürchtete sie, daß, wenn Fabres Homosexualität zur Sprache käme, man auch die von Philippe herausfinden könnte), nahm Madame Lebrun das Angebot an. Und das tat sie mit einer der Situation würdigen Meisterschaft. Sie setzte den Arzt nicht nur über jedes Gerücht, jedes Geschwätz, jede Besonderheit der einzelnen Hotelgäste in Kenntnis, so daß ein detailgenaues Gruppenportrait entstand, sondern riet ihm zugleich, sich nicht allzu oft dort sehen zu lassen, damit der mögliche Schuldige keinen Verdacht schöpfe. Er könne für jede Art von Information auf sie zählen, sagte sie. Solange kein Beamter der französischen Botschaft einträfe, betrachte sie ihn als ihren einzigen Ansprechpartner. Von nun an, sagte Madame Lebrun in verschwörerischem Ton, könnten sie sich jeden Montag und jeden Donnerstag vormittags, eben an den Markttagen, in Houmt Souk fern von indiskreten Blicken treffen.

Auf diese Weise schien nach Ghorbals vorübergehender Einmischung alles wieder so zu sein wie vorher.

Nichts hatte sich also im Leben des Hotels verändert. Nichts, außer der Freundschaft, die Dottor Blasi mit Myriam Levi geschlossen hatte. Die erste, die das bemerkt hatte, war wiederum Madame Lebrun. Auf ihre Weise kannte sie den alten Blasi ziemlich gut. Vom ersten Augenblick an hatte sie das Interesse des Arztes für die Italoamerikanerin durchschaut. Sie hatte es erkannt und war darüber gleichzeitig bekümmert: denn es hätte ihr durchaus gefallen, die Rolle der Vermittlerin in dieser beginnenden Beziehung zu übernehmen.

Ohne die Notwendigkeit irgendeines Vermittlers hatten sich Myriam und Blasi inzwischen allabendlich zu einem Paar bei Tisch zusammengetan. Alles hatte an dem Tag begonnen, an dem Pradine sich, nach der Auffindung von Fabres Leiche, in sein Zimmer eingeschlossen hatte. Zur Zeit des Abendessens waren die Restauranttische um das Salzwasserschwimmbecken halb verwaist. Oku war nach einer gewissen Ratlosigkeit dem Beispiel Pradines gefolgt und seinerseits verschwunden, allerdings nicht ohne sich vorher darum gekümmert zu haben, ein üppiges Essen auf sein Zimmer zu bestellen. Die jungen Leute der Truppe, Chris, Brian und die Models, hatten eine exzentrische Diaspora ins Leben gerufen, indem sie sich an verschiedene und voneinander entfernt stehende Tische setzten und sich unter die anderen Hotelgäste mischten. Madame Lebrun hatte man nicht gesehen, während die Zwillinge gemeinsam mit einer unglücklicherweise am selben Tag eingetroffenen Gruppe Franzosen Platz nahmen. Myriam war nichts anderes übriggeblieben, als die höfliche Einladung von Blasi anzunehmen. Sie hatte keine Lust, alleine zu essen. Und was das Auslassen der Mahlzeit insgesamt anging, so fühlte sie sich nicht danach: außerdem hätte sich die von der Diät vorgeschriebene tägliche Kalorienzahl bedenklich verringert.

So hatten Myriam und Blasi, gewissermaßen durch die Umstände gezwungen, an diesem Abend gemeinsam gegessen. Bei Tisch hatten sie nur wenige, zurückhaltende Worte gewechselt, die vorwiegend auf ein paar höfliche Bemerkungen über die Küche des Restaurants und über die gute Qualität der Weine à la carte beschränkt waren, wobei sich beide streng an ihre jeweiligen Ernährungspläne hielten. Myriam war von den guten, etwas altmodischen Umgangsformen Blasis beeindruckt gewesen. Und er hatte kein Geheimnis aus seine Kompetenz in Diätfragen gemacht. Nach ein paar entsprechenden Bemerkungen hatten die beiden ein weites Feld von gemeinsamen Interessen und Abneigungen entdeckt. Nach jedem Wort, nach jedem Bissen, zwischen einer Pause der Schüchternheit und einer der Vorsicht, hatte Myriam in Blasi einen überraschenden und perfekten Tischgenossen entdeckt, und der alte Arzt wiederum die Bestätigung seiner Intuition: Myriam Levi glich Dina. Nicht äußerlich, das war augenfällig, sondern auf geheimnisvolle, nicht genauer festzulegende Weise. Blasi dachte an eine Art Zugehörigkeit, an Familienähnlichkeit.

Es war nach dem Essen, nachdem sie noch einen ungezuckerten Minztee zu sich genommen hatten, als beide ihre Verbindung vor den Augen des kleinen, klatschsüchtigen Hotelpublikums bekräftigten. Blasi war vom Tisch aufgesprungen und bot Myriam seinen Arm an, die mit einem maliziösen, jugendlichen Lächeln voller Genugtuung antwortete. Doch statt sich zu den Terrassen mit den belebten Cafés, dem Bogengang und der Boutique von Madame Lebrun hinüberzubegeben, gingen sie in die entgegengesetzte Richtung, zum Strand.

Der Abend war herrlich, der Wind hatte sich gelegt. Auf dem Meer schaukelten viele zerstückelte Monde im Wasser. Vom Hotel, das jetzt eine dunkle konturlose Masse war, kam ein undeutliches Stimmengewirr herüber. Über allem das Schwappen der Wellen.

Lange sprachen Myriam und Blasi kein Wort. Verlegen, schüchtern hatten sich beide vorübergehend in ein charakteristisches Schweigen geflüchtet, das dann eintritt, wenn man so tut, als wäre man von der Schönheit der Landschaft überwältigt. Von Zeit zu Zeit seufzten sie oder schnalzten mit der Zunge. Dann fing Blasi an zu sprechen. Seine Stimme klang ruhig und gelassen: sie schien unmittelbar aus der Stille des Abends zu kommen.

Myriam hörte versunken und aufmerksam zu. Die Geschichte, die Blasi erzählte, war seine eigene und die seiner Frau, die ihrer perfekten, wunderbaren Ehe, die an dem Tag zerbrach, an dem Dina beschlossen hatte, sich das Leben zu nehmen. »Einfach so, ohne ein Wort zu sagen, nicht einmal einen Zettel…«, fügte Blasi hinzu, und einen Augenblick lang hielt er den Atem an. Auch Myriam hielt ihn an, und beide wirkten wie zwei merkwürdige Fische, die dem Meer entwischt waren.

Blasi erzählte weiter. Er sprach von Lee, von Dinas Brief an ihn, den er, Blasi, zufällig gefunden hatte. Er sprach von der Stille, von der Reue, von der Einsamkeit. Und nach der Erzählung über die Jahre mit seiner Frau und über die Zeit als Witwer, drang er in seiner Erinnerung zu den fernen Zeiten seiner Jugend, des Kriegs und der Niederlage vor. Er rief noch einmal die Angst, Gefangener der Angloamerikaner zu werden, ins Gedächtnis zurück, den Adjutanten Dini und die Flucht nach Djerba. »Und so rannte ich weg, rannte weg, wie nur die Angst einen wegrennen läßt«, erklärte der Arzt. Aber er kam nicht auf den Soldaten mit den blauen Augen zu sprechen, der eines Tages in der Umgebung von Médenine verschwunden war. Er hätte von ihm erzählen wollen. Nach so langer Zeit sich an ihn, an seine Augen, an seinen sardischen Tonfall und seine Art zuzuhören erinnern wollen. Er hätte es gewollt, aber er konnte es nicht. Die Worte weigerten sich, aus seinem Mund zu kommen. Daher schwieg der Arzt. Und sobald er schwieg, schienen sich alle seine Geschichten wie Irrlichter in Luft aufzulösen. Myriam aber hatte den Eindruck, daß sich ein dunkler Vorhang plötzlich vom nachtschwarzen Himmel heruntergesenkt hatte, um auch den letzten Klang dieser Worte noch zu verbergen.

Die Frau war in einer sonderbaren, nicht erklärbaren Gemütsverfassung. Blasis Geschichte hatte sie bewegt, und doch fühlte sie sich leicht, unbeschwert, so als hätte sich ein großes Gefühl der Ruhe aus der Erzählung dieses ganzen Unglücks verbreitet. Myriam empfand Blasi gegenüber Dankbarkeit. Denn immer, wenn sie sich mit jemandem unterhielt, fürchtete sie, nicht auf der Höhe des Gesprächspartners zu sein. Sie beneidete den, der im Verlauf der Unterhaltung in der Lage war, scharfsinnige Gedanken zu formulieren oder die Anwesenden mit subtilen, unerwarteten Beobachtungen zu überraschen. Sie dagegen hörte sich zumeist flache Sätze ohne Schärfe von sich geben, überhaupt nicht originell, bestenfalls banal verständlich. Mit der Zeit hatte sie sich wegen dieser Begrenztheit geniert, die sie vorsichtig und schweigsam machte. Doch an diesem Abend, als sie sich mit Blasi unterhielt, hatte sie sich nicht wie eine dumme, verlegene Griesgrämin gefühlt, war sie wegen ihrer dürftigen Originalität, ihres bang erwartungsvollen Schweigens nicht verlegen. Sie hatte zugehört und genickt. Die Bemerkungen, die aus ihrem Mund gekommen waren, hatte der Arzt mit feinfühliger Zustimmung aufgenommen: eine Haltung, die ihr letzten Endes Sicherheit und jene einfache, heitere Unbeschwertheit gegeben hatte, die ab einem bestimmten Zeitpunkt durch sie geströmt war.

Es wurde frisch. Vom Hotel drangen immer leisere Geräusche herüber. Auch die Lichter in der Ferne schienen immer schwächer zu werden. Eine Pause trat ein. Dann sprach Myriam Blasi ihre Dankbarkeit aus. Dafür wählte sie wenige Worte, die schlichtesten. Der Arzt errötete in der Dunkelheit, und Myriam spürte es deutlich, auch wenn sie es nicht sehen konnte. Sie suchte Blasis Hand und drückte sie zärtlich. Er hielt sie fest und führte sie nach oben, an seine Lippen. Es war nur eine Andeutung, doch im Mondschein funkelte diese Geste wie eine Verheißung.

12 F.

... Und so rannte ich weg, rannte weg, wie nur die Angst einen rennen läßt. Das Wetter war schlecht. Seit dem Morgen kam ein feiner, ununterbrochener Regen herunter, der gegen Abend stärker wurde. Instinktiv wandte ich mich nach Südosten und versuchte, die Küste zu erreichen. Nicht daß ich in diesen ersten Stunden ein genaues Ziel vor Augen gehabt hätte. Ich dachte ans Meer wie an einen universellen Fluchtpunkt. Ich konnte weder unsere Leute noch die Deutschen mehr ausstehen, und ich war von Panik ergriffen bei der Vorstellung, ich könnte in die Hände der Angloamerikaner fallen. Vor allem hatte ich Angst vor den Neuseeländern des 11. Husarenregiments, die wir »die Wüstenmäuse« nannten. Sie hatten nämlich einen schlimmen Ruf, was die Gefangenen anging.

Ich und Dini gehörten zum Sanitätsstab der Panzerdivision Centauro, 132. Panzerregiment. Ich im Rang eines Sanitätsleutnants, Dini als Unteroffizier: ein tüchtiger Junge, nur wenig jünger als ich. Im bürgerlichen Leben war er Krankenpfleger. Wir kannten uns inzwischen schon lange. Nach Nordafrika sind wir gleichzeitig gekommen, im Juni 1940. Wir waren in der Kyrenaika an Land gegangen und dem Armeekorps Division Marmarica zugeteilt worden. In der ersten Zeit gehörte Dini zu den aktiven Offizieren der 116. Infanterie. Dann war er während des Vormarsches auf Sidi el Barrani im September '40 leicht verletzt worden. Nach wenigen Tagen im Lazarett hatte ich seine beruflichen Fähigkeiten entdeckt, und so habe ich darum ersucht, daß er unserem Sanitätsstab zugeordnet werden sollte. Dini war mir dafür bis zum Ende dankbar. Er sagte, daß im Vergleich zu dem, was man in der vordersten Linie durchmache, der

Sanitätsstab ein schöner Urlaub sei. Auf diese Weise wurde er mein Adjutant und auf diese Weise verbrachten wir die Kriegsjahre in Nordafrika praktisch immer zusammen.

Wenn ich an diese Zeit zurückdenke, kommt es mir vor, als wäre nicht wirklich ich da unten gewesen, sondern ein anderes Ich. Ein wesentlich mutigeres und verwirrteres Ich.

Im Januar '41 wurde unsere Division, die Marmarica, vernichtet. Sie löste sich während der Belagerung von Bardia auf. Zusammen mit Dini wurde ich der Division Widder zugewiesen. Von diesem Augenblick an und bis zur tunesischen Front hatten wir beide alle Hände voll zu tun. Die Division Widder und später die Division Kentaur gehörten zu den besten Divisionen an der afrikanischen Front, zu den tapfersten und den unglücklichsten. In El Alamein hatten wir nach einer Woche Gefechte noch einhundertelf M 13, am Ende hatten sich nicht mehr als fünf oder sechs retten können. Die Verwundeten und die Toten konnte man überhaupt nicht mehr zählen. Die Division Widder ist in ihrer Gesamtheit auf dem Schlachtfeld geblieben. Doch gleichzeitig mit diesen Erinnerungen an Blut und Tod bewahre ich andere, die sehr schön sind und immer mit Dini zu tun haben. Wie zum Beispiel Silvester '41. Wir befanden uns tief in der Wüste, nicht sehr weit von Bengasi entfernt. Punkt zwölf Uhr Mitternacht erstrahlte der Himmel farbig, in rot, in weiß. Wir schossen alle in die Luft. Wenige hundert Meter von uns entfernt schossen auch die Engländer. Silvester war auch für sie Silvester. Ich entkorkte eine Flasche Moscato, die ich für diese Gelegenheit auf die Seite geschafft hatte. Ich erinnere mich, daß ich lange das Himmelsgewölbe voller Nebelwerfer und Leuchtspurgeschosse betrachtete und mir vorstellte, daß es sich um ein Feuerwerk handelte und wir auf einem herrlichen Fest ohne Feinde wären, mitten in der Wüste. Ich lachte innerlich. Es war entsetzlich kalt. Ich zog meinen Mantel noch fester um mich, der übrigens ein englischer Mantel war, und wünschte Dini ein gutes neues

Jahr. Er umarmte mich und sagte: »Und die Engländer ficken wir in den Arsch.«

Nach El Alamein wollten die Deutschen uns mit dem Eisernen Kreuz auszeichnen. Ich und Dini waren besonders aktiv bei den Hilfeleistungen, wir hatten keinen Unterschied zwischen italienischen Soldaten und Soldaten der Panzerdivisionen gemacht. Für uns waren Verwundete Verwundete, und Schluß. Auch wenn sie Feinde gewesen wären, hätten wir uns um sie gekümmert. Aber das sagte man besser nicht. Wenigstens nicht den Deutschen. Dini wollte jedenfalls dieses Kreuz nicht, er sagte, es würde Unglück bringen. Das war ein ziemlich verbreiteter Glaube bei unseren Truppen. Wir nahmen die Kreuze und bedankten uns auch dafür. Im Afrikakorps nahm man die Disziplin nicht auf die leichte Schulter.

Am Morgen, an dem wir, Dini und ich, uns verloren, befanden wir uns auf dem Höhepunkt eines amerikanischen Angriffs. Gegen ihre Sherman waren die 47/32er völlig harmlos. In unseren Linien herrschte nur mehr ein großes Wirrwarr. Der Regen machte es noch größer: es war, als würde man in einer riesigen Lache kämpfen. Ich und Dini drängten uns fast in die vorderste Linie, wo wir uns umzingelt sahen. Wir rannten in die entgegengesetzte Richtung unserer Leute davon, und ich merkte nicht, daß Dini verletzt worden war. Wir bewegten uns weit fort, bevor er anfing zu klagen, daß ihm die Schulter weh tun würde. Ich weiß nicht, wo wir uns befanden. In der Ferne hörte man Schüsse und Explosionen, aber nach meiner Einschätzung hätten sie überall sein können: im Norden, im Süden, überall. Als einzigen Bezugspunkt hatte ich versucht, den Küstenstreifen im Auge zu behalten. Es war mir nämlich schon früher passiert, mich zu verirren, und ich hatte mich so immer gerettet und war zu unseren Leuten zurückgekehrt. Dieses Mal allerdings war ich wirklich müde, kaputt und eigentlich hatte ich überhaupt keine Lust, an meinen Platz zurückzukehren. Dieses Mal wollte ich davon profitieren, daß ich mich verirrt hatte, um mich wenigstens für ein paar Tage dem Militärdienst zu entziehen.

Dini blutete gewaltig. Wir blieben stehen und fanden Schutz in einem Schützengraben, den die Engländer ausgehoben haben mußten: drinnen lagen noch die Überreste ihrer Fleischkonserven. Ich versuchte, Dini so gut es ging zu verarzten, aber seine Verwundung war schlimm. Ihm selbst war bewußt, wie schwierig es sein würde durchzukommen. Er drückte mir die rechte Hand, flüsterte, ich solle ihn nicht alleine lassen, und so verharrten wir schweigend beieinander, Hand in Hand. Ich weiß nicht, wie lange. Von Zeit zu Zeit sagte Dini irgend etwas: abgebrochene Sätze, die sich auf mir unbekannte Umstände und Personen bezogen. Ich sagte immer wieder: »Ja, sicher« und: »Ruhig, bleib nur ruhig.« Dann hörte er auf zu atmen. Einfach so, schlagartig, und ich dachte, es ist unmöglich, daß er tot ist, weil es unmöglich war, daß Dini auf so absurde Weise, ohne jede Vorwarnung, starb. Es regnete in Strömen, es war fast schon ganz dunkel. Ich breitete meinen Mantel über ihn. Betrachtete eine Sekunde lang seinen von Regen und Blut durchnäßten Körper. Mit einem Ruck drehte ich mich um und, aus dem Graben gekrochen, fing ich an, mit allen mir verbliebenen Kräften wegzulaufen. Ich weiß nicht mehr, ob ich weinte, während ich wegrannte, aber ich erinnere mich, daß der Regen mir wie eine Tränenflut im Gesicht herunterlief.

Am dritten Tag der Abwesenheit von meiner Einheit müssen unsere Leute gedacht haben, ich sei tot. Ich hatte ungeheuren Hunger und im Grunde fühlte ich mich auch tot. Ich wußte immer noch nicht, wo ich war, auch weil ich mir jedesmal, wenn ich einen Menschen sah, sagte, daß ich mich verstecken müsse. Aber ich mußte mich wohl in jedem Fall in Richtung Gabès gehalten haben, weil die Reste eines Ortsschildes den Namen dieser Stadt andeuteten. Wie ein Gespenst streifte ich an der Mareth-Linie entlang.

Es vergingen noch ein paar Tage, bevor ich den Jungen

traf. Das war am 25. März '43, wie ich später entdeckte. Rings um uns tobte die Schlacht, und der Regen hatte kein bißchen nachgelassen. Auch er hatte sich beim Versuch verirrt, seine Haut zu retten. Auch er hatte es lieber in Kauf genommen sich zu verirren, als mitten in diesem Massaker durchzuhalten. Im ersten Augenblick hatte er Angst vor mir: ich war Offizier, er einfacher Soldat. Er stand stramm, sagte: »Drittes Battaillon, 91. Infanteriedivision Superga, Signor Tenente.« Ich mußte lachen. Flüsterte: »Rühr dich, rühr dich.« Ich spürte plötzlich wilde Schmerzen im Unterleib. Der Junge dagegen sah aus, als hätte er es bis dahin ganz gut gehabt. Er war mager, sehr mager, aber er machte den Eindruck, als wäre das seine natürliche Veranlagung, und wegen seiner hellen Augen mußten sich wohl viele Mädchen seines Alters in ihn verliebt haben. An all das hatte ich denken müssen, als er sich vorstellte und mir, während er mir eine Karte der Gegend zeigte, zu verstehen gab, daß er bereit wäre, die Flucht ans Meer mit mir gemeinsam zu wagen.

Ein paar Tage lang ernährten wir uns von dem, was wir unter den Resten der feindlichen Nachhut fanden. Wir hielten zu unseren eigenen Leuten und zu den Angloamerikanern gehörig Entfernung, ohne uns aber allzu weit zu entfernen, weil wir die einzige Nahrung nicht verlieren wollten, die sich in dieser Situation anbot. Mitunter fühlte ich mich wie ein Schakal, wie ein unflätiger Raubvogel, der gegen Abend auf das noch dampfende Schlachtfeld herunterschwebte, um die eine oder andere Dose oder ein paar Zwiebacke zu stehlen. Der Junge sagte in solchen Augenblicken nie ein Wort. Er war eindeutig erfahrener als ich, auch schneller und entschlossener, aber in solchen Augenblicken bekam er etwas Finsteres und drückte sich nur durch Gesten aus. Ansonsten sprach er ziemlich wenig, auch wenn das Lebendigste, an das ich mich sogar jetzt, nach so langer Zeit, bei ihm erinnere, sein starker sardischer Tonfall war.

Nach den Bauchschmerzen fing der Durchfall an. Mein Stuhl zeigte inzwischen beachtliche Spuren von Blut. Auch dem Jungen ging es nicht gut. Er magerte hoffnungslos ab, auch er zeigte die ersten Symptome. Als ich auch in seinen Exkrementen Blut feststellte, war ich mir sicher. Für uns beide konnte die Diagnose nur lauten: Ruhr. Ich hatte wenige Monate zuvor zwei derartige Fälle behandelt. Mit gewaltigen Mengen von Karbason bei den allerersten Anzeichen war es mir gelungen, die beiden Soldaten von der Division Kentaur zu heilen, die davon befallen worden waren. Doch jetzt hatte ich nur ein Fläschchen Emetin bei mir, das gerade einmal für einen von uns beiden ausreichen würde.

Nicht weit von Médenine fanden wir einen Unterschlupf in einer Art Stall. Der Eigentümer, ein Bauer von unbestimmbarem Alter, beherbergte uns nur deshalb, weil es mir gelungen war, seine Frau zu heilen. Sie hatte einen Bandwurm, nichts weiter Schlimmes, aber der Besuch beim Marabu dieser Gegend hatte ihr keine Heilung gebracht. Als handelte es sich um einen Zaubertrank, gab ich ihr ein paar Tropfen Extrakt von männlichem Farn, und sofort ging es der Frau wieder besser. Aus Dankbarkeit hatte uns der Ehemann zu verstehen gegeben, daß wir dableiben und zwischen den Ziegen schlafen konnten.

Es war schon eigentümlich, nur wenige Kilometer von der Front entfernt zu leben, als gäbe es keinen Krieg. Nachts hörten wir fast pausenlos die Schüsse der 88er knattern, am Tag verdunkelte sich der Himmel plötzlich in bestimmten Augenblicken, und Hunderte englischer Jagdflugzeuge schossen über uns hinweg. Unser Leben schien vom Krieg längst weit entfernt zu sein: auf einmal waren wir Zuschauer geworden, staunende, geistesabwesende Zuschauer, wie es die Araber in jenen Jahren waren. Was jetzt wichtig war, war, daß wir etwas Gekochtes zu essen bekamen, etwas halbwegs Brauchbares für unsere Mägen; dann die Durchfälle zählen, die wir an einem Vormittag hatten, und sehen, ob die Färbung des Stuhls sich etwas verbessert hatte oder nicht. Das Emetin war zu wenig für uns beide: und weil ich nicht wußte, wie ich mich verhalten sollte, verabreichte ich es weder mir selbst noch dem Jungen. Für den Augenblick beschränkten wir uns auf die Einhaltung ein paar wesentlicher Grundregeln für die Hygiene.

Wir hatten keinen anderen Zeitvertreib als den, uns Geschichten zu erzählen. Vielleicht weil ich der Ältere war oder vielleicht wegen meines Ranges, jedenfalls bat mich der Junge ständig, ihm irgend etwas zu erzählen. Der Krieg war eines unserer Lieblingsthemen. Wir diskutierten darüber wie über ein Fußballspiel, mit dieser Mischung aus Verbissenheit und Distanz, die aus dem Bewußtsein kommt, ohnehin von konkreten Entscheidungen ausgeschlossen zu sein. Ich fragte mich, ob es wohl stimmte, was man in jenen Wochen behauptete, daß nämlich Rommel die Front in Afrika im Stich gelassen habe und nach Berlin geflogen sei, um sich die Last einer längst offenkundigen Niederlage nicht aufladen zu müssen. Doch auch wenn wir die Truppenzeitung hätten durchblättern können, hätten wir mit Sicherheit keine Nachrichten und Kommentare zu dieser Frage gefunden. Wir stellten tausend Vermutungen über das Wie und das genaue Datum der Kapitulation an. Indem ich einen ziemlich verbreiteten Gemeinplatz wiederholte, spielte ich den Klugen und behauptete, daß alles nur Rommels Schuld sei, wegen seines Mangels an strategischem Spürsinn befänden wir uns jetzt auf diesem erbarmungswürdigen, tragischen Rückzug. »Rommel ist ein guter Taktiker«, beharrte ich, »aber von Strategie hat er keinen Schimmer.« Dann verbreitete ich mich über die Besonderheit eines Wüstenkrieges und verglich ihn mit einem Seekrieg. Ich sprach von totaler Sicht, von Kollimation, von der unangefochtenen Überlegenheit der Bristol-Blenheim über unsere Macchi 200, von dem Fehler, Malta dem Feind überlassen zu haben.

Der Junge hörte mir fasziniert zu. Oft während meiner Gedankengänge lächelte er, um mir seine Bestätigung auszudrücken. Auch er, wie der Bauer und seine Frau, fing an, mich für einen Zauberer zu halten.

Gemeinsam hatten wir beschlossen, daß wir so bald wie möglich den Stall, in den wir uns geflüchtet hatten, verlassen und uns in Richtung El Kantara und der Insel Djerba aufmachen sollten. Das würde ein paar Tage Weg bedeuten, aber wir wären dann wenigstens sicher, nicht in die Hände der Angloamerikaner und auch nicht der Deutschen zu fallen, die uns mindestens als Deserteure behandelt hätten. Unsere Berechnungen waren richtig, richtig war auch das Ziel. Nur ein Problem mußten wir noch lösen: die Gesundheit. Die Bauchkrämpfe waren für mich etwas ganz Gewöhnliches geworden, doch zum Glück hatte sich der Durchfall irgendwie stabilisiert, die Blutverluste auch. Für den Jungen war der Verlauf der Krankheit sichtlich schneller und schwerer. Innerhalb kürzester Zeit hatte sich seine ohnehin schon überbetonte Magerkeit zu etwas, gelinde gesagt, Entsetzlichem entwickelt. Der Unterleib war geschwollen und gespannt wie ein Tamburin. Außer dem Durchfall quälten ihn häufige Brechanfälle. Seine histolytische Entamoeba mußte zu einer ganz besonders aggressiven Spezies gehören. Der Junge brauchte unbedingt ärztliche Versorgung. Vielleicht hätte das ganze Fläschchen Emetin schon nicht mehr gereicht. Sicher ist, daß meine Entschlußlosigkeit, mein Nichtstun ihn langsam umbrachten.

Auch durch den Ghiblì, der in diesen Tagen warm und trocken zu wehen angefangen hatte, fühlte ich mich nervös und aufgewühlt. Ich hatte Alpträume. Zwischen einem Krampf und dem nächsten träumte ich, daß ein knurrender Hund mir den Weg versperrte, während ein ebenso bedrohlicher Hund hinter mir mich daran hinderte zu fliehen. Oder ich träumte, daß die Amöbe aus meinem Darm kam und den Jungen auffraß. Und als sie dann elephantenartige Ausmaße angenommen hatte, versuchte sie, auch mich zu zerfleischen: und ich war so entsetzt, daß ich auch nicht einen Muskel bewegen konnte. Gewöhnlich wachte ich schreiend, schweißgebadet, zitternd auf. Der Junge starrte mich in der Dunkelheit an. Seine hellen Augen wirkten riesenhaft groß.

Eines Morgens traf ich die Entscheidung. Ich hatte den Jungen im Stall gelassen: er ruhte aus, nach einer für beide furchtbaren Nacht. Ich hatte Durst, ungeheueren Durst, aber ich wollte nicht aus der in einer Ecke verlassen herumliegenden Schüssel trinken. Ich nahm meinen Brotbeutel und ging hinaus. Ich überlegte, wie ich mir etwas Wasser verschaffen könnte. Das Wetter war wunderschön: das gelbe gleißende Licht schien aus einer fernen Tiefe zu kommen. Das Land war flach bis zum Horizont. Man sah nur Sand und vereinzelt gelbliche Sträucher. Ich ging los, als müßte ich zur nächstgelegenen Café-Bar gehen. Ich ging langsam, innerlich knurrte ich. Mit jedem Schritt wurde der Kopf freier: statt an den Jungen zu denken, an die Amöbe, an den Krieg, an die Bauchschmerzen, dachte ich an Zuhause, an meine Familie, an bestimmte Sommervormittage in der Stadt, wenn es so aussah, als wären alle in die Sommerfrische gefahren und ich der einzige Überlebende, eine Art junger Held, der die Absicht hatte, zu lernen oder einsame Spaziergänge zu machen. Ich dachte wieder an jenen fernen Morgen, an den Duft des Espressos, an die Hitze und an die Stille der menschenleeren Straßen meines Viertels, und alles kam mir einfach und leicht vor. Die Landschaft ringsum versank, die Krämpfe im Unterleib beruhigten sich, ich vergaß den Jungen und den Krieg: ich war ein junger Mann, der auf die Straße gegangen war, um ein paar Schritte zu gehen.

Nach ungefähr einer Stunde blieb ich stehen. Ich war todmüde. Hatte überhaupt keine Lust zurückzugehen. Vor mir, wußte ich, würde früher oder später das Meer auftauchen. Am Abend war ich erschöpft. Ich war den ganzen Tag gegangen, ganz langsam, als würde ich spazierengehen, und hatte mich indessen ziemlich weit entfernt. Médenine lag längst hinter mir, und jetzt, als ich mich mit einer der Karten des Jungen orientierte, die ich in meinen Brotsack gesteckt hatte, ging ich in Richtung El Kantara. Überraschenderweise war ich weder einem Soldaten, noch Panzern, Selbstfahrlafetten oder Jeeps begegnet.

Die Schatten sanken schnell. Die gesamte Landschaft schien in viele übereinandergelagerte Farben zu tauchen und sich dann innerhalb eines Augenblicks in ein einheitliches Dunkelblau aufzulösen. Ich blieb auf einer von dichten Dornenhecken umgebenen freien Stelle stehen. Die Stille war absolut und verwirrend. Hin und wieder sah man, wie der Wind in der Ferne Sand und Staub emporwirbelte. Kaum stand ich still, begann wieder der stechend pulsierende Schmerz im Bauch. Ich aß einen Zwieback und versuchte, den Brechreiz zurückzuhalten. Die Ohren summten. Ich hatte Angst, daß ich nachts wieder Fieber bekommen könnte. Ich hatte weder eine Decke noch einen Mantel, und bald schon würde es eisig kalt sein. Ich dachte an den Jungen. Ich fragte mich, ob er mein Verschwinden wohl bemerkt hatte oder ob die Schmerzen und der Durchfall endgültig seine Sinne überwältigt hatten. Ich hatte Sehnsucht nach ihm, Sehnsucht und Mitgefühl. Ich erinnerte mich auch an Dini. Bei ihm hatte ich wenigstens gewartet, bis er tot war, ich hatte ihn nicht während des Todeskampfes verlassen. Bevor ich die Augen zumachte, in der Hoffnung, etwas auszuruhen, kramte ich in meinem Brotbeutel nach. Ich fand das Fläschchen mit Emetin. Die Hälfte goß ich auf die Zunge. Ich verschluckte den Sirup, als wäre es der köstlichste Wein der Welt.

Es gelang mir, ein paar Stunden zu schlafen. Als ich aufwachte, war es noch stockdunkel. Ich fühlte mich unsicher, verängstigt. Der Bauchschmerz war immer noch stark, doch der Ekel schien nachgelassen zu haben. Auch der Durchfall ließ mir eine Ruhepause. Ich machte mich wieder auf den Weg nach El Kantara.

Zwei Tage später kam ich auf Djerba an. Es ging ein kleines bißchen besser. Ich hatte das gesamte Emetin geschluckt. Die positiven Wirkungen des Medikaments zeigten sich deutlich, aber ich war kaputt und hungrig. Ich fühlte mich wie ein Tier, das von seiner eigenen Herde verstoßen worden war.

Am Rand von Midoun fand ich Aufnahme. Nicht daß der Ort einen richtigen Ortskern gehabt hätte: die wenigen Bauten verloren sich in der flachen, blendenden Landschaft.

Für einige Zeit tat ich nichts anderes als schlafen und Nahrung aufnehmen. Die Bevölkerung von Midoun war ziemlich großzügig, und außerdem hatte es sich schnell herumgesprochen, daß ich ein Zauberer sei, der sonderbare Hilfsmittel für alle Leiden finde, weshalb mir eine gewisse großherzige Anerkennung zuteil wurde. Ich heilte viele von Sommerenteritis befallene Säuglinge, indem ich den jungen Müttern einfach begreiflich machte, daß es besser war, ihre Kleinen nicht mit Milch zu ersticken und es im Gegenteil gut war, die Säugungen mit abgekochtem Wasser und Zucker zu unterbrechen. Mit allerprimitivsten Mitteln behandelte ich den im Grunde nicht schweren Fall eines Mädchens, das vom Eberthbazillus befallen war, und einen anderen mit der schlimmsten Hautrötung, die ich je gesehen hatte. Ich begrenzte eine endemische Form von Wurmbefall dadurch, daß ich die persönliche Hygiene propagierte und vor allem bei Kindern empfahl, die Nägel einmal in der Woche zu schneiden. Innerhalb weniger Wochen verbreitete sich mein Ruf von Midoun in die Dörfer der Nachbarschaft. Ohne daß dies irgendeine Gefahr für mich bedeutet hätte: auf der Insel war von Soldaten, Flugzeugen und Panzerfahrzeugen nicht die Spur eines Schattens zu sehen. Djerba war zu der Zeit wirklich eine Insel der Seligen.

Ich konnte sagen, daß ich fast vollständig geheilt war. Es war unvermeidlich, daß ich verhältnismäßig oft an den

Jungen dachte. Ich wußte so gut wie nichts über ihn, über sein Leben vor dem Krieg, meine ich. Doch jetzt, wo es mir besser ging, fing der Gedanke, ihn krank und hilflos in einer jämmerlichen Hütte zurückgelassen zu haben, mich zu quälen an. Ich war ein Feigling gewesen. Und als wäre das nicht genug, hatte ich meinen Beruf verraten, indem ich ihm die Existenz des Fläschchens Emetin verheimlichte. Ich beschloß, zu dem Stall zurückzukehren, wo ich ihn zurückgelassen hatte. Vielleicht, sagte ich mir, vielleicht konnte ich ja noch etwas für ihn tun.

Mit einem Jugendlichen aus dem Dorf, Mahmoud, kehrte ich in die Nähe von Médenine zurück. Mahmoud war wegen seiner rudimentären Kenntnis des Französischen mein offizieller Dolmetscher geworden. Die Orte, die ich durchquerte, die Straßen, über die ich ging, alles schien mir unwiederbringlich verändert. Ich erkannte alles wieder, und doch blieb mir alles fremd. Die Landschaft war dieselbe, doch gleichzeitig hatte irgend etwas sie für immer verändert. Es war, als hätte eine Luft, eine andere Atmosphäre sie völlig verzerrt.

Ich fand den Stall wieder, auch den Hirten, der uns beherbergt hatte. Für einen Augenblick fühlte ich mich heiterer werden. Der Junge aber war nicht da. Der Mann wußte nichts über ihn. Eines schönen Tages, so ließ er durchblicken, war er verschwunden. Er machte eine große, geheimnisvolle Bewegung und gab damit zu verstehen, daß der Junge sich wer weiß wo und wer weiß wie in Luft aufgelöst hatte. Ich durchwühlte den Stall. Der Junge hätte ja etwas von sich zurückgelassen haben können. Aber der Stall war sonderbar sauber. Und tatsächlich erklärte der Hirte Mahmoud, daß er selbst es war, der aus Angst vor einem Zauber den Stall etwas gesäubert hatte. Nur an einer Stelle hinten in der Hütte, sagte der Hirte, war etwas in die Wand geritzt worden. Der Hirte und Mahmoud waren Analphabeten. Ich las: »F.« Unmittelbar darunter die Initialen meines Namens.

Ich fragte, wie es dem Jungen ging, als er ihn das letzte Mal gesehen hatte. Der Mann schüttelte den Kopf. Dann sagte er, schnell und ohne Unterbrechung mit Mahmoud redend, der es in ein kaum verständliches Französisch übersetzte: »Er war weiß, ganz weiß, wie ein böser Geist, und seine Augen waren rot. Er war mager, weil er wenig aß, aber er war noch kräftig.« Ich fragte: »Was heißt das: er war noch kräftig?« Der Mann grinste, sagte aber nichts weiter. Und beim Weggehen kicherte er in sich hinein. Ich fühlte mich als Mörder.

In jener Nacht träumte ich von dem Jungen. Er war tot, sagte aber, daß er bald nach Italien zurückkehren würde, um mich bei den Behörden anzuzeigen und die öffentliche Meinung über mich zu informieren. Während er redete, entfuhren seinen Augenhöhlen zwei lange ekelhafte Schlangen, die lächelten. Auch er lachte und schwellte dabei seine Brustmuskeln wie ein Athlet. In meinem Kopf dröhnte seine Stimme: »Siehst du, wie stark ich bin. Ich bin ungeheuer stark.« Dann zeigte er mir einen Zettel: es waren die Ergebnisse der chemisch-mikroskopischen Untersuchung seines Stuhls. Ich konnte den Zettel nicht lesen, erinnere mich aber, daß ich aufwachte und schrie: »Es ist nicht meine Schuld, es ist nicht meine Schuld.«

13 Rezepte

Die Terrasse war ein einziges Blumenschauspiel. Da gab es Hortensien, die sie wegen ihrer runden Fleischlichkeit bevorzugte, und viele Geranien. Außerdem einen großen Jasmin- und einen Passionsblumenstrauch. In der Luft lag ein intensiver Geruch von auf Holzkohle gerösteter Paprika.

Erst wenige Tage zuvor war sie angekommen, und trotzdem fühlte sie sich zu Hause. Der Blick aufs Meer war verzaubernd, genau wie versprochen. Die Wohnung von Signora Lina Cuccu war schlicht, ein bißchen nüchtern. Perfekt, hatte Myriam sich gesagt. Das einzige, was ihr leid tat, war der Gedanke, daß in wenigen Tagen die Gäste ankommen würden. Alles in allem wäre es ihr lieber gewesen, wenn sie zumindest ein paar Wochen allein hätte bleiben können.

Myriam rieb die noch feuchten Haare. Sie betrat die Wohnung. Gönnte sich einen leichten Gin Tonic. An diesem Abend würde ihr Essen aus einem Seebarsch-Carpaccio und einem großen gemischten Salat bestehen. Kein Wein, keine anderen Getränke. Der Aperitif stellte zweifellos ein Abweichen von ihrer Ernährungsdisziplin dar, aber schließlich gab es einen guten Grund, um zu feiern: nach zehn Jahren sinnloser Versuche hatte sie ihr Formgewicht erreicht.

Die Behandlungen durch Ärzte und Ernährungsfachleute hatten nichts gebracht. Die guten Vorsätze oder auch die Kurse für passive Gymnastik hatten nichts gebracht, auch die in an die zehn Beautyfarms verbrachten Wochen nicht. Was geholfen hatte, war allein die Entscheidung gewesen wegzugehen, mit der Photographiererei und den Vereinigten Staaten abzuschließen. Für ein paar Monate war Myriam durch Italien gefahren. War in Rom gewesen, in der Toskana, in Venedig, danach in Kalabrien und auf Sizilien. Am Ende, nachdem sie auf Sardinien an Land gegangen war, hatte sie Lina Cuccus Wohnung gemietet. Innerhalb kurzer Zeit war es ihr gelungen, eine strenge, aber nicht strafende, eine unerbittliche, aber wohltuende Diät einzuhalten. Und die Ergebnisse waren auf der Stelle sichtbar. Zum ersten Mal machte es ihr keine Mühe, einer mit sich selbst eingegangenen Verpflichtung nachzukommen. Und vielleicht machte es ihr deshalb keine Mühe, weil es sich nicht um eine wirkliche Verpflichtung gehandelt hatte, sondern um ein Vergnügen, um eine Art angenehmen Kontrapunkts zu ihrer italienischen Tour. Frei von ihrer Arbeit und ihrer Umgebung hatte sich Myriam nämlich entschlossen, die Halbinsel zu bereisen und dabei eine durchgängig unmittelbare Beziehung zu den gastronomischen Gebräuchen der verschiedenen Regionen herzustellen. Darum auch die Idee, Butter und andere Fette ausschließlich zugunsten von Olivenöl aufzugeben, wie auch der Vorsatz, die Verwendung von Eiweißstoffen auf ein Minimum zu beschränken und dafür Gemüsen (vielen) und Kohlehydraten (wenigen) den Vorzug zu geben. Natürlich hatte sie sich keinerlei Art von Süßspeise gestattet, außer einem gelegentlichen Eis. Auch keinen Alkohol. Dafür aber hatte sie ein breitgestreutes Angebot von Fisch kennengelernt, über Holzglut gebraten oder über Dampf gegart und nur hin und wieder durch ein gedünstetes Gemisch aus Olivenöl, Knoblauch, Oregano und Petersilie verfeinert.

Tag für Tag hatte Myriam die Möglichkeit erforscht, schlanker zu werden, ohne sich unerträglichen Opfern zu unterwerfen. Ihre gute Laune hatte ihr dabei geholfen. Die Wohnungseigentümerin hatte ihr eine Art Erinnerungsliste dagelassen, die mit Empfehlungen und Ratschlägen über Märkte und Lebensmittelgeschäfte gespickt war, wo sie hingehen konnte. Gleich vom ersten Tag ihres Aufenthalts in Lina Cuccus Wohnung an hatte sich Myriam darauf eingerichtet, ebenso schmackhafte wie unscheinbare kleine Abendessen zuzubereiten, wahre Leckerbissen, die von der Kalorienzahl her aber nicht ins Gewicht fielen.

Sie gewann an Leichtigkeit. In jedem Sinn. Essen, so wurde ihr klar, war bisher eine Art todbringendes Leitmotiv gewesen. Es war kein Zufall, daß sie Romane oder Filme verabscheute, in deren Mittelpunkt irgendein gastronomisches Thema stand. Romanautoren und Künstler, die sich der Tafelfreuden annehmen, sagte Myriam sich, gelangen im allgemeinen zu einem Stil und einer Haltung, die zwischen hoher Bildung und Ironie angesiedelt und ausgesprochen irritierend ist. Als wäre essen eine Tätigkeit auserwählter, genießerischer und notwendig dandyhafter Geister. Nein: für sie war Nahrung, auch die raffinierteste und vollkommenste, bisher eine ausgesprochene Tragödie, eine Form von rituellem Selbstmord gewesen. Kurz gesagt, etwas, das einen völlig anderen verdiente als jenen quängelnden, snobistischen Ton so vieler vermeintlicher Feinschmecker. Jetzt dagegen spürte sie zum ersten Mal, daß essen ein geistiges Vergnügen darstellte: und es war schön, es gestalten, bestimmen und beherrschen zu können. Weit davon entfernt, eine prunkvolle Darbietung des Endes zu sein, wurde essen für Myriam zu einer Übung des Verzichtens, zu einer Form der Erotik: der erste Schritt zu einem neuen Leben.

Darüber hätte sie sich gerne mit Dottor Blasi unterhalten. Mit Sicherheit hätte er sie in dieser völlig neuen Wahrnehmung ihrer selbst ermutigt und unterstützt. Doch leider hatte sie von ihm schon seit langem keinerlei Nachrichten. Der alte Arzt hatte auf keinen ihrer vielen Briefe geantwortet. Nichts hatten die Versuche erbracht, sich mit ihm in Verbindung zu setzen. So war Myriams einzige wirklich platonische Liebe nach und nach erloschen, mit einer Langsamkeit, die nur mit dem von ihr empfundenen Kummer zu vergleichen war.

Auf dem schneeweißen Strand breitete sie ihr Badetuch und den grellfarbigen Pareo aus, den sie anhatte. Beinahe hüpfend ging sie zum Wasser. Sie schwamm mit sicheren, kräftigen Armschlägen. Innerhalb weniger Augenblicke war sie schon weit vom Ufer entfernt. Sie überließ sich der Strömung. Der Körper schien schnell und still dahinzutreiben. Ein paar Augenblicke lang stellte sich Myriam vor, sie wäre eine Wassermongolfiere. Sie dachte an das Essen, das auf sie wartete. Nicht an bestimmte Gerichte, eher an eine abstrakte Kombination aus Kalorien, Fetten, Gewürzen und Substanzen. Sie nahm jede Schattierung wahr, jede Einzelheit. Im Nu begriff sie oder besser: spürte sie, daß die Ernährung keine physische Wissenschaft mehr war, sondern eine Art universeller Mathematik, eine Musik der Sphären: etwas, das eher mit Seele als mit Körper zu tun hatte. Sie stellte sich das Leben, ihr eigenes und das anderer, vor wie eine lange Lehrzeit auf diese Wahrheit hin.

Myriam dachte, daß es ihr Freude gemacht hätte, anderen mitzuteilen, was sie empfand. Im Grunde durfte nur das die Arbeit des Künstlers sein: die Welt wahrnehmen und ein Bild oder ein Empfinden darüber herstellen. David hatte den Weg dahin gefunden. Die Art, seine Wahrheit auszudrücken, lag im Auslöser. Nicht für sie. Die Photographie war ein Hemmnis gewesen, ein Richtungsfehler. Jetzt hatte sie ihren Weg gefunden, jetzt wußte sie es. Ihre in der Vergangenheit so schmerzerfüllte Sprache war die Sprache des Essens. Myriam lächelte, während sie zum Ufer zurückschwamm. Sie kam aus dem Wasser und legte sich auf das von der Sonne erwärmte Badetuch. Sie würde kein Restaurant eröffnen. Sie würde keine berühmte Köchin. Sie würde lehren, wie man ißt. Wie man sich von Fettleibigkeit und Magersucht befreit wie von einem nutzlosen, heuchlerischen Schleier. Sie schloß die Augen. Sie schlief ein.

Die Languste in sprudelndes und mit einem Eßlöffel Essig versetztes Salzwasser geben. Nicht länger als zehn Minuten garen. Während dieser Zeit ein gedünstetes Gemisch aus Olivenöl, Zitrone, Petersilie, Pfeffer und Salz zubereiten. Die Languste in zwei Hälften teilen und mit ein paar Lattichblättern und einem Eßlöffel Meeräscherogen verzieren.

Nunmehr überlegte Myriam, was für eine perfekte Ergänzung ein Zitronenrisotto wäre. Im Geiste bereitete sie die ganz fein gewürfelte Zwiebel vor und dünstete sie in Butter an; dann röstete sie den Reis, löschte ihn mit einem halben Glas Weißwein ab, fügte dann die Fleischbrühe und die Schale einer halben Zitrone hinzu, verrührte das ganze mit einem Bund Petersilie und dem Saft der vorher geschälten Zitrone. Dieses Gericht würde die Einfachheit und den Duft des Langustenfleisches wie einen Triumph herausheben. Doch der Kaloriengehalt dieses Essens würde zu hoch sein. Myriam entschied sich für den weniger aufwendigen Pilawreis: eigentlich entsprach er auch mehr dem sardischen Charakter wegen seiner spartanischen Strenge.

Beim Gedanken an ein Glas eiskalten Terre Bianche fuhr die Frau plötzlich zusammen.

Die Tomaten in breite Streifen schneiden und in mehreren Schichten in einer feuerfesten Form anordnen, deren Boden zuvor mit einigen Tropfen Olivenöl eingefettet wurde. Reichlich mit kleingehacktem frischem Basilikum, Oregano und Kapern bestreuen. Großzügig mit Paniermehl bestreuen und einen Hauch von Parmesankäse darübergeben und ungefähr zwanzig Minuten im Rohr backen. Während dieser Zeit eine kurze Pasta kochen und sie abgießen, noch ganz al dente. Die Pasta mit den Tomaten mischen und für weitere zwei bis drei Minuten im Rohr lassen. Myriam sagte sich, daß dieses Gericht ausreichen könnte. Vielleicht würde sie sich noch ein paar Lattichblätter gönnen, sonst nichts.

An diesem Morgen hatte sie auf dem Markt die Zutaten für den »Zimino« gekauft, die für diese Gegend typische

Grillmischung aus Kalbsinnereien. In ihrer Begeisterung hatte sie sich überreden lassen, auch ein paar Aale von Platamona für den Spieß zu kaufen. Es handelte sich dabei um eigentlich fettlose örtliche Gerichte, die sie für die Ankunft ihrer Gäste kochen wollte.

Ihr Gewicht war in den letzten Tagen um reichlich dreihundert Gramm gestiegen. Ein unerfreuliches Symptom. Sie mußte ein paar Einzelheiten der Diät noch einmal genauer ansehen. Wahrscheinlich, dachte Myriam, hatte sie zu viele Kohlehydrate zu sich genommen.

Das Gemüse (Paprika, Sellerie, Auberginen, Zucchini und Karotten) so zerschneiden, daß sie eine Art feinen Teppich auf dem Boden der Backform bilden. Ein Glas Wasser hinzufügen. Kein Öl und keine weiteren Gewürze. An Stelle von Salz ein paar schwarze kernlose Oliven verwenden. Die Lammkeule mit Rosmarin und zwei bis drei Knoblauchzehen spicken. Im Backrohr bei niedriger Hitze braten, bis die Keule rundum goldbraun ist. In seltenen Fällen gestand sie sich zu, nach der Hälfte der Garzeit mit einem halben Glas Rotwein befeuchten.

Fisch-Zimino. Das Geheimnis liegt in der ganz langsam kochenden Sauce aus frischen Tomaten und in den Zwiebeln, die süß sein müssen. Die Sauce bedeckt gerade den Boden des Topfes. Alles übrige ist Wasser und Fett der verschiedenen Zutaten. Keine Gewürze: um den Geschmack nicht zu trüben. Die Anordnung ist ebenfalls wichtig. Im Topf muß der weniger gute Fisch auf dem Boden verteilt werden. Dann, nach und nach, immer den nächst wertvollen. Es wird empfohlen, Drachenkopf zu verwenden, ein paar Kaiserkrabben, Tintenfischstücke, Muscheln und Krabben. Die Garzeit darf nicht über fünfundzwanzig Minuten liegen. Dieses Gericht scheint aphrodisische Wirkungen zu haben, die auf die Nesseleigenschaften des Drachenkopfes zurückzuführen sind.

Myriam hätte in der Brühe gerne ein paar Brotrinden und einen Zwieback getunkt, so wie es ihr angeraten worden war, doch der zeitweilige Ausschluß aller Mehlspeisen verbot dies. Konnte die erotisierende Aktion dieses Gerichts ihrerseits für diätetisch gehalten werden?

Als Sarah und Deb Ende Juli ankamen (Paul, Linda und Scott wollten eine Woche später zu ihnen stoßen), erkannten sie Myriam kaum wieder. Die drei Frauen hatten sich einige Jahre nicht mehr gesehen, das war schon richtig, aber die Freundin hatte mindestens fünfzehn, sechzehn Kilo abgenommen. Myriam erklärte, daß das Verdienst dafür vor allem ihrer Reise durch Italien zukäme, vor allem aber ihrem Aufenthalt auf Sardinien.

Die Wohnung, die Sarah und Deb wegen des herrlichen Blicks und der Einfachheit (»minimal«, wagte sich Deb vor) lobten, war mit gelben Anheftzetteln übersät, auf denen in Myriams kleiner, eckiger Schrift lauter Kochrezepte geschrieben waren. Sie lächelten und schüttelten den Kopf, merkten aber nicht, daß der gemeinsame Zug, der Refrain dieser kulinarischen Anweisungen nicht so sehr in der diätetischen Verbindung, als vielmehr in ihrer überraschenden, auf den ersten Blick unverständlichen Leichtigkeit lag. Und es war ein ausgesprochenes Gefühl von Leichtigkeit, wenn nicht gar von Ungewißheit, das die beiden neu Angekommenen nach dem Abendessen auf der Terrasse erfaßte. Die drei Freundinnen sprachen an diesem Abend lange miteinander über die Vergangenheit, über David, über Photos und über Liebhaber. Doch was sowohl Sarah als auch Deb die ganze Zeit über Myriam hätten fragen wollen, war, welche unbekannten Zutaten, welche geheimnisvollen Gewürze sie für dieses außergewöhnliche Essen verwendet hatte. Myriam sprach äußerst wenig, nur zwischen zwei Gängen, hörte lieber zu oder phantasierte für sich, wie in alten Zeiten. Erst zu einem bestimmten Zeitpunkt, während sie schon das Geschirr spülten und abtrockneten und nachdem sie das zweite Glas Filuferru in sich hineingekippt hatte, deutete sie ihren Entschluß an, ein für alle Male mit dem Photographieren Schluß zu machen und mit dem Schreiben zu beginnen. Vielleicht hätte sie sogar ihnen gegenüber, ihren besten Freundinnen, darüber geschwiegen, aber ihr entschlüpfte der Titel. Ihr Rezeptbuch sollte heißen: *Die Kunst leichter zu werden.*

14 Exil

Der Wind wirbelte von der Erde gelblichen Staub auf, der sich überall festsetzte. Madame Lebrun nahm in der Luft eine gewisse Trostlosigkeit wahr, auch wenn ringsum der Markt von Houmt Souk bebte und pulsierte wie ein lebendiger Körper. Sie fühlte sich plötzlich müde und nutzlos. Ghorbal kam nicht zur Verabredung, und die Menschenmenge machte sie benommen. Aus einer Seitenstraße hörte sie eine merkwürdige Litanei. Es war ein sich wiederholender Schrei, eine Art Anrufung, jedoch zornig, wild, nur von männlichen Stimmen gesungen. Der Platz leerte sich. Die Caféhaustische wurden aufeinandergestapelt, viele Händlertische verschwanden im Handumdrehen. Der kollektive Schrei kam näher. Instinktiv drückte Madame Lebrun sich an eine Mauer. Der kleine Platz wurde von einer Woge schreiender, hysterischer Männer überquert, die über ihren Köpfen einen Baldachin schwenkten, auf dem eine Leiche lag. Der Beerdigungszug zog so schnell vorüber wie ein Wirbelwind und wurde gleich von den Gassen verschluckt, die zum Friedhof führten.

Ghorbal kam mit über einer halben Stunde Verspätung an. Er entschuldigte sich nicht einmal. Er war erregt, wirkte wie einer der Teilnehmer am Begräbnis. Madame Lebrun achtete nicht weiter auf das Aussehen des Herzspezialisten: sie begnügte sich, ihn mit einer Mischung aus Verachtung und Machtlosigkeit zu fixieren. Dann sagte sie: »Monsieur Dolto ist gestern abend spät eingetroffen. Er hat noch mit niemandem gesprochen, glaube ich.«

Monsieur Dolto war der Beauftragte der französischen Botschaft in Tunis. Von ihm erwartete sich Madame Lebrun viel: ein bißchen Ordnung in dieser verworrenen Angelegenheit, die Abwicklung der mit der Rückführung der Leiche des bedauernswerten Fabre zusammenhängenden Verwaltungsvorgänge, einen guten Schwatz an den nächsten Abenden, vor allem aber den Ausschluß ihres Sohnes Philippe von jeder Verwicklung in den Fall. Ghorbal dagegen neigte dazu, die Anwesenheit eines Abgesandten der französischen Botschaft für den soundsovielten Versuch einer ausländischen Einmischung in die inneren Angelegenheiten seines Landes zu betrachten.

Durch die Ankunft Doltos schien die aufkommende Komplizenschaft zwischen Doktor Ghorbal und Madame Lebrun dazu bestimmt, schon wieder auseinanderzufallen, noch bevor sie zum Tragen gekommen war.

Monsieur Dolto telefonierte kurz mit seiner Frau, dann ging er zum Strand. Es war fast schon die Stunde des Sonnenuntergangs. Die große Hitze vorschiebend, war es ihm gelungen, sich der Lage nicht stellen zu müssen. Er hatte sich den ganzen Nachmittag über in seinen Bungalow zurückgezogen. Bevor er ihn verließ, hatte er eine lange Dusche genommen und versucht, die Gedanken zu sammeln. Da gab es eine Leiche, die Leiche eines französischen Staatsbürgers, in einer Kühlkammer des Hotels. Eine etwas finstere Geschichte. Der Mann war, wenigstens dem Autopsiebericht zufolge, nach einem Angriff auf dem Strand der Séguia gestorben. Das Opfer war ein Homosexueller, der sich oft mit den jungen Männern des Ortes abgab (mehr noch: vielleicht war er ausschließlich wegen dieser Art von Begegnungen jedes Jahr auf die Insel gekommen). Leicht vorstellbar also, daß es sich um einen in diesem Milieu anzusiedelnden Mord handelte. Über die Angelegenheit kursierten allerdings eigentümliche Gerüchte im Hotel. Inzwischen hatte er von einer schwärmerischen Verzauberung gehört, die der Mann für einen Jungen gefühlt hatte, auch er französischer Staatsbürger, Sohn der Pächterin der Boutique des Hotels. Dann hatte jemand etwas von einer Unterschiedlichkeit der Standpunkte hinsichtlich der Todesursache zwischen Doktor Ghorbal geflüstert, der den Autopsiebericht unterschrieben hatte, und einem alten italienischen Arzt, der, wie es schien, das Vertrauen der Hotelführung genoß. Ganz zu schweigen von den Legenden, die um die Photo-Crew entstanden waren, die in diesen Tagen an der Stelle arbeitete.

Für Dolto war die Angelegenheit, um es kurz auszudrücken, eine harte Nuß, die es zu knacken galt. Er hatte nicht die geringste Absicht, seine Zeit auf dieser glühenden Insel inmitten einer Herde von Nervensägen zu verplempern. Er würde sich lediglich mit den Formalitäten für die Überführung der Leiche beschäftigen, und aus. Sollten sich doch die tunesischen Behörden mit dem Fall abgeben: wie sie all dem Geschwätz, das sich um diesen Fall drehte, auf den Grund kommen würden, war letzten Endes ihr Problem. Ihr Problem, das Rätsel zu lösen.

Dolto breitete sein Badetuch in einiger Entfernung von der Gruppe der Hotelgäste aus. Aus den Augenwinkeln kontrollierte er, daß niemand zu ihm kam, dann warf er sich ins Wasser. Fast verbrühte er sich, so warm war es. Er versuchte, ungefähr fünfzig Meter zu schwimmen, wobei er zwischen Kraul und Rückenlage abwechselte. Er war eindeutig außer Übung: er atmete schwer, nur mit Mühe hielt er sich über Wasser. Langsam, ganz langsam kehrte er zum Ufer zurück.

»Monsieur Dolto, Monsieur Dolto.« Wer ihn da rief, war eine Frau in verhältnismäßig reifem Alter, mit hellen Haaren und von heller Hautfarbe, die über den Strand zu ihm kam und sich auf einen Gehstock aus rohem Holz stützte. Innerhalb weniger Minuten stellte sie sich als Madame Lebrun vor, Französin, Witwe und Mutter zweier Kinder, Zwillingen, Sabine und Philippe. Dolto war auf der Stelle angewidert von ihrem jovialen Charakter. Bei ihr mußte es sich um eine Frau handeln, die ihre Nase in alles steckte.

Er versuchte, die Distanz zu wahren, verschanzte sich, soweit es ging, hinter seiner diplomatischen Fassade, aber es gab keine Verteidigung, die ihr standhielt. Nachdem Madame Lebrun ihm ihren Standpunkt über die ganze Angelegenheit dargelegt hatte, stellte sie ihn den anderen Hotelgästen vor: Dottor Blasi, der glücklicherweise kurz angebunden war, und Myriam Levi (Dolto verstand nicht, ob sie Blasis Geliebte war oder die von David Pradine, dem amerikanischen Photographen, der an diesem Morgen für einen zweitägigen Ausflug abgereist war). Dolto lernte auch einige Mitglieder aus der Crew des Photographen kennen: einen großen blonden Jungen, der Chris hieß; ein weibliches Model, dessen Namen er unglücklicherweise nicht verstanden hatte, das er aber gerne noch einmal und mit mehr Ruhe hätte wiedersehen mögen; dann noch andere, die sich in einer ununterscheidbaren Masse aus Körpern und Nationalitäten auflösten. Am Ende dieser kleinen Vorstellungsrunde fühlte er sich erschöpft. Ein Grund mehr, sich so wenig wie möglich in die Angelegenheit einzumischen.

Nach den Begrüßungsritualen und den unvermeidlichen Floskeln gelang es Dolto, seine Einsamkeit wieder zurückzugewinnen. Sicher, bei der Vorstellung, sich wenig später mit der unausstehlichen Madame Lebrun, dem Hoteldirektor und, als Ehrengästen, dem Kommandanten der örtlichen Gendarmerie, Ali Ben Sedrani, und Doktor Ghorbal zu Tisch zu setzen, fühlte er sich elender, als wenn er eine Diskussion über die Rolle der ehemaligen Kolonien mit seinem Vorgesetzten in der Botschaft, dem Minister Noailles, hätte durchstehen müssen. So als habe er sich im vorhinein schon einmal über den Abend hinwegtrösten wollen, der ihn erwartete, rief er seine Frau an.

Das Abendessen war dann weniger öde als vermutet. Madame Lebrun schien aus irgendeinem Grund, der ihm entging, verlegen, eingeschüchtert. Dolto und Ben Sedrani tauschten ihre Ansichten über den Mord an Professor

Fabre aus, und Dolto war glücklich festzustellen, daß der Kommandant der Gendarmerie hinter einer trägen, gleichgültigen Fassade eine unnachgiebige Entschlossenheit verbarg: er würde sich mit dem Fall ohne Wenn und Aber beschäftigen. Dolto kam es zu schön vor, um wahr zu sein, ihn darin bestärken zu können, und zwar zur vollen Zufriedenheit beider. Sogar der Hoteldirektor und Doktor Ghorbal stellten sich als weniger langweilig heraus, als er befürchtet hatte. Gemeinsam diskutierten sie über die Rolle der ehemaligen Kolonien in der gegenwärtigen französischen Außenpolitik, doch unerwartet fühlte sich Dolto in bester Stimmung, denn er wiederholte die Gedanken, die gewöhnlich von Noailles geäußert wurden. Und als er sie wiederholte, fand er sie – möglicherweise auch dank seines Tones, der nicht so schwülstig und selbstzufrieden war wie der seines Vorgesetzten – verständlich und sinnvoll: man hätte sie geradezu billigen mögen.

Am Ende des Abends war er so angenehm überrascht, daß er am liebsten noch einmal seine Frau angerufen hätte, um seine Zufriedenheit mit ihr zu teilen. Er tat es nur deshalb nicht, weil es schon spät war und er fürchtete, sie zu stören.

Nach dem Abendessen gingen die Gäste auf die Terrasse des arabischen Cafés hinüber. Madame Lebrun entfernte sich in Begleitung von Sabine, um die Boutique wieder zu öffnen. Natürlich fragten sich viele, was Dolto und die anderen sich bei Tisch erzählt hatten. Und natürlich waren es viele, die die Boutique überschwemmten, um mehr darüber zu erfahren. Blasi machte sich aus dem Staub und erreichte den Weg zu seinem Bungalow. Myriam Levi blieb noch da und trank einen Minztee mit Chris und Brian.

Ghorbal war fraglos derjenige, der am meisten strahlte. Er hatte Doltos Ankunft wie einen Fluch gefürchtet: doch glücklicherweise hatte sich der Abgesandte der französischen Botschaft dann nicht nur als ein Mann mit besten Umgangsformen erwiesen, sondern neigte auch der Vorstellung zu, seine Nase nicht in die Suche nach Fabres Mörder stecken zu sollen. Mehr als alles andere fürchtete Doktor Ghorbal, man könne es für eine abgemachte Sache halten, daß der Mörder Tunesier sei. Damit wäre a priori die Möglichkeit ausgeschlossen worden, daß der Schuldige sich auch unter den reichen Hotelgästen oder jedenfalls unter den ausländischen Touristen der Insel finden konnte. Selbstverständlich, so schloß Ghorbal, hätte ein französischer Ermittler diese zweite Hypothese unterbewertet und die Dinge lieber so erklärt, daß der Mord ein Raubmord sei, den irgendein junger Prostituierter von hier begangen habe. Nicht daß der Arzt diese Möglichkeit unter allen Umständen zurückstellen wollte: er wußte von den Beziehungen zwischen Fabre und vielen Jungen auf Djerba, und außerdem war das Opfer auf brutale Weise sehr wahrscheinlich von mehr als einer Person angegriffen worden. Und als wäre das noch nicht genug gewesen, war aus dem Portemonnaie des Professors jede Spur von Geld verschwunden. Dennoch konnte Ghorbal diese Erklärung nicht so ohne weiteres hinnehmen. Man mußte seiner Meinung nach entschlossen, aber in jeder Richtung ermitteln. Zum Beispiel: War Fabre völlig verzaubert von Philippe, dem Sohn von Madame Lebrun, oder war er es nicht? Warum sollte man dann ausschließen, daß der Junge mehr wußte, als er zugegeben hatte? Klar, daß seine Mutter ihn deckte. Vielleicht, dachte Ghorbal, wurde Madame Lebrun ja nicht zufällig so reizbar, wenn der Mord an Fabre zur Sprache kam. Es war offensichtlich, daß die so herbeigesehnte Ankunft ihres Landsmannes Dolto für Madame Lebrun letzten Endes eine Enttäuschung war. Sie erwartete einen Komplizen, jemanden, der die Dinge richten würde. Der notfalls gedeckt und geschwiegen hätte. Dagegen war Dolto ein Beamter, ein bescheidener Bürokrat, der nichts anderes wollte, als nach Hause zurückkehren. Auch darüber empfand Ghorbal insgeheim Freude.

15 Anmerkungen über die Scham

Aus den Notizheften von David Pradine, Jakob Aals GT 50, Oslo, Norwegen:

»Das Ergebnis meines Lebens löst sich in ein Nichts auf, in eine Impression, in eine einzige Farbe. Mein Ergebnis hat Ähnlichkeit mit der Malerei jenes Künstlers, der den Durchzug der Israeliten durch das Rote Meer malen sollte und zu diesem Zweck die ganze Wand rot anmalte und erklärte, daß die Israeliten schon durch und die Ägypter allesamt ertrunken seien.« Sören Kierkegaard

Das Schiff lief beim ersten Tageslicht in den Hafen von Heraklion ein. Die Stadt wirkte, als schwebe sie halb in der Luft, sie war hell, nebelverhangen, wie ein unterbrochener Traum. Die Passagiere kamen still heraus, um das Andockmanöver zu verfolgen, während vom Land wenige gedämpfte, ferne Geräusche herüberdrangen. Die Fähre stieß sanft an die Mole, wir alle schaukelten wie Quallen, ein paar Augenblicke lang sah die Landschaft verträumt aus. Dann setzte der Lärm ein, das Hupen, der Krach des Entladens. Ich fand mich im Hafen von Heraklion wieder, ohne genaue Vorstellung von dem, was ich tun sollte.

Im Fremdenverkehrsbüro riet man mir, ich solle ein Zimmer im Hotel *Astoria*, dem zentralst gelegenen, nehmen. Es war am Elephtheria-Platz, ganz in der Nähe. Ich beschloß, zu Fuß dorthin zu gehen, auch um etwas Zeit verstreichen zu lassen. Gleich außerhalb des Hafens war die Stadt noch verhältnismäßig still, ruhig. Ich bog in die Straße des alten Arsenals ein, dann ging ich in Richtung Stadtpark. Ich kam am Venizélou-Platz heraus, vor dem berühmten und überraschend kleinen Morosini-Brunnen, dem ich ein paar Aufnahmen widmete. Dann bog ich in die Odos Dikeonissis ein und befand mich am Ende wieder auf dem Elephtheria-Platz, nur wenige Schritte vom *Astoria* entfernt. Obwohl ich absichtlich die längere Strecke gewählt hatte, war ich in nur zehn Minuten oder etwas mehr angekommen.

Die Rezeption des Hotels war verwaist. Ich wartete ein paar Augenblicke, bevor jemand auftauchte, fragte, ob es noch ein Zimmer gebe. Zum Glück gab es eins. Von meinem Zimmer aus wählte ich nach einigem Zögern die Nummer, die Mark in meinen Terminkalender geschrieben hatte. Es war zwar noch früh, aber sofort antwortete eine Frauenstimme. Mit einiger Schwierigkeit gelang es uns, uns auf englisch zu verständigen. Mark sei weg, für zwei Tage. In Hagios Nikólaos, ungefähr vierzig Kilometer entfernt, würde aber auf jeden Fall nach Heraklion zurückkommen. Als die Frau mich fragte, wer ich sei, verwirrte mich das einigermaßen. Ich war mir nicht ganz sicher, ob Mark sich an mich erinnern würde. Ich sagte: »Ein Freund.«

An diesem Nachmittag mietete ich ein Auto von Jorjos, dem Portier des Hotels. Ich wollte den Palast von Knossos besuchen und schloß nicht aus, auch einen Abstecher nach Hagios Nikólaos zu machen. Und das tat ich am gleichen Abend.

»Bis wann / muß ich Ratschläge hegen in meiner Seele, / Kummer in meinem Herzen tagsüber?« Psalm Davids

Bei der zweiten Runde verringerte ich die Geschwindigkeit so weit, daß ich schließlich am Bordstein stehen blieb. Ein paar Büsche wiegten sich leicht. Die Hände zitterten ein bißchen, auch das Herz. Andere Autos ringsum fuhren langsam vorbei, hielten einen Augenblick, fuhren weg, während an den Straßenrändern und kaum wahrnehmbar drei, vier Jungen bewegungslos herumstanden und nur in der

Gegend umherblickten. Mark war von den anderen etwas weiter entfernt: manchmal ging er bis zum Seitenfenster auf ein Auto zu, beugte den Kopf herunter, dann ging er wieder an die Stelle von vorher zurück. Im Dunkel konnte ich ihn nur aufgrund seiner blonden Haare erkennen.

Es waren dieselben Haare, derselbe Gang, den ich ein paar Stunden zuvor für einen Augenblick im großen gewölbten Spiegel des *Entasis* gesehen hatte, einer Diskothek gleich außerhalb von Hagios Nikólaos.

Zwei Uhr morgens war gerade vorüber, und seit mehr oder weniger einer Stunde hatte ich mich ziemlich weit von der Tanzfläche entfernt in einen Korbsessel gesetzt. In dem Lokal wurde lauthals getanzt. Ich war müde, vielleicht auch ein bißchen angetrunken. Ich hatte keine Lust, wieder ins Auto zu steigen und nach Heraklion zurückzufahren. In dem Höllenlärm der Disko war ich fast eingeschlafen. Dann, während ich einen meiner gelegentlichen Blicke herumwandern ließ, war ein Bild stehengeblieben, wurde von der Netzhaut festgehalten: da, im großen Wandspiegel, hatte ich ihn gesehen. Hatte diese Haare und diesen Gang gesehen. Die in den letzten Tagen verflossene Zeit fügte sich wie auf wunderbare Weise wieder zusammen. Ich fühlte, daß die zufällige Begegnung im Zug, die so machtvoll wieder aufgetauchte Erinnerung an Bill, auch der Entschluß, nach Kreta zu fahren, einfach alles einen Sinn gehabt hatte. Alles führte zum Namen und zum Gesicht von Mark.

Mit Mühe ging ich zu ihm hinüber. Ich wankte, durchschüttelt von einem leichten Zittern: ich verwünschte mich, daß ich so viel getrunken hatte. Im Nu wurde mir klar, daß zwischen seinem Körper und meinem eine richtige Barriere von Menschen, von Armen, von Beinen war. Als Richtpunkt legte ich den Tresen einer der beiden Bars fest, und zwar den in der Nähe des Ausgangs. Inzwischen versuchte ich, Marks Kopf im Blick zu behalten: seine Haare bewegten sich, verschwanden, tauchten wieder auf. Plötzlich verlor ich sie aus den Augen.

An der Bar war Mark nicht. Ich drehte mich um, versuchte, in alle Richtungen zu blicken. Verschwunden. Ich ging zum Ausgang. Die freie Luft gab mir wieder ein bißchen Klarheit. Die Beine kamen mir etwas fester vor. Kurz hinter dem Parkplatz der Disko sah ich, wie ein Auto mit Affengeschwindigkeit davonschoß. Mark saß neben dem Fahrer und ließ den rechten Arm aus dem Fenster der Wagentüre herunterbaumeln.

Ohne weiter nachzudenken, machte ich mich an die Verfolgung. Wir fuhren an Hagios Nikólaos in östlicher Richtung vorbei, bis hinter die Kreuzung nach Kritsa. Dann, gleich hinter Istro, bog das Auto nach Hierápetra ab, fuhr wenige hundert Meter und kehrte um, zur Ortsmitte von Hagios Nikólaos. Auf der Allee in der Nähe des kleinen Hafens hatte das Auto angehalten, Mark war ausgestiegen, der andere sofort davongerast. Der Ort, an dem wir uns befanden, war eindeutig eine Strichergegend. Mehr als überrascht, fühlte ich mich gedemütigt.

Ich blickte ein zweites Mal in den Rückspiegel, unfähig mich zu bewegen. Mark kam in meine Richtung. Hagios Nikólaos hinter ihm war ein ferner Lichtschimmer. Das Zittern in meinen Händen verbreitete sich in meinem ganzen Körper. Mark kam näher, mit einem Schritt, der so leicht wie die Luft war, durch die er ging. Nach und nach wurde der Körper des Jungen immer größer, kam immer näher.

»Mein Ausweichen, mein Schlingern über ungerade Wege, unfähig, / die offenkundige Wahrheit bei jedem Argument hinzunehmen – / warum nur tu ich, was ich nicht sagen will, / fähig zwar zu begreifen, doch nicht zu hören?«

Robert Lowell

Er sagte: »Iassos.« Die Stimme klang nasal, erkältet. Aber es war nicht die Stimme von Mark. Ich dachte daran, »Ciao« zu sagen, doch aus meiner Kehle drang nur ein Stöhnen. Das Gesicht des Jungen war jetzt ganz nah an meinem, fast schon im Auto. Er sagte: »Bist du Ausländer? Machst du eine Runde?« Auf welche der beiden Fragen hätte ich zuerst antworten sollen? Sollte ich um Entschuldigung bitten? Beispielsweise sagen: »Tut mir leid. Hab mich geirrt?« Auf die Haare des Jungen starrend (aber das waren doch die Haare von Mark, sogar von Bill), sagte ich: »Ja.« Erst im zweiten Augenblick wurde mir klar, daß ich beide Fragen beantwortet hatte.

Als ich nach Hierápetra raste, schien das Auto sich einen Weg zu bahnen, den es bis kurz zuvor nicht gegeben hatte. Das Radio brachte abwechselnd Rockhits und kurze Moderationen auf griechisch. Mich beeindruckten vor allem Ausdrücke, die ständig wiederholt wurden, wie »ohiohiohi, parakalò«. Die Lautstärke war voll aufgedreht: auch um nicht reden zu müssen. Hin und wieder versuchte der Junge es trotzdem. Er brüllte auf englisch: »Hast du eine Wohnung? Hast du besondere Geschmacksrichtungen? Ich bin aktiv.« Ich antwortete nicht: ich wollte lachen, nichts hören.

Gleich hinter Hierápetra bog ich abrupt nach Mirtos ab und dann noch einmal, um wieder denselben Weg zurückzufahren. Der Kreis schloß sich: die Richtungshinweise zeigten wieder Istro und die Ortsmitte von Hagios Nikólaos an. Da sagte der Junge: »Was machst du denn? Wir fahren ja wieder zurück.«

Der Hinweis auf der rechten Straßenseite war von einer Schnur bunter Glühbirnen erleuchtet. Sie sagte: »Barbecue«. Ich fuhr an den Straßenrand. Im Gesichtsausdruck des Jungen lag etwas Lästiges, er erklärte: »Hör zu, entweder wir vögeln oder wir essen.« Was für einen Akzent hatte er? Aus welcher Gegend? Ich sagte leise: »Wir essen.«

Der Mond war fast am Himmel verschwunden. Sein weißliches Licht widerstand gerade noch der ersten Tageshelle. Als wir geröstetes Brot mit Tomaten und Käse aßen und weißen Wein tranken, hatte ich angefangen zu reden. Ich erzählte von Mark, von seinen Haaren, von der Art, wie er die Hände bewegte: aber war er es oder Bill, über den ich redete? Ich war nicht ganz sicher, ob der Junge mir zuhörte. Ich redete trotzdem weiter. Ich redete weiter und vermischte dabei die Wahrheit mit Phantasievorstellungen, die aber nie richtige Lügen waren. Ich veränderte die Erinnerungen hier und da, ich überarbeitete sie, brachte sie in eine Ordnung, die sie vorher nicht gehabt hatten, und die letzten Endes ihren eigentlichen Inhalt umgestaltete. Ich sagte, ich sei Modephotograph und auf der Suche nach neuen Models. Ich sagte auch, wer weiß warum, daß ich eine Frau in den Vereinigten Staaten hätte, die Myriam hieß. Erst als ich wieder auf Mark und Bill zu sprechen kam, konnte ich nicht über einen bestimmten Grad hinaus lügen.

Der Junge sah mir in die Augen. Er schien angeödet. Sagte: »Dann bist du ja…« Er sprach den Satz nicht zu Ende. Ich fühlte mich verlegen, verwirrt. Ich sagte dann meinerseits: »Machst du's für's Geld?« Der Junge schüttelte den Kopf.

In diesem Augenblick wünschte ich, es würde regnen. Damit der Regen mich zwingen würde abzuhauen, zum Auto, und dann noch weiter, zum Flughafen. Ich erinnere mich, daß ich liebend gerne rennen wollte, an einen Ort rennen wollte, an dem es weder Mark noch den Jungen noch unsere Gespräche gab. Dann, wie eine jener zufälligen wissenschaftlichen Entdeckungen, die schlagartig mit großer Einfachheit etwas erhellen, das bis vor einem Augenblick noch dunkel und unerkennbar gewesen ist, begriff ich, daß die Ähnlichkeit zwischen Mark und Bill nicht nur in der Art des Sprechens oder die Hände zu bewegen und auch nicht im eigentümlich bestrickenden Gang lag. Hinter der körperlichen Ähnlichkeit verbargen sich andere Elemente. Voller Mühe ging ich in meinen Erinnerungen zurück: ich sah Mark und Bill wie im Gegenlicht. Ich rief mir die stummen Blicke des einen ins Gedächtnis zurück, ich fand das kaum wahrnehmbare Lächeln des anderen wieder.

Gegenüber diesem jungen Unbekannten fühlte ich mich Mark und Bill wirklich nahe. Ich sah sie zum ersten Mal, zum ersten Mal hörte ich ihnen zu. Die Gedanken lösten sich in einem langen, stummen Schmerz auf.

Während ich die Rechnung zahlte, fragte ich mich, welche Worte ich etwas später wohl wählen sollte, um dem Jungen nicht weh zu tun, um freundlich zu erscheinen. Es war bereits voller Tag. Der Verkehr auf der Straße hatte ruhiger begonnen, anders als der krampfartige, aggressive der vergangenen Nacht. Die Autos schossen geordnet an uns vorbei, wie auf einer Modellbahn.

Der Junge stand neben dem Auto, fuhr mit einer Hand durch seine Haare (und wieder und mehr als vorher waren, was ich sah, die Haare von Mark, die Hände von Bill), sagte: »Also, hast du Lust?«, blickte in eine andere Richtung. Ich versuchte, diesen ziellosen Blick aufzufangen.

Ich antwortete nicht. Aus der Tasche meiner Blue jeans holte ich das Portemonnaie, zog vier Geldscheine zu fünftausend Drachmen heraus, reichte sie ihm und dachte daran, daß wir uns nicht einmal unsere Namen gesagt hatten. Er blieb reglos stehen, schüttelte leicht den Kopf, nahm das Geld. Die Geldscheine blieben in seiner Hand. Beide betrachteten wir sie so, als wären sie Visitenkarten.

»Am Ende siegt immer der Tod.«

Yossif Vissarionovitsch Stalin

16 Exil

Pradine hatte die Landkarte aufmerksam gelesen. Noch bevor er in Tunesien angekommen war, hatte er daran gedacht, sich ein paar Tage Ruhe für einen Ausflug zum Chott el Djerid zu gönnen. Er hatte sich gefragt, ob er diesen Ausflug am Ende der Arbeit oder nach der Hälfte der Zeit machen sollte, um wieder zu Atem zu kommen. Jetzt, nach der Ermordung von Professor Fabre, schien der Augenblick gekommen. Die Ermittlungen kamen keinen Schritt voran. Alles schien stillzustehen, blockiert. Im Hotel herrschte ein unerträgliches Klima. Noch unter Schock wegen des Vorgefallenen, arbeitete die Crew schlecht. Er selbst fühlte sich ohne jede Energie, lustlos. Oder besser: er fühlte, wie der Wunsch zu photographieren in ihm wach wurde, aber ganz wirklich zu photographieren, nicht irgendwelche Werbebilder herzustellen. Nichts Besseres also als eine Verschnaufpause. Die Crew würde sich mit zwei Tagen Ferien ablenken können, während er die Spannung, die er in sich spürte, nutzen würde, um ein paar Photos zu schießen.

Es gab nur ein Problem: die örtliche Polizei um die Bewilligung bitten, sich vom Hotel zu entfernen. Pradine hatte daran gedacht, persönlich mit Ben Sedrani zu reden, doch schon seit einigen Tagen sah man den Kommandanten der Gendarmerie nicht mehr. Darüber sprach er mit Oku. Der Japaner sagte, er würde einen Sprung in den Ort machen, um einen Jeep zu mieten und danach würde er sich mit Ben Sedrani in Verbindung setzen. Leider hatte Oku es als abgemachte Sache angesehen, daß er sich mit Pradine zusammentun und den Ausflug zum Chott el Djerid mit ihm machen würde. David hatte sich diese kurze

Reise wie einen kleinen privaten Raum der Einsamkeit und der Konzentration vorgestellt. Jedenfalls hatte er nicht den Mut, dem Japaner etwas hierüber zu sagen.

Ziemlich früh am Morgen fuhren die beiden los. Der noch dunkle Himmel war stellenweise von langen Lichtfurchen durchzogen. Abgesehen vom Direktor des Hotels und Ben Sedrani selbstverständlich, war niemand über den Ausflug informiert worden. Bevor er sich auf den Weg machte, schrieb Pradine einen Zettel für Myriam Levi: unter anderem bat er sie, der übrigen Crew mitzuteilen, daß sie Urlaub habe. In spätestens zwei Tagen würden er und Oku wieder zurück sein. Der Japaner setzte sich ans Steuer. Der Jeep startete und löste einen kleinen Staubsturm aus.

Sie folgten der Strecke, die, um nach Gabès zu kommen, an Zarzis und Médenine vorbeiführt. Sie war zwar wesentlich länger als die Straße, die durch Adjim führt, aber sie zogen sie vor, weil die Straßenbedingungen nach Ansicht aller eindeutig besser waren. Nach ein paar Kilometern legte Pradine eine Kassette in seinen Walkman ein. Oku ließ kaum wahrnehmbar erkennen, daß er sich belästigt fühlte, aber Pradine merkte nichts.

Vor dem Jeep zog sich die Straße unverändert und unbeweglich hin, sie öffnete sich dem Blick wie ein Viadukt, dessen einziges Ziel es war, zu sich selbst zu führen. Inzwischen war es heller Tag. Die Sonne schien höher zu stehen und stärker zu glühen als sonst. Pradine fühlte eine Art geologischer Glorie im heißen Wind, der ihn mitunter erstickte.

Wenige Kilometer vor Gabès machten sie eine Pause, um zu essen und ein bißchen auszuruhen. Sie hatten das Ortsschild nicht gesehen, so hielten sie in einem Dorf an, dessen Namen sie nicht kannten. Oku sagte, daß es sich möglicherweise um Kettana handeln könne, aber sicher sei er sich nicht. Das Caféhaus an der Hauptstraße sah ganz so aus, als wäre es das einzige öffentliche Lokal. Aber es war nicht nur Caféhaus, sondern auch Speiselokal. Ein Blick auf die Hygienezustände brachte Pradine dazu, einen Minztee zu bestellen. Oku dagegen ließ sich einen Teller mit Ojja zubereiten. Sie verzehrten alles in völliger Stille, wie zwei absolut Fremde. Der Junge, der sie bediente, schien der einzige zu sein, der eine Beziehung zu beiden hatte: er lächelte und machte unverständliche Gesten, die sowohl Pradine als auch Oku als Zeichen der Höflichkeit und der Bereitwilligkeit deuteten. Die lärmende Menge der Männer, die sich schon seit Wochen an den kleinen Caféhaustischen aufzuhalten schienen, starrte sie unentwegt an. Zweifellos mußten sie für die Einwohner des Ortes ein exotisches Paar darstellen. Der eine mit asiatischen Gesichtszügen und der andere so groß und mit roten Haaren. Als sie aufstanden, um wegzufahren, schien die gesamte männliche Bevölkerung des Dorfes an ihrer Abfahrt Anteil zu nehmen. Der Junge, der sie bedient hatte, fuchtelte noch lange mit den Armen herum, ungläubig, daß das von den beiden Ausländern dagelassene Geld ein Trinkgeld allein für ihn war. Oder besser: für sein Lächeln, wie Pradine es gerne hätte sagen mögen.

Die Straße hinter Gabès verengte sich auf ihrem Weg zu den Oasen El Hamma und El Ksar. Je weiter man sich nach und nach von der Küste entfernte, gewann man den Eindruck, daß man sich auch von der Gegenwart entfernte. Oku fuhr unbekümmert, als wäre die Landschaft, die sich um sie herum auftat, so weit entfernt, daß man sie für einen Bühnenhintergrund halten konnte. Auch David schien nichts zu empfinden. Er war müde, todmüde, doch für den Augenblick kauerte seine Müdigkeit unten im Körper, in einem unerreichbar fernen Winkel. Was Pradine in jedem kleinsten Teil dieser flachen Landschaft spürbar wahrnahm, war etwas auf absurde Weise Vertrautes, ein Gefühl des Dazugehörens. Es kam ihm sogar vor, daß das, was ihn in diesen Augenblicken umgab, nichts anderes sei als die geographische Darstellung seines Ichs.

Sie fuhren an den Oasen Mannsoura und Debabcha vorbei, ohne anzuhalten. Sie wollten dort auf dem Rückweg aussteigen. Jetzt wollten sie unbeirrt bis Tozeur fahren. Die Sonne ging schon fast unter. Das Licht war unwirklich, blauviolett, und färbte sich zum Horizont hin plötzlich in warme Töne. Die Straße teilte den Chott in zwei Hälften. Über viele Kilometer war sie ein über einem weißen, festgefügten Meer schwebender Darm. Schließlich redete Pradine. Er sagte zu Oku, er solle anhalten, er habe Lust, ein paar Photos zu machen. Der Japaner fuhr an den Rand der Piste. Er stieg aus dem Jeep, nahm die Sonnenbrille ab, machte eine weitausholende, außerordentlich unbestimmte Bewegung um sich selbst, dann sagte er: »Jetzt haben wir die Leere um uns geschaffen«, und begann leicht hysterisch zu lachen. Pradine schenkte ihm kein Gehör. Er hantierte mit dem Photoapparat herum.

Wenn Pradine nach Jahren unten in seiner Reisetasche die Aufnahmen wiederfinden wird, die er an diesem Tag gemacht hatte, wird er von der uniformen Mischung aus Weiß und Grau überrascht sein, die sie beherrschen. Er wird sie an einem Spätnachmittag im November eingehend betrachten und dabei auf dem Boden seiner winzig kleinen Wohnung im Stadtviertel Jiyugaoka in Tokio sitzen, den Blick zum Fenster richten und feststellen, daß dieses Weiß und dieses Grau, das sein photographisches Auge auf dem Chott el Djerid eingefangen hat, im Grunde das gleiche Weiß und das gleiche Grau sind, die sein physisches Auge in diesem Augenblick jenseits der Fenster seiner Wohnung einfängt. Und dann wird er in einem Augenblick, den er als das Satori des Schwarz-Weißen bezeichnen wird, sich bewußt werden, daß seine Wanderungen, sein Photographieren, das, was im Grunde für ihn eine einzige, unauflösbare Leidenschaft war, genau dasselbe Verlangen in sich bargen. Etwas, das Oku, wie Pradine an diesem Spätnachmittag im November zu sich sagen wird, als Strategie des Abwesendseins bezeichnen würde.

Der Japaner bewegte sich nicht, während Pradine weiterhin Aufnahmen machte. Er hatte sich wenige Meter vom Jeep entfernt hingesetzt und blickte selbstvergessen und ein bißchen zerstreut um sich. Auch nicht einen Augenblick dachte er daran, David zu assistieren, ihm mit den Stativen und der übrigen Ausrüstung zur Hand zu gehen. Pradine schien die Anwesenheit seines Beleuchtungstechnikers nicht zu bemerken. In diesem Augenblick existierte er, Oku, für ihn nicht.

Der Wind kam jetzt flach über der Erde daher, wie das Licht vom unendlich fernen Horizont.

Oku sagte: »Ich glaube nicht, daß du ein guter Photograph bist, David. Ich glaub's nicht mehr.«

Pradine hörte einen Augenblick auf zu photographieren. Er lächelte: »Das stimmt.«

Oku sprach weiter: »Deine Reaktion zeigt, daß ich recht habe. Du bist kein guter Photograph, weil du nur die Wahrheit siehst. Du bist nicht imstande zu begreifen, daß es dies und das und jenes gibt.« Oku deutete auf die Landschaft ringsum.

Pradine sagte: »Aber dies und das und jenes sind das gleiche, das gleiche Grau...« Er unterbrach sich.

Oku antwortete nicht gleich. David hatte die Zeit, die Photoapparate wieder in eine Segeltuchtasche zurückzulegen. Er verschloß die Hintertüre des Jeeps.

Oku sagte: »Du akzeptierst nicht, daß es Unterschiede gibt. Dir kommt es vor, als sei alles identisch, alles weiß und alles schwarz, weil du es nicht erkennen kannst. Du glaubst, es gebe nur die Wirklichkeit und fertig, und daß die Wirklichkeit das sei, was deine Arbeit einfangen müsse.«

Pradine überlegte eine Sekunde. Er spürte Oku gegenüber einen eigentümlichen Widerwillen, eine Art zorniger Abneigung. Dann sagte er: »Du denkst, daß ich die Dinge nicht trenne und daher die Wirklichkeit und ihre Darstellung nicht erkenne. Aber was ist denn die Darstellung der

Wirklichkeit? Die Kunst? Die Photographie? Das gesamte Jahrhundert hat immer nur diesen Gemeinplatz geleugnet. Ein Photo von mir stellt gar nichts dar. Es sagt, was ist, und das ist alles, was es sagen will.« Pradine schwieg. Er hätte noch hinzufügen wollen, daß er als Junge nach der Aufrichtigkeit in der Arbeit suchte. Lügen, dachte er, war falsch, und sich anstrengen, ganz einfach das zu sagen, was man im Kopf hatte, mußte das einzig Richtige gewesen sein, das es zu tun gab. Aber dann? Dann wurde auch das falsch. Es blieb nur das Instrument als solches, der nackte Apparat. War das die Schönheit? Pradine erklärte: »Ich kann mit der Wirklichkeit und ihrer Darstellung nichts anfangen.« Er unterbrach sich. Er hätte nichts anderes mehr sagen müssen. Er hatte die Befürchtung, schon zuviel gesagt zu haben. Dann war der Drang weiterzusprechen aber stärker: »Du sprichst von Wirklichkeit, von Darstellung, du sprichst von der Leere und von der Fülle. Und während du sprichst, Tag für Tag, Minute für Minute, sehe ich, wie mein Körper, die Arme, die Beine dünner werden, an Form und Festigkeit verlieren, wie die Haut Flecken bekommt, die Haare ausfallen, und nichts ist da, das helfen könnte. Ist das die Wirklichkeit? Oder willst du sagen, daß sogar der Tod eine Inszenierung ist?«

In den Stunden, die folgten, wechselten die beiden nur ganz wenige Worte. David schien in eine Art absoluter Müdigkeit gestürzt zu sein. Unversehens hatte er auch an der Landschaft sein Interesse verloren. In Tozeur und dann in Nephta war Oku derjenige, der entschied, wann angehalten wurde, was es wo zu besichtigen gab, wann gegessen wurde. Es war, als wäre er zur Amme des anderen geworden.

David schlief ungeheuer viel, sowohl während der Reise im Jeep als auch in den beiden Hotels, in denen sie wohnten. Oku hatte nicht nur sämtliche Entscheidungen auf sich geladen, sondern auch die Rolle eines Reiseführers übernommen. So war er, wenn sie irgendwo hinkamen, bis ins kleinste über Geschichte und Bräuche des Ortes informiert, und er achtete darauf, alles sehr genau mitzuteilen. Seine Touristenseele, sagte sich Pradine, war an der Schwelle zur Wüste wiedererwacht.

Erst während des letzten Abschnitts der Rückreise berührten die beiden kurz das Thema, das sie zwei Tage zuvor auf der Straße, die den Chott el Djerid teilt, schon diskutiert hatten. Oku sagte irgend etwas, das mit Fabres Tod in Zusammenhang stand. Pradine tat, als würde er vor sich hindösen. Oku beharrte darauf: »Manchmal kann auch Sterben eine Entscheidung sein, eine sehr gerissene Entscheidung.«

17 Der Klang einer Hand

Als erstes dachte ich: das da bin wirklich ich. Ich dachte: es widerfährt mir. Ich bin die Hauptperson dieser Geschichte. Einer Geschichte, die jetzt beginnt. Ich sitze hier. Weißes Licht. Ein Herr mit Brille auf der anderen Seite des Tisches. Er weicht meinem Blick aus. Langes Warten zuerst, Tage, Tage des Kommens, des Gehens, des Fragens, des Untersuchens. Jetzt spricht er mit mir. Oh, ich weiß nicht, was er sagt. Er redet unendlich lange und furchtbar durcheinander, glaube ich. Ja, furchtbar durcheinander. Ehrlich gesagt, auch ich fühle mich in diesem Augenblick furchtbar durcheinander. Nur ein Satz des Herrn mit Brille klingt weiter in meinem Kopf nach. Manchmal kommt es mir vor, als könnte ich ihn in allen Einzelheiten verstehen. Es ist ein einfacher, klarer Satz, würde ich behaupten. Ich würde ihn gerne aufschreiben. Danach könnte ich ihn in aller Ruhe wiederlesen. Der Satz lautet: »Es ist Krebs.«

Sonst erinnere ich mich an nichts.

Krebs verändert das Leben. Dennoch hat er nichts mit dem Leben zu tun, denn er hat mit dem Tod zu tun. Das Problem ist, daß, wenn jemand zu dir sagt: »Sie werden an dem und dem Tag zu der und der Uhrzeit sterben«, dein Leben nicht mehr dasselbe ist. Zum Glück hat der Arzt mit der Brille nicht gesagt: »Sie werden an dem und dem Tag zu der und der Uhrzeit sterben.« Er hat nur gesagt: »Es ist Krebs.«

Sonst erinnere ich mich an nichts.

Ich habe Lungenkrebs. Ich höre Worte sagen wie Metastasen, Neoplasie. Ich habe nie geraucht. Nie Drogen genommen. Wenig getrunken. Vorwiegend Cocktails, gelegentlich Whisky nach dem Abendessen. Eigentlich hätte ich Leberkrebs haben müssen. Vor Jahren sagte mir Myriam Levi immer wieder: »Du wirst dir noch verdammte Probleme mit der Leber einhandeln.« Myriam Levi war der einzige Mensch, der gemerkt hatte, daß ich trank. Jetzt aber habe ich Lungenkrebs. Ist daran vielleicht die einzige Zigarette schuld, die ich einfach so zum Spaß vor langer Zeit geraucht habe? Wie lange ist das her? Ich war siebenundzwanzig oder achtundzwanzig. Ich war gerade erst in den Staaten angekommen. An diesem Abend war ich bei Susan und Steve Serrano zum Essen. Viele Menschen waren dort, an diesem Abend. Der einzige, der nicht rauchte, war ich. Und weil alle darauf bestanden, zündete auch ich mir eine Zigarette an. Ich atmete in einem langen Zug ein. Der Rauch drang durch den Mund und die Nase ein und wieder aus.

Sonst erinnere ich mich an nichts.

Ich habe Myriam Levi einen Brief geschrieben. Ich wollte nur schreiben: »Liebe Myriam Levi, ich habe Lungenkrebs. Der Arzt sagt, daß ich nur noch ein paar Monate zu leben habe. Daher will ich Dir einen Gruß schicken und Abschied nehmen. Bleib bei guter Gesundheit.« Statt dessen habe ich einen langen, unendlich langen Brief geschrieben. Ich habe ihr vieles erzählt, was die letzten Jahre anging. Wir haben uns schon eine ganze Weile nicht mehr gesehen. Ich habe ihr viele Fragen gestellt: ob sie endlich geheiratet habe, ob sie wieder zu arbeiten angefangen habe, ob sie ein glückliches Leben führe. Ich habe sie auch nach ihrem Freund, dem italienischen Arzt, gefragt: ich habe sie gefragt, ob sie in brieflicher Verbindung ständen und was aus ihm geworden sei. Der Brief hatte einen leicht sentimentalen und wehmütigen Ton. Im allgemeinen finde ich sentimentale und wehmütige Töne peinlich. Sentimental und wehmütig sein, ist, glaube ich, etwas typisch Amerikanisches. Vielleicht bin ja auch ich nach so vielen Jahren in diesem Land ein bißchen sentimental und wehmütig geworden.

Das war, was ich David oft vorgeworfen habe. Ich sagte ihm, daß das Sentimentale ihn daran hindere, auf den Grund seiner Arbeit zu gelangen. Er wolle die Dinge so photographieren, wie sie waren, sagte er. Aber ich sagte, daß er die Gefühle, die er für die Dinge habe, photographiere. Dann antwortete er wieder irgend etwas, und so entstanden endlose Diskussionen.

Ich habe den Brief an Myriam Levi nicht abgeschickt und sonst erinnere ich mich an nichts.

»Heb den Arm, ganz langsam.«
»Nein, nicht hier. Hier spüre ich nichts.«
»Sieh nach oben, zur Decke.«
»Das kann ich nicht, es brennt.«
»Nur eine Sekunde... so.«
»Verdammt, ist das furchtbar.«
»Ist nichts weiter, keine Klagen. Halt jetzt den Atem an.«
»...«

Nachts schlafe ich wenig. Oft wache ich mit dem Eindruck auf, ein ungeheueres Gewicht in der Mitte der Brust zu haben. Ich spüre, daß ich keine Luft bekomme, daß mir der Atem stockt. Dann wache ich auf. Ich denke: »Ich werde sterben«, trotzdem glaube ich nicht daran. Ich starre ins Dunkel. Ich starre Stunde um Stunde ins Dunkel. Ich frage mich, wie lange ich ins Dunkel starren, wann ich tot sein werde. Vielleicht starre ich nur wenige Augenblicke ins Dunkel, sage ich mir. Kaum einen Augenblick, sage ich mir, und dann nichts wie weg, ohne Gedächtnis und ohne Last auf den Schultern, nichts wie weg in eine andere Sphäre, ein anderes Leben. Werde ich ein Tier sein? Ein Holunderstrauch? Oder endlich nichts?

Sonst werde ich mich an nichts erinnern.

Seit ein paar Tagen habe ich leichtes Fieber. Eigentümliche Schmerzen ziehen durch den Körper. Zuweilen kommt es mir vor, als könnte ich die Krankheit im Rücken lokalisieren, dann an den Gelenken, zum Schluß im Kopf oder am Brustbein. Diese Schmerzen sind wie Fliegen, die nicht wissen, wo sie sich niederlassen sollen. Blöde Fliegen. Ihretwegen werde ich früher oder später meine Wohnung verlassen und in ein Krankenhaus gehen müssen. Das wird der traurigste Augenblick sein, glaube ich. Ich werde Myriam Levi schreiben und sie um Beistand bitten. Möglicherweise. Myriam Levi ist einer der wenigen Menschen, die ich in diesem Land einigermaßen gut kenne. Unglücklicherweise wohnt sie in Kalifornien. Aber ich bin sicher, daß sie kommt, wenn ich ihr schreibe, sie solle doch kommen. Ich werde sie in den allerletzten Tagen brauchen. Sie wird mir ihre Hilfe nicht versagen. Sie wird neben mir sitzen, mich reichlich mit Süßem und anderem amerikanischen Schweinskram versehen, und meinem Tod beiwohnen. Wir werden uns nichts sagen. Ich werde hören, wie sie knabbert, schluckt und wiederkäut. Und diese Geräusche werden mich sanft in den Schlaf wiegen. Ich denke oft an ihn, an diesen langen Schlaf. Ich kann nicht anders. Er kommt mir vor wie die kleine Geschichte vom Klang, der vom Klatschen einer Hand hervorgebracht wird. Vielleicht wird dieser Schlaf so sein wie der Klang einer Hand. Besagte das die kleine Geschichte?

Ich weiß es nicht. Sonst erinnere ich mich wirklich an nichts.

Ich denke an all die Bücher, die ich lesen möchte und niemals lesen werde. Ich denke an all die Photographien, die nach meinem Tod gemacht werden und die ich niemals sehen werde. Es ist so sonderbar, an all die Dinge zu denken, die nach mir entstehen. Bücher, Photographien, Menschen,

Kriege, Gegenstände. Irgendwie kommt es mir ungerecht vor, daß ich nicht da sein werde, um zu lesen, zu schauen, zu erkennen, zu berühren. Aber irgendwie scheint es mir auch ein Glück zu sein, nichts mehr ertragen zu müssen. Vielleicht fange ich ja schon an, mich an die Vorstellung zu gewöhnen, nicht mehr da zu sein. Nach Ansicht einiger Religionen ist es ein glücklicher Zustand. Wenigstens entgeht man vielen Scherereien. Was ist wohl die Ansicht meiner Mutter dazu gewesen? Und was hat wohl mein Vater über den Tod gedacht? Als ich klein war, sagte er: »Erinnere dich immer daran, wie du heißt, erinnere dich an deinen Namen.«

Jetzt erinnere ich mich an nichts sonst.

»Wo hast du Schmerzen?«

»Hier.«

»Was spürst du, wenn ich drücke?«

»Schmerzen. Ich habe Schmerzen.«

»Zeig mal deine Zunge. So. Halt jetzt den Atem an, halt ihn an.«

»...«

Ich war vielleicht zehn oder zwölf. Vor kurzem waren wir aus dem Süden umgezogen. Wir wohnten im Viertel von Shinagawa. Drei Zimmer im ersten Stock eines häßlichen, grauen Gebäudes. Mein Vater arbeitete immer, meine Mutter fast immer. Beide sah ich sehr wenig. Ich verbrachte die meiste Zeit mit meinem Bruder Shiro. Er war größer und auch älter als ich, aber ich war schneller als er. Wir waren arm. Unser Zuhause war arm und traurig, wie der Gesichtsausdruck meiner Mutter. Shiro wollte General werden, bei mir wußte ich es noch nicht. Am Ende hat er in einem großen Kaufhaus gearbeitet.

Zu dieser Zeit hat, glaube ich, meine Besessenheit angefangen. Ich haßte meine Familie, mein Zuhause, mein Land. Mein Vater hatte die Mentalität eines Verlierers. Er war ein Besiegter, wie Japan im letzten Krieg besiegt worden war. Unsere Wohnung kam mir jeden Tag kleiner und erdrückender vor. Ich sprach mit niemandem. Auch die Nachbarn waren unausstehlich. Ich gab mich sonderbaren Träumen hin. Ich träumte, ich müsse mich auf die Reise machen und weit wegfahren, ganz weit weg von all dem Elend, das mich umgab. Als Kind war ich nicht schön. Möglicherweise verschärfte dies das Gefühl der Trennung zwischen mir und der Welt. Shiro hingegen war schön, das sagten alle. Ich betrachtete die kleinen Mädchen in unserem Viertel mit Verachtung. Ich betrachtete alle mit Verachtung. So hatte ich eines Tages einen Versuch unternommen. Ich versuchte, die Hauptstraße in unserem Viertel hinunterzugehen, um zu sehen, bis wohin ich kommen würde, ohne mich umzudrehen. Ich durfte mich weder umdrehen, noch den Blick auf irgend etwas heften. Das gelang mir nur für wenige Meter.

Wenn ich jetzt daran zurückdenke, scheint mir das Leben nur darin zu liegen: versuchen, von Zuhause wegzugehen, ohne sich jemals umzudrehen. Jeden Tag verwandte ich auf diese Übung zwei Stunden. Während ich durch die Straßen meines Viertels ging, wobei ich mich jedes Mal ein bißchen mehr entfernte, redete ich mit mir. Ich weiß nicht, ob ich im Geiste mit mir redete oder ob ich wirklich flüsterte. Aber ich erinnere mich, daß ich in meiner Phantasie durch die Straßen großer Städte wie Hong Kong, New York oder Paris spazierenging. Je weiter sie weg und abgelegen waren, um so schöner kamen mir die Städte vor. Abends, zu Hause, war ich erschöpft.

Ich weiß nicht, wann ich den Entschluß gefaßt habe, wirklich und endgültig von Zuhause, von Japan wegzugehen. Vielleicht war es nach dem Tod meines Vaters. Shiro brachte mich zum Zug. Er wußte, glaube ich, daß ich nicht mehr zurückkommen würde. Im Augenblick der Trennung umarmten wir uns nicht. Er neigte leicht den Kopf. Zum ersten Mal erkannte ich seine Schönheit.

Danach erinnerte ich mich an nichts sonst.

Das Licht sinkt herab. / Die Sasankas blühen. / Nicht atmen.

Sonst erinnere ich mich an nichts.

In den nächsten Tagen werde ich ins Krankenhaus gehen. Mein Zustand verschlechtert sich. Der Arzt sagt, es wäre besser, wenn ich ins Krankenhaus ginge. Das wird ein Vermögen kosten, ich habe keine gute Versicherung. Ich werde endlich Myriam Levi schreiben müssen. Ich erkläre ihr die Lage. Ich hoffe, sie kann mich besuchen kommen.

Ich denke oft an David. Ich denke an ein langes Gespräch, vor langer Zeit, in Tunesien. Wir waren auf dem Chott el Djerid unterwegs. David wollte zur Photographie zurückkehren, mit der Welt der Mode abschließen. An diesem Tag bemerkte ich, wie viel Angst er vor dem Tod hatte, ohne den eigentlichen Grund dafür zu begreifen. Ich wußte nichts von seiner Krankheit. David hatte zu niemandem ein Wort gesagt, bis zum Ende. Eines Tages erfuhr ich, daß er nicht mehr lebte. Er war, wer weiß warum, nach Tokio gefahren. Ich erinnere mich, daß ich dachte, es wäre eine heimliche Huldigung an unsere alte Freundschaft. Oder vielleicht an unser Gespräch am Chott el Djerid. Es handelte sich um ein Bekenntnis, glaube ich, aber damals verstand ich das nicht. Es ist traurig, wenn man weiß, daß ein Freund einmal den Mut hatte, dir die Wahrheit zu sagen, und du hast ihn nicht verstanden. Auch ich habe jetzt Angst. Angst ist ein leichtes und liebevolles Gefühl. Sie ist ein Balsam, ein Seufzer.

An nichts erinnern.

»Auf die linke Seite.«

»So?«

»Die Brust muß aufliegen.«

»So?«

»Bleiben Sie jetzt still liegen. Heben Sie den Kopf.«
»Noch immer still liegen bleiben?«
»Ganz ruhig. Nicht mehr atmen.«
»...«

Mein Leben ist von der Obsession zu reisen beherrscht gewesen. Oder besser, von der Obsession der Entfernung. Entfernung von der Familie, von Japan, von der Sprache. Je weiter ich weg war, um so freier habe ich mich gefühlt, frei, ich selbst zu sein. Trotzdem versteckte sich hinter meinem Leben kein Geheimnis: es war ein ziemlich normales Leben. Ich habe nicht geheiratet, ich habe keine Kinder gehabt: aber nur, weil die Arbeit ein häusliches, familiäres Leben verhinderte. Zu einem gewissen Zeitpunkt war David meine Familie. Er war jünger als ich und deshalb dachte ich, daß er mein Kontinuum sei.

Das einzige Mal, als ich nach Japan zurückgekehrt bin, als auch meine Mutter gestorben war, habe ich Shiro getroffen. Er war immer noch sehr schön, sehr elegant. Wir haben nicht lange miteinander gesprochen. Nur wenige Sätze. Es wehte ein lästiger Wind, der die Gespräche forttragen schien. Er hat mir den jungen Freund vorgestellt, mit dem er zusammenlebt. Ich fühlte Unbehagen und Zärtlichkeit.

Sonst erinnere ich mich an nichts.

Unruhe. Die Zweige der Ahornbäume bewegen sich still. Kalte Luft, gläsern. In der Ferne eine Sirene. Ich kann nicht schlafen und möchte es doch so gerne. Ständig bewegen sich die Beine unter den Laken. Jetzt scheint alles so weit weg. Die Zeit, der Raum. Alles so weit weg. Wo sind die unbeschwerten Tage? Sie kehren nie wieder, die unbeschwerten Tage.

Sie kehren nicht wieder, und sonst erinnere ich mich an nichts.

»Guten Tag«, hat Myriam Levi gesagt, als sie die Türe aufriß. Ich habe sie angestarrt und den Kopf geneigt. Sie kam mir schlanker vor. Sie sieht gut aus. Schlank steht ihr besser. Sie redet nicht viel, aber man merkt, daß ein gutes Licht um sie ist. Für ein paar Minuten hat sie mit Ärzten und Krankenpflegern gesprochen. Sie wollte, daß für sie eine Liege in mein Zimmer gestellt wird, gleich unter das Fenster. Wenn ich jetzt morgens aufwache, sehe ich die Ahornbäume und Myriam Levis Körper mit einem einzigen Blick. David hätte gewußt, welche Einstellung dafür in Frage kommt.

Mich von Zuhause entfernend, bin ich hier angekommen. Ich denke jeden Morgen daran, wenn ich aufwache. Hier, im Anblick eines anderen Ozeans und mit einer ursprünglich aus Italien stammenden Frau, die über das bißchen Leben wacht, das noch verbleibt. Seltsames, sonderbares Glück.

Sonst erinnere ich mich an nichts.

Die Ärzte stellen keine Fragen mehr. Sie lassen mich in Ruhe. Darüber bin ich glücklich. Endlich kann ich ganze Tage an der Seite von Myriam Levi verbringen, ohne mich hierhin oder dorthin begeben zu müssen. Mit ihr rede ich gern. Wir haben von David gesprochen, über die gemeinsame Arbeit, die vielen Reisen durch die Welt. Bisweilen würde ich sie gerne nach ihrem italienischen Arzt fragen, den sie auf Djerba kennengelernt hatte, aber es kommt mir indiskret vor. So warte ich, bis sie schließlich über ihn spricht. Myriam Levi ist eine außergewöhnlich liebenswürdige und reservierte Frau, auch wenn sie mit hoher Stimme schwadroniert, auch wenn sie gestikuliert. Ich glaube, sie macht eine Diät. Ich habe sie nämlich noch nicht mit einer Tafel Schokolade, einem Eis oder Plätzchen in der Hand gesehen. Sie ißt zur selben Zeit wie ich, und für den übrigen Tag hält sie sich von Nahrung fern. Das ist fast ein Wunder.

Mein Körper ist längst eine Ruine, trotzdem spüre ich in ihm noch das Kribbeln der Vitalität. Der Verstand ist mit Bildern und Empfindungen übervoll. Mühsam, Ordnung in dieses Chaos zu bringen. Tag für Tag nehme ich gemeinsam mit Myriam Levi ein Bild oder eine Empfindung wahr, schaue genau hin und lege dann alles weg. Ich vergesse, mit großer Sorgfalt. Ich muß mich um ein bißchen Platz kümmern für das, was kommen wird. Mitunter tut es mir leid, wenn ich zulasse, daß sich einiges in Luft auflöst: die Gesichtszüge meiner Mutter, die von Shiro, mein Name, Wörter wie »Obulus« oder »albern«, die Straßen von Shinagawa. Es tut mir leid, daß sie mich verlassen.

Aber sonst kann ich mich an nichts erinnern.

Gute Laune. Die Energie kreist frei. Heute morgen hat es stark geregnet. Es sah aus, als wollten die Zweige der Ahornbäume unter dem Regen zerbrechen. Ich habe zu Myriam Levi hinübergesehen, und sie ist mir etwas unscharf vorgekommen. Nach draußen deutend, sagte ich: »Wie bewundernswert ist der, der nicht denkt: ›Das Leben flieht dahin‹, wenn er einen Blitz sieht.«

Myriam Levi sah verlegen aus. Vielleicht habe ich, ohne es zu merken, japanisch geredet. Oder vielleicht hatte sie gerade gedacht, daß das Leben dahinflieht.

Sonst erinnere ich mich an nichts.

18 Exil

Der Traum war immer der gleiche. Identisch, obsessiv und doch immer wieder überraschend. Das große weiße Blatt, das hin und her wogte und sich blähte wie ein Schweißtuch… diese unbekannte und völlig sinnlose Handschrift… die Buchstaben schienen unter dem Blick wegzugleiten… Auch wenn er tief im Schlaf lag, erinnerte sich Blasi vollkommen an die Male, wo er eben diesen Traum schon geträumt hatte. Und auch jetzt hatte er den Eindruck, die Worte nicht zu sehen, die sich nach und nach unter den Augenlidern bildeten, sondern sich vielmehr an sie zu erinnern, sie wie Fundstücke einer anderen Existenz wiederzufinden.

Blasi las: »Fleischfasern: nicht vorhanden… Stärke: wenige nicht verdaute Körner… Pflanzliche Rückstände: zahlreich… Pathogene Parasiten: nicht vorhanden… Eingeweidewürmer: zahlreiche Bandwurmeier vorhanden…« Auf dem großen Blatt-Bettuch stand sonst nichts weiter geschrieben.

Blasi stand langsam aus dem Bett auf. Der Rücken schmerzte, die Knochen schmerzten. Der ganze Körper tat durch das Aufwachen weh. An diesem Tag hatte er keine Lust zu schwimmen, auch nicht, die Diät einzuhalten, die er gerade erst gemeinsam mit Myriam Levi begonnen hatte. Sein Körper brauchte keine Diät, sagte sich Blasi, auch das Schwimmen nicht und überhaupt, er brauchte nichts, nur Stille, Bewegungslosigkeit und Einsamkeit. Fast entfuhr Blasi ein Lachen, als er daran dachte, daß das, was er sich wünschte, im Grunde eine Art umsichtiger Tod war.

Aus dem großen Schrank, der eine ganze Wand des Bungalows einnahm, holte er die Kleidungsstücke hervor, die er an diesem Morgen anziehen wollte. Er überging das dunkelblaue Leinenjackett, weil es einen Riß hatte, der genäht werden mußte. Er kontrollierte die roten Lederschuhe: aber die waren von Schlamm und Sand verschmutzt. Er mußte daran denken, sie früher oder später zu putzen. Im Koffer suchte er nach einem alten Photo von Dina: das hatte er immer bei sich, auch wenn es schon Jahrhunderte her war, daß er es zum letzten Mal angesehen hatte. Mit der Zeit hatte Blasi die Gewohnheit entwickelt, es überall mit hinzunehmen, doch aufgrund irgendeines Aberglaubens, der ihm selbst dunkel blieb, schaute er es lieber nicht an. Auf diesem Photo posierte Dina auf dem Balkon des Schlafzimmers ihrer ersten Wohnung, in der sie gemeinsam wohnten. Ein warmes, klares Licht umhüllt den Oberkörper der Frau. Hinter ihr eine laue Landschaft, etwas frühlingshaft Heiteres. Dennoch: im Blick, auf den Boden gerichtet, liegt ein Schatten von Wehmut, die Spur eines verborgen gehaltenen, verstummten Leides. Es war das erste Mal, daß Blasi diesen Zug im Gesicht seiner Frau entdeckte. Er war nicht überrascht. Er hatte ihn zwar nie bemerkt, aber er wußte mit ruhiger Traurigkeit, daß gerade dieser Ausdruck von Leid und Würde der Schlüssel zu ihrer beider Liebe gewesen war. Er legte das Photo wieder in den Koffer und betrachtete sich im Spiegel. Es kam ihm vor, als hätte sich der leere, wehmütige Gesichtsausdruck seiner Frau wie ein Parasit in seine Augen geheftet.

Er bereitete sich darauf vor, das Zimmer zu verlassen, um zum Frühstück zu gehen. Ein Augenblick, den er im allgemeinen mochte. Der gerade rasierte Bart, die Frische seines bevorzugten Lavendelwassers, der kurze Spaziergang am Ufer des Meeres, bevor er zum großen Restaurantraum gelangte, und der Duft des warmen Brotes mit Butter und Orangenmarmelade, die gedämpften Geräusche des Geschirrs, das alles gab Blasi Tag für Tag ein Empfinden von Freude. Ein Empfinden, das an besonders glücklichen Tagen bis abends anhielt und ihn sogar vergessen ließ, daß Dina nicht mehr da war. Außerdem hatte in der letzten Zeit die Bekanntschaft mit Myriam Levi dieses Gefühl von Leichtigkeit und Fülle der Existenz nur noch verstärkt.

Schon früh morgens war es glühend heiß. Blasi beeilte sich am Strand. Zu dieser Stunde sah man noch niemanden: alles ruhig und still. Das Licht war weiß, milchig. Blasi blickte umher: er befand sich genau an der Stelle, an der er Fabre wenige Stunden vor seinem Tod zurückgelassen hatte. Sie hatten lange miteinander geredet an jenem Abend, als sie am Strand entlanggingen. Oder besser: er war es vor allem, Blasi, der geredet und geredet hatte, weil der andere, Fabre, verstummt war, benommen von seinem Schmerz. Als er sich nun an das Gefühl von Angst und Trostlosigkeit erinnerte, das der Professor ihm an jenem unheilvollen Abend vermittelt hatte, konnte Blasi nicht umhin, sich ebenfalls trostlos zu fühlen, unvorstellbar trostlos. Im Nu sah er den traurigen, stummen Ausdruck Dinas wieder, und es kam ihm vor, als würde etwas Verzweifeltes und Unwiderrufliches sie an Fabre binden und vielleicht auch an den sardischen Jungen, der vor vielen Jahren verschollen war. Wahrscheinlich handelte es sich nur um wenige Minuten, doch in dieser kurzen Zeit fühlte Blasi sein ganzes Unglück wie einen seit viel zu langer Zeit gestützten Felsblock. Er hätte Gott weiß was dafür gegeben, wenn er dieses unerträgliche Gewicht nur für einen Augenblick irgendwo hätte ablegen können.

Ben Sedrani sah aus, als wäre er auf dem Stuhl eingeschlafen. Die ganze Nacht über hatte er Munir und Kacem verhört. Ungefähr zehnmal hatte er dieselben Fragen wiederholt. Auch die Backpfeifen hatten sich wiederholt. Nach anfänglichem Widerstand hatten die beiden Jungen nachgegeben: sie hatten Fabre in der Nacht des 22. Julis ausgeraubt. Aber sie behaupteten hartnäckig, daß sie den Professor gefunden hätten, als er schon tot war und wie ein weggeworfener Sack auf dem Strand der Séguia lag. Ein paar Stunden zuvor waren sie bis zum Hotel hinter ihm her gegangen, dann hatten sie auf ihn gewartet, weil Fabre auf seinem Heimweg sicher gern ein bißchen Gesellschaft hatte haben wollen. Und sie hatten gegen ein kleines Geldgeschenk nichts einzuwenden. Und tatsächlich, so hatten die beiden Jungen ausgesagt, war der Professor wieder am Strand aufgetaucht, doch wesentlich später. Und nicht allein. Bei ihm war ein verhältnismäßig kleiner Mann. Die beiden schlenderten über den Strand und unterhielten sich lebhaft. Sie gingen auf und ab, hatten die Jungen ausgesagt, und vor allem der Unbekannte redete und redete. Fabre schien allen diesen Worten ausweichen zu wollen. Er ging schnell, dann kehrte er wieder zurück, während der andere sich hinter ihm her schleppte, gleichzeitig aber nicht aufhörte, laut zu quasseln. Die beiden Jungen hatten nicht die blasseste Ahnung, worüber Fabre und der Unbekannte sich unterhielten.

Am Strand sah man niemanden sonst. Die Nacht war ruhig und lau. Der Wind hatte sich schon seit einer Weile gelegt und das Meer wirkte vollkommen glatt. Plötzlich hatte der Unbekannte nach dem, was die Jungen erzählten, nach einer kurzen Pause der Stille wieder zu reden angefangen. In seinem Ton lag etwas Drohendes. Fabre war wie aufgewacht. Er hatte seinerseits sehr aggressiv geantwortet. Zwischen den beiden kam es zu einem Handgemenge. Wenige Meter entfernt, konnten Munir und Kacem nur den stöhnenden Atem der beiden und ein paar abgehackte Wörter hören. Aus Angst hatten sich die beiden Jungen entfernt. Nach ungefähr einer Stunde, vielleicht auch etwas später – sie besaßen keine Uhr, konnten daher auch keine genauen Zeitangaben machen –, waren sie zurückgekehrt. Da sahen sie den Körper des Professors zusammengekrümmt daliegen, wie einen Haufen Lumpen. Zuerst dachte Munir, der Mann würde schlafen. Daher hatte er ein paar Mal mit einem Stück Holz auf ihn eingeschlagen, das er kurz vorher am Strand gefunden hatte, um ihn in aller Ruhe ausrauben zu können. Doch kaum hatte er den ersten Schlag versetzt, rollte Fabres Körper um sich selbst. Offenkundig war der Professor bereits tot. Instinktiv war Munir und Kacem der Unbekannte in den Sinn gekommen, den sie in seiner Begleitung gesehen hatten. Dann, ohne Zeit zu verlieren, hatten sie das Portemonnaie des Toten an sich genommen und waren in Richtung Midoun weggelaufen.

Ben Sedrani döste auf dem Stuhl in seinem Büro weiter vor sich hin. Munir und Kacem schienen den Atem anzuhalten, um nicht zu stören. Der Kommandant konnte sich mit der Situation zufrieden und zugleich besorgt zeigen. Zufrieden, weil die beiden Jungen ihm eine Reihe interessanter Indizien geliefert hatten; besorgt wegen der Vorstellung, noch einmal eine Ermittlung unter den Hotelgästen durchführen zu müssen. Ben Sedrani war glücklich, Landsleute von sich entlasten zu können, doch gleichzeitig verhehlte er sich die Schwierigkeiten nicht, die bei den Ausländern auf ihn zukamen. Von jetzt an würde es unumgänglich sein, größte Vorsicht walten zu lassen. Besser also, auf Distanz zu Doktor Ghorbal zu gehen, einem Mann von unkontrollierter Impulsivität und Leidenschaft, und ganz auf Salah zu vertrauen. Der Junge für alles im Hotel hatte sich bisher als schlau und diskret erwiesen. Dank seiner war er auf Munir und Kacem gestoßen. Salah war es gelungen, sie zum Reden zu bringen, indem er sich mit ihnen abends zuvor hatte vollaufen lassen. Nicht daß Munir und Kacem irgend etwas gestanden hätten. Sie hatten zwischen einem Schluck Kélibia-Weißen und dem nächsten lediglich zugegeben, daß sie kurze Zeit vorher ein prallvolles Portemonnaie mit Dinaren und französischen Francs gefunden hätten: genug, daß Salah den Kommandanten informierte. Der Junge glaubte, er hätte die Schuldigen an dem Mord von Fabre gefunden.

Der Kommandant der Gendarmerie räkelte sich geräuschvoll. Während er auf diesem unbequemen Eisenstuhl vor sich hin gedöst hatte, hatte er einen grundlegenden Plan entwickelt. Er wollte Munir und Kacem in Haft behalten und natürlich – ohne dies zu bestätigen oder zu dementieren – herumerzählen lassen, daß die Mörder des Professors gefunden worden seien. Salah würde sehr tüchtig sein, diese Mitteilung unter den Hotelgästen so zu verbreiten, als würde es sich um etwas absolut Vertrauliches handeln. In der Zwischenzeit würden Dolto und die Leiche des Professors, wie vorgesehen, in Richtung Tunis abgereist sein: und das würde den Mörder noch mehr beruhigen. Das wäre der Augenblick, wo Ben Sedrani eine neue Runde von augenscheinlich informellen Gesprächen in die Wege leiten würde. Seine Aufgabe war nach der Zeugenaussage von Munir und Kacem unendlich viel einfacher: jetzt ging es darum, den verhältnismäßig kleinen untersetzten Mann zu finden, womit der Kreis der Verdächtigen noch einmal eingeschränkt würde. Außerdem wollte er, daß die beiden Jungen bei den Unterhaltungen anwesend sein sollten, ohne ihre Identität preiszugeben: Munir und Kacem würden so tun, als wären sie zwei junge Bewerber für den Polizeidienst.

Ben Sedrani gähnte langsam und pompös. Die Jungen starrten ihn verstört an. Er gönnte ihnen ein katzenhaftes Lächeln.

Was war nur mit Professor Fabre los? Blasi hatte sich das mehrmals am Abend des 22. Julis gefragt. Obwohl Fabre untadelig angezogen war, dunkelblauer Anzug und Krawatte, sah er fürchterlich aus: er war abgemagert, blaß, heruntergekommen. Es handelte sich nicht nur um schlechte Verdauung. Mit Sicherheit hatte der Professor angefangen zu trinken, hatte Blasi sich gesagt, und seine Mahlzeiten mußten unregelmäßig geworden sein. Aber auch das reichte nicht aus, seine fahle Gesichtsfarbe zu erklären.

Fabre war unruhig, nervös wie ein Mensch, der sich schuldig fühlt. Er verdrehte die Hände, blickte verstohlen um sich, es war, als hätte sich alles gegen ihn verschworen. Als Philippe aufgetaucht war – dem Arzt war das nicht entgangen –, war Fabre bleich geworden. Blasi hatte sogar den Eindruck gehabt, Fabre würde ohnmächtig. Da hatte er verstanden. Fabre mußte sich in den Sohn von Madame Lebrun verliebt haben. Vielleicht weil er selbst Opfer eines gleichartigen Gefühlssturms wegen Myriam Levi war, hatte er sich auf schmerzhafte Weise mit Fabre solidarisch gefühlt. Und diese stumme Solidarität hatte dazu geführt, daß der Professor sich den ganzen Abend über an ihn geklammert hatte. Lange saßen sie an einem Tisch des arabischen Cafés. Wenige Schritte von ihnen entfernt schien Philippe in seine eigene Jugend versunken: er war fern und unzugänglich wie ein schwarzes Loch. Fabre verschlang ihn mit den Augen. Blasi versuchte, den Professor abzulenken. Er redete über natürliche Diäten, alternative Ernährung, Kräuter und Vitamine. Er verbreitete sich über den Ernährungsauswuchs der entwickelten Völker, über einige inzwischen anzutreffende Formen der Freßsucht und über die Notwendigkeit für die meisten Menschen der westlichen Welt, leichter zu werden. Er erwähnte auch sein Interesse für Myriam Levi. Der Professor nickte mechanisch. Das einzige, was ihn wirklich interessierte, war Philippe, sein geschwungener Körper.

Der Junge ging mit anderen zur Hotel-Disko. Fabre schien schlagartig um zehn, zwanzig Jahre zu altern. Sein Gesicht verblühte, sein Blick erlosch. Blasi empfand aufrichtiges Mitgefühl für ihn. Er hätte ihm gerne helfen, etwas für ihn tun wollen. Er preschte vor: »Hätten Sie nicht Lust, auch ein bißchen herumzuhopsen?« Seine eigene Leidenschaft für Myriam Levi vergessend, auch seinen Wunsch, eine Weile in ihrer Gesellschaft zu verbringen, stand der Arzt vom Tisch des arabischen Cafés auf, bereit, den Abend an der Seite des bedauernswerten Fabre zu verbringen.

Der Professor blickte ihn einen Augenblick mit aller Dankbarkeit, zu der er fähig war, fest an.

Blasi empfand die Lautstärke der Musik gleich als ungeheuer stark. Er machte Oku ein Zeichen, der ganz alleine für sich auf einem Barhocker am anderen Ende des Lokals zusammengekauert saß, und suchte selbst eine geschützte Ecke, wo er sich hinsetzen konnte. Fabre, der kurz zuvor eine Handvoll Tabletten mit einem türkischen Kaffee hinuntergeschluckt hatte, bestellte sofort einen Whisky. Blasi bat um ein Tonic-Wasser.

Philippe tanzte mitten in einer Gruppe von Jungen und Mädchen. Das Licht rahmte ihn bisweilen wie ein zweidimensionales Schwarz-Weiß-Bild ein. Er hatte bemerkt, daß Blasi und Fabre ankamen. Vor allem die Anwesenheit Fabres hatte ihm ein dunkles Gefühl von Zurschaustellung seiner selbst, von Theatralität vermittelt. Philippe fühlte sich ganz gegen seine Absicht wie ein Schauspieler, der sich bewußt ist, eine Schmierenrolle in einem Schmierenstück zu spielen.

Fabre trank noch zwei Gläser Whisky. Blasi beobachtete ihn voller Sorge. Jeden Augenblick, dachte er, würde die tödliche Mischung von Alkohol und wer weiß, was sonst noch (er hatte den Professor gefragt, was für Tabletten er da eingenommen habe, doch der hatte ausweichend geantwortet), ihre Wirkung zeigen. Der Arzt gab sich, trotz der späten Stunde und der Müdigkeit, die in Form einer diffusen Benommenheit auftrat, alle Mühe, bei klarem Verstand und umsichtig zu bleiben, damit er notfalls gleich helfen konnte. Während er weiterhin über dieses und jenes redete, um den Professor zu beschäftigen, konnte er es nicht verhindern, daß er selbst von einem unendlichen, ununterdrückbaren Gefühl der Niederlage und der Verstörung heimgesucht wurde. Vielleicht empfand er sich, nicht anders als Fabre, alt und müde, auch wenn auf dem Grund, in irgendeinem längst vergessenen Bereich seiner selbst, der junge Mann überlebte, der viele Jahre zuvor Dina kennengelernt und geliebt hatte. Es war dieses Fossil, dieses Relikt einer anderen Identität, das jetzt so weh tat.

Blasi erinnerte sich aus irgendeinem Grund an einen weit zurückliegenden Morgen. Der Krieg war kurz zuvor zu Ende gegangen, kurz zuvor war er wie ein Gespenst von der Front in Afrika zurückgekehrt. Es war fast Morgen, und Dina schlief noch. Er war aufgestanden und versuchte wie gewöhnlich, kein Geräusch zu machen: er mochte es, wenn Dina sich noch ein bißchen im Bett räkelte, nachdem er schon gegangen war. An diesem Morgen hatte Blasi auf sein Leben geschaut wie auf ein offenes Feld zukünftigen Glücks. Er hatte sich eine ruhige, unbeschwerte Existenz voller Kinder und Zärtlichkeit vorgestellt. Er hatte sich ein einfaches, vollkommenes Leben und ein stilles Alter an der Seite seiner Frau ausgemalt. Ein Alter aus wenigen Gesten, fast nur aus Blicken.

Blasi starrte auf sein Glas Tonic. Fabre nickte, an diesem Abend nickte er nur. Für einen Augenblick befürchtete Blasi, er könne seine Erinnerungen laut ausgesprochen haben. Ungewollt stand er plötzlich auf. Er versuchte, auf die Türe zu deuten, dann schrie er dem Professor etwas zu: er müsse diesen absurden Ort verlassen. Fabre folgte ihm nach draußen, wie man einer Verurteilung folgt.

19 Anmerkungen über die Scham

Aus den Notizheften von David Pradine, Jiyugaoka 1 17 13, Meguro-Ku, Tokio, Japan:

»Wer sich erinnern will, darf nicht still stehen und warten, bis die Erinnerungen von alleine zu ihm kommen! Die Erinnerungen haben sich in der weiten Welt verloren, und man muß reisen, um sie wiederzufinden und sie aus ihren Verstecken zu locken.« Milan Kundera

»Wie sehr fehlt ein Mensch doch gegen sich selbst, / Wenn er das Bedürfnis empfindet, viel zu besitzen.«
Sen no Rikyu

»Wollen wir zur Süße der Nuß gelangen, ist es notwendig, zuerst die äußere grüne und dann die innere harte Schale zu entfernen, damit man so zum Nußkern vordringt.«
Gioacchino da Fiore

Mein Vater war Katholik. Meine Mutter Jüdin. Sie praktizierten ihren Glauben nicht. Sie waren nicht ungläubig. Sie hatten so etwas wie eine ironische Distanz zu ihren jeweiligen Glaubensformen. Sie feierten Weihnachten und Pessach, allerdings nur so ungefähr. Alles wurde mit einem etwas feierlicheren und üppigeren Abendessen begangen, das vom Nörgeln meiner Mutter begleitet wurde, daß sie alles alleine habe machen müssen. Als Kind mochte ich die Festtagsstimmung. Vor allem zu Weihnachten. Ich mochte die Kälte, die Leute, die herumrannten, um Einkäufe zu machen, ich mochte die Geschenke. Es kam mir vor, als wäre damals alles besser gewesen. Die Menschen kamen mir gütiger vor, ich stellte mir vor, daß auch ich so war.

Ich ging auf die Straße und dachte, daß mich alle grüßen würden, und auch ich grüßte alle. Ich phantasierte mir etwas von einer Welt vor, in der sich alle kannten und alle freundliche Gedanken austauschten, eine Fülle von Grüßen und Wünschen. Noch heute werde ich von dieser Vorstellung erfaßt, wenn Weihnachten kommt. Und jedesmal endet es damit, daß ich innerlich tief berührt bin: ich weiß nicht mehr, ob wegen seiner Bedeutung oder wegen der Erinnerungen, die man mit sich trägt.

»Wenn man in seinem Körper und in seinem Geist alleine ist, braucht man Einsamkeit, und die Einsamkeit bringt weitere Einsamkeit hervor.« Francis Scott Fitzgerald

Ich habe Mark nie mehr wiedergesehen. Von Kreta aus kehrte ich in die Vereinigten Staaten zurück und für eine ganze Zeit tat ich nichts anderes als arbeiten und Geld anhäufen. Ich beschäftigte mich vor allem mit Modephotographie. Oku arbeitete mit mir zusammen. Ich hatte ihn einige Zeit zuvor während meiner Reise durch Europa kennengelernt. Mit ihm hatte ich ein paar Projekte umgesetzt, die bis heute zu meinen besten Arbeiten gehören. Ich hatte den Eindruck, daß er die neue Richtung negativ beurteilte, aber wahrscheinlich war es mein schlechtes Gewissen, das das vor mir selbst verschwiegene Unwohlsein und Unbehagen auf ihn projizierte. In New York traf ich Myriam wieder, der es finanziell überhaupt nicht gut ging, und ich überredete sie, mit mir zusammenzuarbeiten. Eine Art, seine Seele zu retten, glaube ich. Oku hat dazu nie etwas gesagt.

In dieser Zeit starb meine Mutter. Auch wenn sie sich ihr ganzes Leben lang beklagt hatte, so hatte sie sich doch einer eisernen Gesundheit erfreut. Sie ist im Schlaf gestorben, wahrscheinlich aufgrund eines Gehirnschlags. Bis zum Abend davor war sie noch vollauf tätig, wie immer. Sie war unglücklich gealtert, doch nur in psychischer Hinsicht. Eigentlich hatte sie die Vorstellung des Älterwerdens nicht akzeptiert. Ich erinnere mich an bestimmte Telefongespräche kurz vor ihrem Ableben, in denen sie sich über kleine Gebrechen beklagte, an denen ich hundertmal mehr und weitaus länger litt als sie. Natürlich hatte ich ihr niemals etwas über meinen Gesundheitszustand gesagt: sie hätte daraus eine solche Tragödie gemacht, daß mir alles noch schwerer gefallen wäre. Ein Glück, daß sie vor mir gegangen ist. Jetzt fühle ich mich viel freier, viel unbeschwerter.

Nach Mark haben sich viele viele Geschichten in mein Leben verwoben. Ich habe viele Male geliebt. Doch immer ist es dann so gekommen, daß alles schnell und unumkehrbar zu Ende ging. Mehr noch, von einem bestimmten Augenblick an hatte ich den deutlichen Eindruck, daß gerade die Schnelligkeit das Beherrschende bei jeder Erfahrung war. Du hattest kaum Zeit zu begreifen, was eigentlich vor sich ging, und schon mußtest du woanders hin rasen. Wenn ich jetzt an meine Liebschaften zurückdenke, kommen sie mir wie Verschnaufpausen zwischen zwei Läufen vor. Jetzt fühle ich mich sehr müde. Ich bin nicht einmal mehr in der Lage, die Wohnung zu verlassen. Ich bin kraftlos.

»Das Verlangen ist hier, glühend, ewig: doch Gott ist noch höher, und die emporgereckten Arme erreichen niemals die angebetete Fülle.« Jan Ruysbroeck

Genau über meinem Bett hängt eine Weltkarte aus durchsichtigem Plastik. Eigentlich ist es ein Luftballon. Nur statt länglich zu sein oder herzförmig, ist er rund und ein bißchen eingedellt wie die Erde, und darauf ist der gesamte Atlas gezeichnet. Nicht ich habe ihn aufgeblasen. Ich habe ihn schon aufgeblasen und über dem Bett hängend vorgefunden, als ich diese Wohnung gemietet habe. Ich habe mich lediglich entschlossen, mein Tatami darunter auszubreiten. Manchmal wache ich nachts auf, und im Halbdunkel des Zimmers betrachte ich die reglos und still über mir hängende Erde.

»Gibt es ein größeres Verderben, eine ärgere Blindheit, ein schlimmeres Unglück als die hohe Wertschätzung dessen, was nichts wert ist?« Theresa von Avila

Hundert Jahre schon, daß ich mit dem Photographieren aufgehört habe. Zuerst dachte ich, es wäre nur eine kurze Zeit, gewissermaßen eine Ruhepause. Statt dessen ist ein Jahrhundert vergangen, ohne daß es mir bewußt geworden wäre. Gelegentlich habe ich mit Oku darüber diskutiert. Oder besser: ich habe versucht, es zu tun, doch er hat nichts gesagt. Die letzten Male, wo ich ihn getroffen habe, haben wir gemeinsam geschwiegen, wie zwei alte Eheleute oder zwei Heilige. Wir sahen uns mit schnellen und verlegenen Blicken an und sagten nichts zueinander. Wer weiß, was er dazu sagen würde, daß ich zum Leben ausgerechnet in das Land gekommen bin, aus dem er, vor langer Zeit, geflohen ist. Wahrscheinlich würde er auch in diesem Fall nichts sagen. Er würde schnell und verlegen in die Ferne schauen und nichts sagen. Wie damals, als ich versuchte, über die Photos zu sprechen, die ich aufgehört hatte zu machen, und er stumm geblieben war, als hätte er andeuten wollen, daß es über das Nichts nichts zu sagen gebe.

»Von Liebe voll schmachtete die Seele und schrie.«
Angela da Foligno

Es schneit. Der Schnee fällt ganz langsam vom Himmel. Er ist wie eine Überraschung, stumm und unsicher. Seltsam, ihn so langsam fallen zu sehen. Alles ist so weiß, alles so gleich. Und doch unterscheidet sich die Landschaft durch viele Schattierungen. Ich habe den ganzen Morgen damit zugebracht, jeden Weißton, jeden Grauton festzuhalten. Zum ersten Mal seit unendlich langer Zeit fehlt mir die Photokamera. Ich stelle mir vor, daß ich so viele Photos mache, wie möglich, indem ich die Augen schließe und wieder öffne. Jede Schneeflocke wird festgehalten, jeder Augenblick still und definiert. Für alles gibt es ein Licht. Die Einstellungen folgen aufeinander, unwahrnehmbar voneinander unterschieden.

Irgendwie fühle ich mich glücklich, zufrieden. Mein Körper muß keinerlei Anstrengung auf sich nehmen, um festzuhalten und zu erinnern. Einsam ist er perfekt.

»Für eine gewisse Zeit kam es ihm vor, als sei er sehr glücklich, und in der Erinnerung durchlief er alle Zeitabschnitte, in denen er glücklich gewesen war, in denen ihn das Glück morgens weckte und sich über ihn ergoß wie ein warmer Sturzbach, und dann gab es während des Tages nicht einen Augenblick, der nicht voll und angeschwollen war mit diesem guten Wasser, das so gut war, daß jeder Gedanke davon trank und darin schwamm.«

Natalia Ginzburg

Ich habe versucht zu katalogisieren: bestimmte Vormittage, bei Schulschluß, als ich ungefähr zehn oder elf Jahre alt war und wußte, daß meine Mutter da draußen stand und auf mich wartete; Bills Hände, die Art, wie er sagte: »Da steht einem ja der Schwanz«; meine erste Einzelausstellung, mit all den männlichen Akten, die in einzelne Teile zerstückelt worden waren; die Abendessen mit Myriam in New York; Franks Magerkeit; Okus Schweigen; der Sex mit Maurice; Merks stummer Blick; der Tag, an dem Martin mir beibrachte, die Nase zu putzen, und die Nächte, in denen er schlief und ich, statt zu lesen oder zu arbeiten, ihn anschaute; der Ton von Claudios Stimme, der so traurig war; alle die Male, die Ron mir zugelächelt hat.

Jede glückliche Erinnerung ist mit einem Namen verbunden. Es gibt keinen positiven Augenblick in meinem

Leben, der nicht irgend jemanden einbezieht. Vor vielen Jahren begriff ich durch einen Psychoanalytiker, daß ich ohne jemanden an meiner Seite Angst davor hatte, eine schreckliche Leere in mir zu entdecken. Mit anderen Worten war es das, was auch Oku immer gedacht hatte. Jetzt ist die Leere hier, in diesem Zimmer, und ich trinke davon und schwimme darin.

»Ich bin Der, den ich liebe, und Der, den ich liebe, ist ich, / zwei Geister sind wir, die in einem Körper wohnen.«

al-Hâllaj

Ich habe niemals aufgehört zu lügen. Lügen erzählen, erfinden. Es war meine beherrschende Leidenschaft. Meine Art zu lieben, glaube ich. Eine Form der Scham, letzten Endes. Ich habe nie gelogen, um irgendwelchen Verantwortungen auszuweichen. Im Gegenteil: ich habe immer die Tatsache akzeptiert, daß jeder seine Pflicht mit einer bestimmten Portion Ernsthaftigkeit und auch Resignation erfüllen muß. Lügen war für mich fast so etwas wie eine Höflichkeitsgeste gegenüber dem anderen, ein Zeichen handfester Freundlichkeit. Seit meiner Kindheit hatte ich immer den Eindruck, daß sich jeder auf aggressive Weise, lauthals, mit schierer Kraft herausstellen wollte. Ich dagegen fühlte, daß ich von einem anderen, verschlungeneren, auch zweideutigeren Weg angezogen wurde, der aber auch feiner war. Es war ein Weg, der der Scheuheit, dem unmäßigen Schwitzen, der Notwendigkeit des Schweigens nahe kam. Ich versuchte, um mich zu blicken, genau zu beobachten und dann alles in der Erinnerung zu behalten. So habe ich angefangen zu erfinden: ich mischte echte Erinnerungen mit völlig falschen, und beim Erzählen merkte ich, daß sie alle ganz und gar echt waren. Irgendwann dachte ich, daß nur die Photographie vor einem Übermaß an Lügen retten könne. Ein Photo, sagte ich mir, registriert ausschließlich die Wirklichkeit. Dann entdeckte ich den Standpunkt, das Schwarz-Weiß, die Abstraktion. Am Ende hat sich auch die Photographie als Technik, als Kunstkniff herausgestellt. Jetzt kann ich die beiden Aspekte nicht mehr auseinanderhalten. Möglich, daß die Blindheit zunimmt, doch alles verblaßt und geht ineinander über. Lügen war meine Wahrheit. Die Scham meine Offenbarung.

»Die beiden Augen sind vollständige und vollkommene Kugeln; gleichwohl sehen sie nicht alles und auch nicht alles ringsum, sondern nur zur einen Kugelhälfte, die durch das Licht und die Farben zur Welt hingezogen wird. Zur anderen Hälfte, mit der sie im Kopf befestigt sind und in den Menschen hineinschauen, sind sie blind und unfähig, sowohl Lichtstrahlen aufzufangen als auch einen Eindruck von den Farben zu gewinnen.« Charles de Bovelles

Es gab eine Zeit, da hatte ich Angst, ich könnte mich nicht ausdrücken. Aus genau diesem Grund sammelte ich Worte von Dichtern und Philosophen. Jetzt habe ich jede Form der Angst, der Wut, der Traurigkeit überwunden. Alles kann hingenommen werden. Man muß sich nicht auflehnen, das habe ich begriffen. Wenn etwas geschieht, muß man es nehmen und zu seinem eigenen machen: nicht von sich stoßen, sondern aufnehmen.

Ich möchte Myriam ein letztes Mal wiedersehen. Eigentlich möchte ich ein letztes Mal viele Dinge wiedersehen. Vielleicht fehlt mir am meisten das Licht. Denn ohne Licht kannst du nicht viel tun.

Es schneit noch immer.

»Doch so du etwas von diesem Orte gesehen hast, bist du zu dem geworden, was du gesehen hast.«
Philipp-Evangelium

20 Eins, zwei, eins

Eins

Beim ersten Portrait handelt es sich um ein kleines Ölbild auf Leinwand. Es hat eine Größe von 33 mal 24 Zentimetern. Das Gesicht des dargestellten jungen Mannes ist blaß, durchzogen von einem feinen Netz von Narben. Die Pinselstriche sind kurz und fest. Längs der rechten Wangenhöhlung wirken sie entspannter, weicher, doch gleich konzentrieren sie sich wieder im wilden Rot der Lippen. Am Hals dagegen, sehr verhalten angedeutet, verändert sich der Strich noch einmal, senkrecht, herrisch.

Der junge Mann ist nicht älter als zwanzig. Seine Nase, in einem leicht unproportionierten Verhältnis zum übrigen Gesicht, bewahrt eine Bitterkeit. Möglicherweise sind es die Morbiditäten des jungen Mannes, die hier zum Vorschein kommen. Doch der Mittelpunkt des Portraits liegt in den Augen, in ihrem schrägen und zugleich frontalen Ausdruck. Die Augen des Jungen blicken starr zur rechten Seite des Bildes: es muß sich um einen verstohlenen, schnellen Blick handeln, den der Maler aber unbedingt einfangen, für immer auf Leinwand bannen wollte. Was verbirgt sich in diesem Blick? Eine Unrast, möchte man sagen, irgendeine Furcht. Doch vor allem: Verachtung. Die heimliche Überzeugung, daß es einigen erlaubt ist, die eigene Natur zum Ausdruck zu bringen.

Bei dem jungen Mann erkennt man die Haare nicht: wirr im Dunkel, das den Hintergrund und den Rahmen bildet, erahnt man jedoch ihre fliegende Leichtigkeit. Dagegen tritt das rechte Ohr als kleine, an der Peripherie des Blicks verlorene Geschwulstmasse hervor.

Die Signatur des Künstlers am rechten Rand ist ebenfalls in Öl, doch von einem Gelb, das mit den anderen Farben des Bildes in Kontrast steht. Auf den ersten Blick ist sie unlesbar, verschmiert. Mit ein bißchen Geduld kann man sie entziffern. Man liest: »E. Lebrun«.

Philippe ist seit nunmehr einem Jahr verschollen. Seine letzten Spuren haben sich auf Kreta verloren, an der Nordküste der Insel, unweit von Hagios Nikólaos. Dort ist ein Körper gefunden worden, der als der Körper des jungen Lebrun identifiziert wurde. Seine Mutter ist allerdings der Ansicht gewesen, daß es nicht die Leiche von Philippe war, die im Meer unterhalb eines der hohen Steilfelsen gefunden wurde, die die Straße zwischen Hagios Nikólaos und der Bucht von Istro säumen. Madame Lebrun ist noch immer der Überzeugung, daß ihr Sohn irgendwo versteckt lebt. Verschlossen in einem halsstarrigen, beharrlichen Exil vor ihr und der Welt.

Philippe ist im Juni von Zuhause geflohen, eines Morgens früh (es muß gegen sechs gewesen sein). Er ist geflohen, hinterließ aber einen an die Mutter gerichteten Zettel. Darauf stand: »Wir sehen uns in ein paar Monaten. Mach dir keine Sorgen.« Kein Hinweis auf seine Schwester Sabine.

In der Nacht vor seinem Verschwinden hatte ein Unwetter Mittel- und Südfrankreich heimgesucht. Es hat sich um eisige Luftströmungen gehandelt, die sich vom offenen Atlantik nach Südwesten verlagert hatten. Die Temperatur war schlagartig gefallen. Die ganze Nacht über hatte es geregnet, mitunter auch gehagelt. Die Schäden in der gesamten Region waren beträchtlich. Philippe hatte schlecht geschlafen. Im Schlaf wollte er oftmals schreien, aber er konnte nicht.

Die erste Etappe seiner Flucht war offenbar London. Der junge Mann hatte sich auf die Reise vorbereitet. Während der Wintermonate hatte er gearbeitet und gespart. Vor ein paar Freunden und manchmal auch vor der Schwester hatte er den Wunsch geäußert, London zu besuchen.

Der Grund dafür ist nicht klar. Was klar ist, ist sein Bedürfnis zu fliehen: sich von einer kleinen erdrückenden Welt zu entfernen. Philippe muß sich von Sabine lösen.

Was genau er in London gemacht hat und wie er dorthin gekommen ist, ist nicht bekannt. Bekannt ist, daß er ein Zimmer in der Gegend von Earl's Court gemietet hat. Bekannt ist auch, daß er für kurze Zeit als Kellner in einer Diskothek, im *Heaven*, gearbeitet hat. Die Pächter des Lokals haben erklärt, daß er ein sehr ernsthafter und zuverlässiger junger Mann war. Das gleiche hatte auch der Vermieter gesagt. Drei Altersgenossen, die in derselben Wohnung wohnten, haben demgegenüber ein anderes Bild von Philippe gezeichnet: nervös, unsicher, ein Hang zu Drogen und Streitsucht. Es sieht so aus, als habe er einen Freund seines Herzens gehabt. Die drei jungen Männer haben diese Besonderheit ausdrücklich betont. Aber niemand kannte den vollständigen Vor- und Familiennamen. Wahrscheinlich hieß er Mark und war Grieche.

Philippe ist ganz plötzlich aus London abgereist. Er hat die Arbeit ohne weitere Mitteilung im Stich gelassen (das war die einzige negative Bemerkung, die die Pächter der Diskothek gemacht haben). Die Rechnung für die Unterkunft war schon seit zwei Tagen beglichen. Der junge Mann hat allerdings fast nichts von seinen Sachen mitgenommen.

Bevor er nach Kreta kam, muß er wohl eine Weile durch Europa gewandert sein. Zwischen dem möglichen Abreisedatum und seiner Ankunft auf der griechischen Insel klafft eine Lücke von annähernd einem Monat. Über diesen Zeitraum hat man absolut nichts in Erfahrung bringen können. Reiste Philippe alleine? Reiste er unter seinem Namen? Unmöglich, eine Antwort darauf zu geben. Sicher ist, daß er am 6. August des betreffenden Jahres in Heraklion ankommt. Bei seiner Familie hat er sich nie gemeldet. Von London hat er in den allerersten Tagen eine Postkarte an einen Freund, Jacques Rivaroli, geschickt. Das Geschriebene beschränkt sich auf einen äußerst konventionellen Gruß. Bemerkenswert ist jedoch, was die Karte darstellt: einen mit Spiegeln jeglicher Art angefüllten Raum, Teil des Sir-John-Sloane-Museums.

Daß der Tag der Ankunft auf Kreta der 6. August ist, wird durch eine Zeugenaussage bestätigt. Herr und Frau Richard, Freunde der Mutter des jungen Mannes, erkennen ihn auf den Straßen in der unmittelbaren Umgebung des Hafens von Heraklion. Philippe sagt ihnen, er sei gerade eingetroffen, er ist in der Gesellschaft eines Freundes (blond, ausgeprägte Gesichtszüge, er spricht kein Wort, berichten die Richards), er verabschiedet sich freundlich von dem Ehepaar. Das ist das letzte Mal, daß jemand sagt, er habe ihn lebend gesehen. Über sieben Monate später, nach einer ebenso beharrlichen wie vergeblichen Suche, gibt das Meer den Körper (oder genauer gesagt: das, was von ihm übrig ist) eines jungen Mannes zurück, der Philippe Lebrun sein könnte. Die Mutter weigert sich, die Leiche zu identifizieren.

Zwei

Das zweite Portrait verhält sich spiegelbildlich zum ersten. Sein Format ist annähernd quadratisch (die Leinwand mißt 43 mal 42 Zentimeter), und es ist ebenfalls ein Ölbild. Allerdings muß es späteren Datums sein. Die Hand des Künstlers ist kontrollierter, nüchterner.

Das Werk stellt eine junge Frau mit im Nacken zusammengebundenen Haaren dar. Die Farbe der Haare liegt zwischen Gelb und Braun, und diese Haare geben die vollkommen kreisförmige Gestalt des Schädels wieder. Das Gesicht ist von heller, feiner Fleischfärbung: eine leichte Röte kündigt sich auf den Wangen an, während die Lippen sich kaum merklich in einer verhaltenen rosafarbenen Schattierung andeuten. Der in einer verhältnismäßig dunklen Weste mit hohem Kragen steckende Oberkörper richtet sich stolz und entschieden auf. Der leicht nach links geneigte Kopf scheint auf dem Körper zu thronen, den man sich sehnig, vielleicht auch etwas steif denken kann.

Der Blick drückt Alarm aus, eine Erwartung voll bangen Hoffens. Die Augen sind sehr hell, verschwommen, und richten sich auf den linken Rand der Leinwand, als ob von dort die Gefahr oder doch wenigstens die Überraschung nahte. Und doch scheint der helle, teilweise mit zartem Gelb gearbeitete Hintergrund den Alarm der jungen Frau abzumildern, der hier und da eine geheimnisvolle, unaussprechliche Ähnlichkeit mit dem jungen Mann des ersten Portraits offenbart.

Auch wenn das Werk als spiegelbildlich zu dem vorhergehenden anzusehen ist, ist die Pinselführung doch vollkommen anders. Jedes Element scheint hier gedämpft, gedeckt. Die Farbe ist uniform, glatt verteilt. Und man denkt eher an die Verwendung eines Bausches als eines Pinsels. Nichts Hartes. Die Materie ist auf der Schwelle des Dahinschwindens.

Die Signatur des Künstlers befindet sich in diesem Fall links, deutlich sichtbar. Sie ist in Braun auf einen Untergrund zwischen Ocker und Beige geschrieben. Sie sagt: »Lebrun«. Darunter, etwas weiter rechts, steht: »– 12«.

Auch Sabine ist eines Morgens früh von Zuhause weggegangen. Wahrscheinlich ist sie dem gleichen Weg gefolgt, den der Bruder Monate zuvor eingeschlagen hatte. Als sie abreist, ist über Philippes Schicksal noch nichts bekannt. Der junge Mann ist seit vielen Wochen verschwunden, er hat niemals Nachrichten über sich gegeben: das ist alles. Warum macht sich Sabine auf und davon? Vermutlich um Philippe zu suchen. Es ist das erste Mal, wie die Mutter betont, daß die beiden Kinder so lange getrennt sind. Außerdem beklagt sich Sabine seit dem Verschwinden ihres Bruders über Unwohlsein, Ekel, sogar über unerklärliches Fieber.

Sabine verläßt ihr Zuhause am 21. September. Seit kurzem ist sie von Djerba zurück. Die Mutter ist noch dort. Die junge Frau hinterläßt keinen Zettel. Sie steckt das Notwendigste in eine dunkelgrüne Leinentasche und geht. Wenige Meter von ihrer Wohnung wird sie von zwei Nachbarn gesehen: sie grüßen sich wie gewohnt mit einem Handzeichen. Höchstwahrscheinlich nimmt sie den Zug um sechs Uhr fünfundvierzig. Mit Sicherheit jedenfalls ist sie wenige Tage später in London. Denn auch sie schickt von London aus eine an die Mutter adressierte Postkarte. Die Mutter ist inzwischen aus Tunesien zurückgekehrt. Die Karte stellt eine Teilansicht des John Sloane Square dar. Der Text lautet: »Ciao. Alles in Ordnung, S. und P.« Worauf spielt dieses P an? Madame Lebrun denkt selbstverständlich an Philippe. Sabine hat den Bruder also gefunden? Aber sollte der Junge zu mehr oder weniger derselben Zeit nicht auf Kreta sein?

Auch Sabine verläßt London. Auch sie bricht nach Kreta auf. Über die Zeit in der englischen Hauptstadt weiß man so gut wie nichts. Sie hat in verschiedenen Pensionen gewohnt. Die letzte in der Gegend von Kentish Town. Viele Male ist sie im *Heaven* gesehen worden, der Disko, in der ihr Bruder gearbeitet hat. Mehr noch: mehr als einer hat sie mit Philippe verwechselt. In London hat Sabine ihre Haare nämlich ganz kurz schneiden lassen und angefangen, sich schwarz anzuziehen, wie der Bruder. Die Ähnlichkeit zwischen den beiden scheint jetzt wirklich verblüffend zu sein.

Die junge Frau schifft sich am 18. Oktober in Brindisi nach Patras ein. Für dieses Datum ist die Reservierung einer Kabine auf ihren Namen vorgemerkt: ein sonderbarer Umstand, wenn man ihre finanziellen Möglichkeiten bedenkt. Fünf Tage später steigt sie im teuren Hotel *Astoria* in Heraklion ab. Eingetragen mit ihren persönlichen Daten (im Gästeverzeichnis ist die Nummer ihres Passes notiert), teilt die junge Frau ein Doppelzimmer, die Nummer 20, mit einem gewissen Markellos. Bei ihm handelt es sich, den Beschreibungen zufolge, um einen jungen Mann um die zwanzig, blondhaarig, relativ groß, griechischer Nationalität. Die beiden sprechen englisch miteinander. Er, so wird berichtet, ist sichtbar von ihr eingenommen. Die junge Frau dagegen behandelt ihn herablassend.

Es ist nicht bekannt, was Sabine auf der Insel macht. Ihr Freund Markellos ist mit an Sicherheit grenzender Wahrscheinlichkeit wegen der Arbeit dort. Wie es scheint, ist er Photomodell. Manchmal verschwindet er für zwei, drei Tage, dann kommt er zurück. Wenn er nicht da ist, verbringt Sabine viel Zeit auf ihrem Zimmer: sie geht eigentlich nur zum Essen weg. In ihrem Zimmer, so sagt ein Zimmermädchen, treibt sie stundenlang Gymnastik und hört Musik aus einem Walkman. Wenn Markellos zurückkommt, streiten sie sich oft: die Schreie hört man auf der ganzen Etage, doch keiner versteht ihr Englisch.

Am 3. November begleicht Sabine die Rechnung und verläßt das Hotel *Astoria* in Heraklion. Markellos ist nicht zu sehen. Die junge Frau zahlt in bar. An diesem Abend trifft sie an den Tischen des Cafés *Aman*, eines von jungen Kretern viel besuchten Lokals, ein junges Paar aus Marseille, Cahtérine Kreiski und Luc Passy, Studenten der Geschichte der antiken Kunst. Mit den beiden unterhält sie sich lange. Sie sagt, sie habe schon so lange kein Französisch mehr gesprochen, sie komme aus Paris, suche ihren Bruder, der hier auf Kreta verschollen sei. Markellos erwähnt sie mit keinem Wort. Doch irgendwann sagt sie, sie müsse gehen: sie habe ein Rendezvous mit einem griechischen Freund. Von diesem Augenblick an verschwindet Sabine für viele Monate.

Ihre letzte Spur ist eine Postkarte mit dem Datum vom 21. März, die an Madame Lebrun adressiert ist. Diese Einzelheit ist insofern interessant, als genau an diesem Tag die Leiche von Philippe Lebrun angeschwemmt wird. Wieder besagt der Text: »Ciao. Alles in Ordnung, S. und P.« Doch weiter unten, in einer Schrift, von der Madame Lebrun behauptet, daß sie weder Sabine noch Philippe gehöre, steht ein Zusatz: »Ciao auch von M.« Die Karte stellt diesmal die Bucht von Istro dar, östlich von Hagios Nikólaos. Das ist derselbe Ort, an dem Philippes Leiche gefunden wurde. Danach verschwindet Sabine endgültig.

Eins

Was einem im dritten Portrait auffällt (ein Ölbild auf Leinwand, in der Größe von 35 mal 23 Zentimetern) ist die Gewaltsamkeit der Linien, die Härte der Hand. Es könnte sich um das Gesicht eines Sterbenden handeln oder auch um das Gesicht eines nicht ganz oder nicht mehr menschlichen Geschöpfs. Um einen Roboter kurz vor dem Ende. Unmöglich, ihm eine sexuelle Zugehörigkeit zuzuschreiben. Der Kopf ist rund, vermutlich kahl. Das linke Auge, schwarz und eingefallen, scheint weit über den Augenhöhlenbereich hinauszugehen, während das rechte völlig fehlt: eine graue Fläche an seiner Stelle, ein Fleck.

Der Mund ist halb geöffnet: wie jemand, der schreien will, sich gleichzeitig aber davor fürchtet, es zu tun, und den Atem anhält. Die Ohren scheinen jeden Augenblick vom Kopf abfallen zu wollen: zum Teil in metallischer Farbe deuten sie auf eine amphibische Natur von menschlichem Wesen und Maschine hin und haben eine geometrische, inkongruente Form. Um den Kopf ein Lichthof von einem leicht dunkleren Grau als dem für das Gesicht verwendeten: man denkt an eine Schreckensaureole, an das angstvolle Vibrieren eines Schädels, der kurz vor dem Explodieren steht.

Die verwendeten Farben reichen von Grau über Anthrazit zu Schwarz. Die Ränder auf der rechten und linken Seite weisen ein paar dunkle Pinselstriche auf: ansonsten überwiegt das Weiß der Leinwand. Das Werk scheint unvollendet, bewußt in der Schwebe belassen. Alle seine Elemente deuten auf dieses Gefühl qualvoller Unmöglichkeit, einen Abschluß zu finden oder wenigstens weiterzumachen. Der Augenblick ist damit in einem Ausdruck geblendeter Erwartung festgehalten. Doch was am Ende als wirklich beeindruckend zum Vorschein kommt, ist eine plötzliche Ähnlichkeit des dargestellten Gesichts mit dem des oben analysierten jungen Mannes und der jungen Frau. Die beiden vorhergehenden Portraits scheinen sich hier sogar in allem und jedem zu offenbaren: als würde schlagartig eine gemeinsame Matrix erkennbar, die zugleich klärt und verwirrt, bestätigt und leugnet. Das Werk könnte man beinahe für die monströse und abschließende *Summa* der beiden vorhergehenden halten.

Die Signatur des Künstlers findet sich in der rechten Ecke des Bildes. Sie besteht aus einem winzigen kursiven El, unter dem man mit Mühe ein Es und ein Pe lesen kann. Das ganze ist in Schwarz auf dunklem Untergrund geschrieben.

Im Lauf der Zeit sind viele von Eliane Lebrun gemalte Portraits entstanden. Doch im wesentlichen sind dies die Urbilder: in der Reihenfolge auf der Rückseite der Bilder mit den Nummern eins, zwei und eins gekennzeichnet. Alle anderen Portraits sind Variationen dieser ersten drei. Bei einigen, zum Beispiel, weist der abgebildete junge Mann Merkmale auf, die vom Portrait der jungen Frau stammen könnten. Oder die junge Frau erscheint als Urbild der beiden anderen. Mitunter vermischen sich aber auch die Elemente der drei und gehen völlig ineinander auf.

Es ist nicht schwer sich vorzustellen, daß die Portraits der jungen Frau und des jungen Mannes mit den Zwillingskindern von Eliane übereinstimmen. Schwieriger schon die Genese des dritten zu klären. Sie jedenfalls ist nicht in der Lage, sie zu unterscheiden. Würde sie heute den beiden jungen Menschen leibhaftig wiederbegegnen können, würde sie sie nicht erkennen. Sie würde ihnen höchstwahrscheinlich die gleiche zerfahrene Gleichgültigkeit zukommen lassen, die sie den alltäglichen Dingen vorbehält. Dennoch muß es seinerzeit für sie furchtbar gewesen sein, das so mysteriöse Verschwinden zuerst des einen und dann der anderen zu akzeptieren.

Den Tod Philippes hatte Madame Lebrun nie annehmen wollen. Auch dann nicht, als die Autopsie erbrachte, daß es sein Körper war, der auf Kreta gefunden worden war. Mit fast unanzweifelbarer Sicherheit ist der junge Mann durch ein Unglück ins Meer gestürzt: an der Leiche sind keine Spuren von Gewalt festzustellen gewesen. Es sei denn, daß Philippe Lebrun sich aus eigenem Antrieb in die Tiefe gestürzt hat.

Von Sabine hat man nie wieder etwas erfahren. Auch sie ist, wie ihr Bruder, auf Kreta verschollen. Allerdings ist ihr Körper nie gefunden worden. Die junge Frau hat sich in Luft aufgelöst. Nach dem, was man weiß, könnte sie noch leben, aber das würde die Frage aufwerfen: Warum schickt sie keinerlei Nachricht über sich? Warum diese Grausamkeit gegenüber der Mutter? Unmöglich, darauf Antworten zu geben.

Madame Lebrun stellt sich diese Fragen schon lange nicht mehr. Eines der wenigen Dinge, die sie wirklich zu interessieren scheinen, ist ihre Malerei. Sie verbringt den größten Teil der Nachmittage im Garten oder im Zimmer vor der Staffelei. Sie malt nur Ölbilder. Nur selten bereitet sie die Leinwand mit ein paar Bleistift- oder Kohlestiftskizzen vor. Ihre so obsessiv identischen, sich immer wiederholenden Bilder sind höchstwahrscheinlich die einzige Art, die ihr Verstand gefunden hat, eine ansonsten unerträgliche Trauer zu verarbeiten. Außerdem pflegt die Frau starrköpfig ihr Äußeres, kleidet sich elegant, achtet stets auf ihre Linie. Vor kurzem hat sie angefangen, Bücher darüber zu sammeln. Die Bücher bestellt sie schriftlich (irgendwie ist sie überzeugt davon, daß die Klinik in Wirklichkeit ihre Wohnung ist). Das letzte, das sie bekommen hat, heißt *Die Kunst leichter zu werden* und ist von einer Amerikanerin geschrieben, von der sie glaubt, daß sie sie vor vielen Jahren kennengelernt hat.

Natürlich arbeitet Eliane Lebrun schon seit langem nicht mehr. Eine leidliche Rendite ermöglicht es ihr, sorgenfrei zu leben, ohne den Verwandten zur Last zu fallen. Der Betrag für die Klinik wird alle drei Monate gezahlt, indem die anstehende Summe von einem auf sie ausgestellten Bankkonto abgebucht wird.

Mit der Zeit hat Madame Lebrun fast aufgehört zu sprechen. In den ersten Monaten ihres Krankenhausaufenthalts haben viele sie wegen ihrer Geschwätzigkeit gefürchtet. Zahlreiche Patienten hatten sich sogar beschwert. Doch nach und nach wurde sie immer stiller. So als hätte sich gewissermaßen auch das verbale Gedächtnis stufenweise vernebelt. Jetzt verbringt sie lange Zeitabschnitte, ohne auch nur eine Silbe zu sprechen. Wenn sie etwas oder jemanden will, weist sie mit der Spitze ihres Stocks darauf.

Zu den wenigen Verwandten, die ihr verblieben sind, hat Madame Lebrun keine Beziehung mehr. Vor vielen Jahren meldeten sich noch einige von ihnen. Manchmal erhielt sie Besuch oder einen Telefonanruf. Vor allem zu Festzeiten. Dann sind auch diese seltenen Zeichen des Interesses seitens der Familie immer spärlicher geworden. Seit langem schon macht ihr keiner mehr einen Besuch. Keiner, außer einem jungen Mann um die dreißig, blond, mit markanten Gesichtszügen, ganz sicher ein Ausländer, dem Akzent nach zu urteilen. Seit ein paar Jahren kommt der Mann mit unregelmäßiger Regelmäßigkeit. Er ist mit Sicherheit kein Verwandter: das erste Mal, als er in die Klinik kam und nach Madame Lebrun gefragt hat, hatte er sich darauf beschränkt zu sagen, daß er ein Freund von Madame sei. Er sagte, er heiße Markus. Seitdem bringt er jedesmal eine Schachtel Marrons glacés als Geschenk für die Dame mit.

21 Exil

Philippe sagte: »An diesem Abend bemerkte ich, daß Professor Fabre sich nicht von Dottor Blasi losmachen konnte. Sie sprachen fast die ganze Zeit miteinander. Ich weiß nicht, worüber sie sprachen. Ich war viel zu weit weg, als daß ich sie hätte hören können. Und es interessierte mich auch nicht. Zu später Stunde ging ich mit meiner Schwester Sabine und ein paar anderen in die Hotel-Disko zum Tanzen. Für den nächsten Tag hatte ich absolut nichts im Programm: ich mußte meiner Mutter nicht helfen, es waren auch keine Ausflüge geplant. So konnte ich an diesem Abend bis spät in der Disko bleiben. Ich tanzte, als ich sie hereinkommen sah. Zuerst kam Dottor Blasi herein. Professor Fabre folgte ihm. Sie setzten sich ziemlich weit von unserer Gruppe entfernt hin. Ich merkte, daß Professor Fabre mich ein bißchen merkwürdig anstarrte, ich würde fast sagen beharrlich, aber das hat mich nicht weiter bekümmert. Alle wußten ja, daß der Professor auf Jungen stand. Ich habe nicht darauf geachtet, wie lange Dottor Blasi und Professor Fabre in der Disko geblieben sind. Aber eigentlich war es komisch zu sehen, wie zwei ältere Menschen dort miteinander sprachen und tranken, wo sie das gleiche doch viel bequemer auf der Hotelterrasse hätten tun können. Aber das ging mich ja nichts an. Ich habe mich mit neuen Freunden und mit meiner Schwester amüsiert, nur das zählte. Irgendwann, es mußte schon sehr spät gewesen sein, verließen Dottor Blasi und Professor Fabre gemeinsam die Disko. Daran erinnere ich mich genau: Dottor Blasi hatte einen Gesichtsausdruck wie einer, der einfach nicht mehr konnte. Er stand auf und machte eine Bewegung wie einer, der sagt: jetzt reicht's, los weg. Professor Fabre folgte ihm. Das ist alles. Vom tragischen Ende des Professors habe ich, wie ich schon sagte, am nächsten Morgen erfahren.«

Sabine hatte der Aussage ihres Bruders nichts hinzuzufügen. Sie hätte statt dessen gerne über sich selbst geredet, über ihre Kindheit, darüber, was es heißt, ein Zwilling zu sein. Sie beschränkte sich darauf, ihre Unterschrift unter das schon von Philippe unterschriebene Blatt zu setzen.

Oku sagte: »Ich sah Monsieur Blasi in die Disko kommen. Er war in Begleitung einer mir unbekannten Person. Dieser Unbekannte war, wie ich im nachhinein erfahren habe, Monsieur Fabre. Monsieur Blasi machte mir ein höfliches Zeichen des Grußes, das ich erwidert habe. Nein, vor diesem Augenblick hatte ich weder auf Monsieur Blasi noch auf den unbekannten Herrn geachtet. Ich erinnere mich nicht daran, ob die beiden Herren die Disko gemeinsam verlassen haben oder nicht. Es war spät, ich war etwas müde, und die fürchterliche Musik des Lokals betäubte mich. Es tut mir leid, daß ich nicht dienlich sein kann.«

Myriam Levi sagte: »Ich erinnere mich nicht besonders an diesen Abend. Ja, ich kannte Professor Fabre, denn ich erinnere mich, daß jemand ihn mir vorgestellt hat. Er war eine äußerst diskrete Person, ich glaube, sehr schüchtern. Er war schlank, ohne einen Anflug von Bauch, ein eleganter Mann: er trug einen schönen dunkelblauen Anzug von ausgezeichnetem Schnitt und eine wunderschöne Seidenkrawatte. Sonst wüßte ich nicht, was ich noch sagen könnte. Dottor Blasi mochte ihn gern. Mehrmals hatte der Dottore mir gesagt, daß Professor Fabre ein wunderbarer Mensch sei, ein gebildeter, feinfühliger Mann. Er hat mir anvertraut, daß er an diesem Abend Professor Fabre in ziemlich schlechter Verfassung vorgefunden habe. Er war besorgt wegen Fabres Gesundheit. Dottor Blasi ist ein äußerst fürsorglicher Mann, und das Aussehen von Professor Fabre an diesem Abend hatte ihm nicht gefallen. Genau so hat er es mir gesagt, glaube ich. Ich bin überzeugt, daß das der Grund war, weshalb Dottor Blasi am Abend des 22. Julis so lange mit Professor Fabre geredet hat, während sie am Strand der Séguia spazierengingen.«

Nach Myriam Levis Aussage hätte Ben Sedrani Blasi am liebsten gleich verhört. Auf ein Gespräch mit David Pradine, mit Madame Lebrun und mit den anderen Hotelgästen hätte er durchaus verzichten können. Alles schien auf den alten Arzt hinzudeuten, und Ben Sedrani brannte darauf, ihn Munir und Kacem zu zeigen. Die beiden Jungen hatten sich bisher darauf beschränkt, im Büro des Chefs der Gendarmerie eine stumme Rolle zu spielen. Von den Gesprächen zwischen Ben Sedrani und den anderen hatten sie so gut wie nichts verstanden. Bei Myriam Levi und Sabine Lebrun hatten sie verstohlen auf die Beine und das Dekolleté geblickt. Während sie beim Eintreten von Philippe und dann Oku den Kommandanten angestarrt und den Kopf verneinend geschüttelt haben.

Ben Sedranis Aufmerksamkeit war mithin ganz auf Blasi konzentriert. Trotzdem beschloß der Kommandant, mit den anderen Gesprächen (so hatte er selbst sie definiert) ganz nach der festgelegten Reihenfolge weiterzumachen.

David Pradine sagte: »Es gelingt mir nicht, den Abend des vergangenen 22. Julis zu fokussieren. Die Bilder sind verschwommen, stehen in keiner Reihenfolge. Ich sehe nur deutlich den trägen Körper von Professor Fabre, der am folgenden Morgen am Strand gefunden wurde. Ich kann seine Wunden beschreiben, die Blutflecken auf seiner Kleidung, die Haltung der Arme, den verkrusteten Schlamm auf den Hemdmanschetten. Außerhalb dieser Momentaufnahmen sehe ich sonst nichts. Ich kannte Professor Fabre nicht. Ich erinnere mich an nichts an diesem Abend, das irgendwie besonders mit Dottor Blasi zu tun hätte. Er kommt mir leicht sonderbar vor, und er ist sehr interessiert an meiner Assistentin Myriam Levi. Ich weiß, daß sie in diesen Tagen Freunde wurden. Doch hinsichtlich des Abends des 22. Julis habe ich nichts zu sagen. Im übrigen bin ich verhältnismäßig früh zu Bett gegangen. Es ist meine Gewohnheit, früh schlafen zu gehen, wenn ich arbeite.«

Madame Lebrun sagte: »Lieber Kommandant, was soll ich Ihnen sagen? Wir stehen alle noch unter Schock. Das war doch schrecklich. Einfach schrecklich. Ich habe gehört, daß Sie die Schuldigen an diesem schauerlichen Verbrechen bereits eingesperrt haben... Ich meine verstanden zu haben, daß es sich um zwei unglückselige Jugendliche von hier handelt. Wie entsetzlich ... Aber ich will nicht, daß Sie durch mich wertvolle Zeit verlieren. Sie fragen mich hinsichtlich des unheilvollen Abends des 22. Julis, ob mir an Professor Fabre irgend etwas Besonderes aufgefallen sei. Lieber Kommandant, reden wir offen miteinander. Sie wissen, daß ich ein offener, weitsichtiger Mensch bin: außerdem habe ich, seit ich die Boutique hier im Hotel habe, so viel gesehen und gehört, wie Sie es sich gar nicht vorstellen können. Sie verstehen also, daß ich keinen Anstoß nehme, aber ich sage, es gibt eine Grenze. Für alles gibt es eine Grenze. Sie sind da mit mir einer Meinung, hoffe ich. Natürlich sind wir da einer Meinung. Also gut: wir alle haben doch über den bedauernswerten Professor Bescheid gewußt. Wir wußten, was er mochte. In sexueller Hinsicht, wenn ich mich so ausdrücken darf. Professor Fabre mochte die Schönheiten dieses Ortes. Er war ein Mann von großer Bildung, der Professor. Er war für die lustvollen Vergnügen der alten Griechen, wenn Sie verstehen, was ich meine. Wer soll da denn überrascht sein, wenn er das Ende genommen hat, das er genommen hat. Das, was ich nicht ertragen konnte, was ich wirklich nicht ertragen konnte, waren die Gerüchte über meinen Sohn Philippe. Was soll denn das? Ein Junge. Fast noch ein Kind. Professor Fabre hatte sich in ihn verguckt? Ehrlich gesagt, betrifft das weder mich noch meinen Sohn. Zu diesem Thema, lieber Kommandant, sage ich sonst nichts. Das gewähren Sie mir sicher. Ich bitte Sie, ich will dazu nichts mehr sagen. Das Thema ist ganz einfach zu peinlich. Über Dottor Blasi dagegen...«

Ben Sedrani tat so, als würde er Madame Lebrun zuhören. In Wirklichkeit aber war sein Kopf davongeflogen. Auch Munir und Kacem schienen plötzlich weit weg. Die Frau ließ sich groß und breit über die entstehende Beziehung zwischen Blasi und Myriam Levi aus, über die sie, ihren Worten nach, sozusagen die Schirmherrschaft übernommen hatte. Aber Ben Sedrani wäre nicht in der Lage gewesen, auch nur ein Wort dieser nicht enden wollenden öden Geschichte zu wiederholen. Madame Lebrun sagte ständig »nebenbei bemerkt«, und diese Einschübe schlossen sich an unendlich viele andere Einschübe an, bis sie schlagartig und unerwartet wieder auf den Hauptsatz zurückkam. Madame Lebrun war eine Worthölle, eine Phrasenmaschine, dachte Ben Sedrani.

Der Kommandant sah verstohlen auf die Uhr. Madame Lebrun redete seit fast einer Stunde. Er wartete auf die erste Pause (und er mußte ziemlich lange warten). Dann schnaubte er. Sagte: »Gut, sehr gut.« Munir und Kacem schienen aus einem langen Schlaf zu erwachen. Ben Sedranis Stimme hatte sie auffahren lassen. Der Kommandant spürte die Kräfte zurückkehren: man mußte wirkungsvoll reagieren, unverzüglich. Innerhalb weniger Augenblicke gelang es Ben Sedrani Madame Lebrun loszuwerden. Er gönnte ihr nicht einmal die Zeit sich zu verabschieden. Er begleitete sie zur Türe seines Büros, und ohne ein Wort zu sagen, mit dem Ausdruck dessen, dem es unendlich leid tut, der aber wirklich in Eile ist, schob er sie höflich hinaus.

Brian, Chris und die Mädchen von Pradines Crew wurden nicht verhört. Vor allem die beiden Männer waren darüber enttäuscht. Auch die anderen Hotelgäste und der Hoteldirektor wurden nicht mehr verhört. Statt dessen wurde Dottor Blasi gebeten zu kommen. Ben Sedrani fühlte, daß er die Lösung dieses Falles in Reichweite hatte. Er gab Anweisung, daß Blasis Bungalow während des Gesprächs unauffällig durchsucht werden sollte. Er schickte Ghorbal ein Billett, auf dem er ihn für denselben Abend zum Essen einlud. Dann empfing er Dottor Blasi mit seinem liebenswürdigsten Lächeln.

Sobald der alte Arzt den Raum betreten hatte und auf den Kommandanten der örtlichen Gendarmerie zuging, um sich auf der ihm gegenüberliegenden Seite des Tisches hinzusetzen, wurden Munir und Kacem ganz aufgeregt. Ben Sedrani machte ihnen ein Zeichen, das besagte: »Ist ja gut.« Die beiden Jungen nickten weiter albern mit dem Kopf.

Blasi sagte: »Ich bestätige, was der junge Philippe Lebrun gesagt hat. Tatsächlich habe ich mich am Abend des vergangenen 22. Julis in Begleitung von Professor Fabre in der Diskothek des Hotels aufgehalten. Ebenfalls in Begleitung von Professor Fabre bin ich von dort auch wieder weggegangen. In diesem Punkt bestätige ich auch die Zeugenaussage von Miss Myriam Levi. Ich war über den Gesundheitszustand des Professors besorgt, daher begleitete ich ihn auf einen langen Spaziergang am Strand der Séguia. Es war niemand dort, soweit ich mich erinnere. Wir sprachen lange miteinander ...«

Blasi unterbrach sich. Jemand war in den Raum gekommen, der, an der Türe stehenbleibend, bat, mit dem Kommandanten reden zu dürfen. Ben Sedrani machte ein verärgertes Gesicht, stand auf, entschuldigte sich bei Blasi und ging hinaus.

Blasis Bungalow war durchsucht worden. Es bedurfte keiner großen Anstrengungen, um ein paar Schuhe aus rotem, schlammverschmutzem Leder und ein dunkelblaues Leinenjackett zu finden, dessen Ärmel in Achselhöhe herausgerissen war. Jackett und Schuhe befanden sich im Schrank des Bungalows. Blasi hatte offensichtlich nicht einmal daran gedacht, sie loszuwerden oder sie zu verstecken.

Ben Sedrani blickte zufrieden um sich. Dann ging er in sein Büro zurück.

Blasi sagte: »Wir sprachen lange miteinander, über unendlich vieles. Professor Fabre war in einem, gelinde gesagt, verwirrten Geisteszustand. Er hatte zuviel getrunken. Seine Psyche hatte sich verändert. Außerdem litt er wohl an Störungen des Verdauungsapparates: er hatte eine sehr schlechte Hautfarbe und seine Zunge war grüngestreift. Mehrere Male hatte ich ihn im Verlauf des Abends bitten müssen, sich zu kontrollieren, sich nicht gehen zu lassen. Ich befürchtete, daß ihm etwas zustoßen könnte. Er war von Schuldgefühlen und Scham besessen. Über den jungen Lebrun hat er kein Wort verloren. Er sprach über die Liebe im allgemeinen, über die Tatsache, daß er sie niemals kennengelernt hatte. Er sagte, er würde alles, alles geben für ein bißchen Liebe. Ich hatte Mitleid mit ihm. Ein gebildeter, feinfühliger Mann, so zugerichtet: ich hatte Mitleid mit ihm und mit allen, die sich so zurichten. Und zugleich mit dem Mitleid fühlte ich Wut. Es schien mir ungerecht, unmoralisch, sich in diesem Zustand zu befinden. Wie auch immer, ich versuchte, Professor Fabre zu überreden, nach Hause zu gehen und tüchtig zu schlafen. Er sagte, er werde nicht nach Hause gehen, er habe keinerlei Absicht, zu seinem gewohnten Leben zurückzukehren. Ich weiß nicht, was er damit sagen wollte. Ich erinnere mich nur, daß er völlig ungerechtfertigterweise anfing, mich zu beleidigen, sagte, daß ich mir mein Mitleid sonstwo hinstecken könne, daß ich genauso scheinheilig und spießig sei wie alle. Es kam zu einem kurzen Handgemenge. Er stolperte, stürzte. Diesen Augenblick nutzte ich, um wegzugehen. Ich habe nicht auf die Uhr gesehen. In meinem Zimmer nahm ich eine Dusche, schluckte eine Aspirin und ging zu Bett.«

Nach der Aussage von Blasi beschleunigte sich alles auf perverse Art. Ben Sedrani war von der Schuld des Arztes überzeugt. Vielleicht, sagte sich der Kommandant, hatte es sich um etwas Schicksalhaftes gehandelt: vielleicht hatte Blasi Fabre nur deshalb getroffen und getötet, um sich zu verteidigen, oder vielleicht hatte er während des Handgemenges die Schläge schlecht abgeschätzt, und der Professor war gestorben, ohne daß der andere das Verbrechen vorsätzlich geplant hatte. Fest stand, daß er, Blasi, der Mörder war.

Auf der Stelle begriff der Arzt die Lage. Der Ton von Ben Sedranis Fragen machte ihm klar, daß er ihn für den Schuldigen hielt. Kaum hatte Blasi aufgehört zu sprechen, fragte der Kommandant ihn, warum er das, was geschehen war, nicht gleich erzählt habe. Warum er geschwiegen habe, wenn sein Gewissen rein war. Blasi antwortete nicht: weder auf diese, noch auf andere Fragen. Er fühlte sich durcheinander, benommen, und nahm dunkel wahr, daß sein Gewissen nicht rein war. Das war es nie gewesen. Warum er bisher geschwiegen hatte, wußte Blasi wirklich nicht. Und auch, wenn er mit der Zeit den Grund dafür herausgefunden hätte, würde er ihn mit Sicherheit nicht Sedrani mitgeteilt haben.

Blasi hatte seine Zuversicht jedoch nicht verloren. Auch wenn der äußere Schein zu seinen Ungunsten sprach, vertraute Blasi auf das Nichtvorhandensein eines Motivs für das Verbrechen. Warum sollte er, ein alter, gut ausgebildeter italienischer Arzt, Stammgast auf der Insel und im Hotel, von allen gekannt und geschätzt, einen französischen Professor mit homosexuellen Neigungen umbringen, zu dem er ein gutes Verhältnis hatte? Darauf konnte Ben Sedrani mit Sicherheit nichts erwidern, sagte sich Blasi. Gleichwohl zerschellten seine Gewißheiten innerhalb weniger Minuten. Als das Verhör fortgesetzt wurde (die Aussage, die »Unterhaltung«, wie Ben Sedrani es genannt hatte, hatte nach und nach unmerklich einschüchternde Polizeiformen angenommen), hatte Blasi begriffen, daß das, worauf der Kommandant abzielte, gerade die Rekonstruktion eines Motivs war, das ihn festnageln sollte: und dieses Motiv lautete für Ben Sedrani »Sex«. Oder genauer gesagt »trübe sexuelle Beziehung«.

Die Worte zeichneten sich in der Luft ab, scharf, genau. Blasi konnte sie sogar sehen. Er war von ihnen wie hypnotisiert. Ben Sedrani hängte ihm eine »trübe sexuelle Beziehung« mit dem bedauernswerten Professor Fabre an, die am Ende eines Streits zu einem tragischen und zugleich lächerlichen Verbrechen geführt habe. Blasi fühlte, wie er ohnmächtig wurde: er war nicht in der Lage sich zu verteidigen, nicht gegenüber einem Vorwurf, der so bar jeglichen Sinns und Verstandes war. Die Ungeheuerlichkeit der Lage hatte ihn gelähmt.

Es muß nicht besonders betont werden, daß Ben Sedrani am selben Abend, nachdem die Festnahme Blasis in Haft umgewandelt worden war, Ghorbal alle Einzelheiten des Verhörs und dessen, was er als »grundsätzliches Geständnis« des Dottore bezeichnete, im Verlauf eines langen, genußvollen Abendessens im Restaurant des Hotels erzählte.

Der Fall war also abgeschlossen. Munir und Kacem wurden kurze Zeit später freigelassen. Das Hotel leerte sich schnell. In den ersten Tagen war die Verwirrung total. Dann nahmen die Dinge wieder ihren gewohnten Gang. Pradine reiste als erster ab. Der Photograph war von Blasis Unschuld fest überzeugt: diese Geschichte einer sentimentalen Beziehung zwischen dem Arzt und dem Opfer war so absurd, daß sie schon wieder zum Lachen war. Andererseits konnte er in dieser Sache nichts tun. Im Gegenteil: weil er selbst homosexuell war, hatte er Angst, die Aufmerksamkeit auf sich zu ziehen. Mit der örtlichen Polizei war nicht gut Kirschen essen. Und dann hatte er auch genug von all den Toten und Verbrechen. Die Arbeit war längst aufs Spiel gesetzt. So war also Pradine der erste, der abreiste.

Myriam, Oku und die anderen folgten ein paar Tage später. Myriam wäre gerne noch geblieben, um irgend etwas für Blasi zu tun. Aber für den Augenblick war Blasi in Isolationshaft. Man erwartete die Ankunft seines Anwalts aus Italien. Man erfuhr nicht einmal, in welches Gefängnis er käme. Myriam bat Ben Sedrani eindringlich, ihm ein Billett auszuhändigen, in dem sie ihm versprach, nach Tunesien zurückzukommen, um den Fall zu verfolgen. In der Zwischenzeit würde sie sich mit dem Anwalt in Verbindung setzen und ihm, Blasi, so bald wie möglich ins Gefängnis schreiben. Um Ben Sedrani nicht zu verletzen, erwähnte Myriam nichts von ihrer Überzeugung, daß sie Dottor Blasi für absolut unschuldig hielt. Sie hoffte aber, daß es aus dem Ton ihrer Nachricht deutlich würde.

Auch Philippe und Sabine reisten ab. Madame Lebrun hielt es für sinnvoll, daß ihr Sohn Djerba verließ: man hatte schon viel zu viel über ihn und das Interesse des Professors für ihn geredet. Um kein weiteres Gerede aufkommen zu lassen, war Sabine gezwungen, ihrem Bruder zu folgen: sie hätte sich im übrigen auch nie und nimmer von Philippe getrennt. Sie flogen mit der ersten Maschine nach Marseille.

Das Hotel entvölkerte sich, und es sah so aus, als würde sich auch die Insel entvölkern. Die Saison ging ihrem Ende entgegen. Die Tage wurden zusehends kürzer. Die Nächte wurden immer kälter und windiger. Das Aufsehen um den Mord führte dazu, daß viele Touristen, vor allem die französischen und italienischen, ihr Reiseziel für die

Septemberferien umbuchten. Vor allem die Hotels in unmittelbarer Nähe des Strandes der Séguia bekamen die nachteilige Reklame um das Verbrechen zu spüren.

Nur Blasi blieb noch viele Wochen auf Djerba. Obwohl der Kommandant der Gendarmerie Doktor Ghorbal ins Vertrauen gezogen hatte, sickerte diese Nachricht nicht durch: Blasi saß im Gefängnis an der Peripherie von Houmt Souk, und dort sollte er bis zum Eintreffen seines Anwalts und des italienischen Konsuls auch bleiben. Vergeblich versuchte Madame Lebrun, etwas darüber zu erfahren. Blasi schien vom Nichts verschluckt worden zu sein.

Am schwierigsten waren die ersten Tage der Inhaftierung. Blasi war wie benommen. Er konnte einfach nicht glauben, daß ausgerechnet er beschuldigt wurde, den Mord an Fabre begangen zu haben. Gleichzeitig fühlte er sich außerstande, sich gegen diese furchtbare Anschuldigung zur Wehr zu setzen: es war, als fehle ihm dazu die Kraft oder der Wille. Er erinnerte sich, allerdings nur zeitweise und verworren, was er in Fabres Innereien an dem Tag gesehen hatte, als er an der Autopsie teilnahm. Er erinnerte sich, daß er unerhebliche, jedoch bemerkenswerte Spuren irgendeines Betäubungsmittels festgestellt hatte, während die kräftige kirschrote Farbe des Blutes ihn vermuten ließ, daß Blausäure vorhanden sein mußte: alles Hinweise, die Ghorbal in seiner Unerfahrenheit nicht einmal in Erwägung gezogen hatte. Blasi wußte, daß Fabre am Abend des 22. Julis nicht nur reichlich Alkohol getrunken, sondern wiederholt Pillen eingenommen hatte. Mit größter Wahrscheinlichkeit war der bedauernswerte Professor auf dem Strand der Séguia bewußtlos geworden und lag schon in den letzten Zügen, als die beiden Jungen, Munir und Kacem, ihn angegriffen und ihm, ohne es zu wollen, den Gnadenstoß verpaßt haben. Was sollte er seinem Anwalt sagen? In manchen Augenblicken war Blasi fast versucht zu gestehen. Ja, gestehen: aber welches Verbrechen?

Blasi wartete ab. Nachdem er mit Mühe die erste Verwirrung überwunden hatte, beschloß er, daß er nichts anderes tun konnte als abzuwarten: wenigstens, vielleicht, hätte er etwas verstanden. So organisierte er bis ins kleinste seinen Tag. Er machte es sich zur Pflicht, ziemlich früh aufzustehen und, nachdem er Myriam Levi einen Gedanken gewidmet hatte, ein paar gymnastische Übungen zu machen. Er wollte die Mahlzeiten nicht mehr ablehnen, wie an den ersten drei Tagen, sondern sie, im Gegenteil, ganz aufessen, wobei er darauf achten wollte, daß sich in seiner Metallschüssel keine kleinen Würmer oder alte Speiserückstände festsetzten. Er bat, jedoch erfolglos, Papier und Kugelschreiber und das eine oder andere Buch auf französisch zu bekommen. Er untersuchte mit manischer Sorgfalt seinen Stuhl.

Das erste Gespräch mit seinem Anwalt und dem italienischen Konsul war kurz und schmerzlich. Die beiden Männer schienen ihn nur aus patriotischen Gründen für unschuldig zu halten. In dem Augenblick, in dem sie gingen, wurde es Blasi klar, daß sein Aufenthalt im Gefängnis weder kurz noch schmerzlos sein würde. Keiner der beiden hatte ihn erzählen lassen, wie die Dinge wirklich gelaufen waren. Alles hatte sich schwerfällig und peinlich abgespielt. Nur einen Augenblick hatte Blasi gestrahlt: als sein Anwalt ihm nämlich erzählt hatte, daß eine amerikanische Dame sich mit ihm in Verbindung gesetzt habe, der sein Fall am Herzen lag. Blasi hatte beim Gedanken an Myriam still gelächelt und sonst nichts weiter gefragt.

Das Urteil kam, als Blasi schon längst nicht mehr in der Lage war, sich darüber zu grämen. Am Ende des kurzen Prozesses zeigte Ben Sedrani den einen oder anderen Zweifel an der Gerechtigkeit der Strafe. Einige glaubten sogar, daß der Kommandant seine Meinung über die Schuld Dottor Blasis geändert habe: so als würden ihn einige Elemente beim Hergang des Verbrechens, den er selber rekonstruiert hatte, nicht mehr überzeugen.

Nach vier Monaten Gefängnis war Blasi nur noch ein Schatten seiner selbst. Nach der Verlegung von Djerba ins Gefängnis von Gabès hatte er mit schwindelerregender Schnelligkeit an Gewicht verloren, was wohl auf einen ungeheuren Stuhl- und Harndrang zurückzuführen war, den er sich in den ersten Tagen der Inhaftierung zugezogen hatte. Blasi schaute weiterhin seinen Stuhl genau an, doch inzwischen nur, um darin seinen Tod bestätigt zu sehen. Manchmal dachte er an die Kriegsjahre, an den sardischen Jungen, der in genau dieser Gegend verlassen worden war. Er dachte auch an Dina, jedoch seltener und mit größerer Unruhe. Wenn es nachts vorkam, konnte er für gewöhnlich kein Auge zumachen.

Von Myriam hatte er während der ersten Wochen eine ansehnliche Zahl von Briefen erhalten. Sie kamen aus dem Norden Hollands, und er hatte sie unzählige Male gierig gelesen, bis ihm schließlich die Augen weh taten. Aber er hatte nicht antworten können: das Verbot, Papier und Kugelschreiber zu besitzen, war in tunesischen Gefängnissen eisern. So hatte er sich lediglich seine Antworten ausdenken können. Mit der Zeit wurden die Briefe der Freundin seltener, spärlicher. Am Ende hatte Myriam nicht mehr geschrieben.

22 Die Liebe bleibt

Dies ist der letzte Brief, den Dina Blasi an Lee Cohen geschrieben hat:

Rom, 1. Februar 19..

Dear Lee,

Liebster, ich weiß wirklich nicht, was ich Dir in diesem Brief schreiben werde. Ich bin verwirrt und verängstigt. Immer, wenn ich daran denke, Dir einen Brief zu schreiben, fühle ich mich verwirrt und verängstigt. Es gibt so vieles, das ich Dir sagen müßte, so viele Dinge zu sagen, daß ich gar nicht richtig weiß, wo ich anfangen soll, noch wie.

Vor vielen Jahren, während des Krieges, als es Dich noch nicht gab, und ich bei meiner Tante und meinem Onkel in London lebte, hatte ich ein sehr romantisches Abenteuer mit einem englischen jungen Mann. Er war Unteroffizier der Royal Navy. Ich hatte ihn zufällig eines Abends kennengelernt. Gerade fand ein Bombenangriff statt, die Sirenen heulten durch den Himmel, und ich war auf der Straße. Ich wurde von Panik ergriffen. Alle rannten, entweder nach Hause oder in die Luftschutzbunker. Ich wußte nicht, was ich tun sollte. Ich war vor Angst wie gelähmt. Dann, ich weiß nicht wie, spürte ich, daß jemand mich zu einer Treppe zog, die in einen Keller voller Menschen führte. Alle waren still. Man hörte nur, wie sie atmeten. Wie sie atmeten und das Einschlagen der Bomben in der Ferne. Glücklicherweise dauerte es nicht lange. Kurz darauf hörten wir die Entwarnung. Erst als ich wieder in der frischen Luft unter einem haarfeinen Regen stand, wurde mir bewußt, daß ich mein Leben dem jungen Unteroffizier verdankte, der mich während des gesamten Alarms fest an sich gedrückt hielt. Ich schaute in sein Gesicht. Wir begannen, miteinander zu sprechen, uns anzulächeln, wegzugehen. Vielleicht war er nicht gerade das, was man als Genie bezeichnet, aber er war schön und hatte etwas ungewöhnlich Faszinierendes an sich. Es mag seltsam klingen, aber es war das Gefühl von Normalität, das ihn durchströmte und ihm für mich diese Faszination gab. Jedenfalls ist er mir so vorgekommen: eine Art romantischer Traumprinz, der von nun an alle jüdischen Mädchen wie mich vor dem Orkus der Nazis retten würde. Natürlich sahen wir uns nach dieser ersten Begegnung wieder. Um meine Tante und meinen Onkel nicht in Sorge zu versetzen, vermied ich es, daß er mich zu Hause abholte. Wir verabredeten uns, wer weiß wieso, in einer Esoterikbuchhandlung in Charing Cross. Ich weiß nicht, was er sich vorstellte, aber ich hatte niemals daran gedacht, ihn zu heiraten. Und ich hatte auch nie geglaubt, daß unsere Geschichte von Dauer sein würde. Ich war ein junges Mädchen, zudem Ausländerin, und er stammte aus einer reichen und bedeutenden Familie. Doch die wenigen Wochen, die wir miteinander verbrachten, waren wunderschön. In der ganzen Ungewißheit des Krieges war er wie ein Ruhepunkt.

Höchstwahrscheinlich hätte ich nicht mehr an ihn gedacht, wenn nicht ein paar Monate später etwas völlig Unerwartetes eingetreten wäre. Ich sagte Dir ja schon: ich war ein junges Mädchen damals, mit einem Kopf voller Angst und Verlangen. Mit ihm war es mein erstes Mal: wir liebten uns auf den Sitzen seines Autos. Für mich war es zwar etwas Schönes, aber nicht so Wichtiges.

Ich war schwanger. Ich merkte es nicht gleich. Irgendwann wurde mir übel, Ekelgefühle, Blässe, Ohnmachten. Meine Tante sah mich ungläubig an und sagte: »Du bist schwanger, ja, das ist es, was Du bist.« Ein paar Wochen lang war es die Hölle. Ich fühlte mich dumm und schuldig an einem entsetzlichen Verbrechen. Von ihm hatte ich schon lange keine Nachricht mehr erhalten. Und ich wollte meiner Tante und meinem Onkel die Wahrheit nicht sagen. Nachts träumte ich von dem Kind, das ich zur Welt bringen würde. Ich stellte es mir dick vor, enorm, wie ein nie zuvor gesehenes Wesen, das da aus meinem Bauch kroch. Es war eine schreckliche Zeit. Vielleicht die schlimmste in meinem Leben. Was würde aus mir und meinem Söhnchen werden?

Meine Tante und mein Onkel hatten keine Kinder. Sie konnten keine haben, weil mein Onkel irgendein Problem hatte. So kam es, daß Deine Geburt für sie ein Fest war. Wie durch einen Zauber hatten sie meine Schande, die Probleme, ihre Predigten vergessen. Beide waren so zufrieden, als hätten sie ein Kind bekommen. In den ersten Tagen Deines Lebens nannte ich Dich Lee. Mir gefiel dieser kurze und etwas doppeldeutige Name. Dann, als meine Tante und mein Onkel Dich adoptierten, nannten sie Dich Benjamin, der kleine Ben. Es war eine Lösung, die alles wieder in Ordnung brachte. So seltsam es auch scheinen mag, nach und nach vergaß ich, daß ich einen Sohn hatte und gewöhnte mich daran, einen kleinen Cousin zu haben.

Unterdessen war der Krieg zu Ende. Meine Mutter kam aus Polen nicht mehr wieder. Ich kehrte nach Italien zurück, um meinen Vater wiederzusehen, der mager und um hundert Jahre gealtert war. Wir sprachen nicht viel miteinander. Er wollte vergessen, und auch ich wollte vergessen. Wir versuchten beide, uns an unsere Erinnerungen, an unsere Illusionen von damals zu klammern. Nur eines konnte ich nicht vergessen: die Tatsache, daß ich mit Sicherheit keine anderen Kinder mehr bekommen konnte.

Aber siehst Du, wie das Leben so spielt: meinem Mann machte es nicht viel aus, keine Kinder zu haben. So wenigstens hatte er gesagt, als wir uns kennenlernten. Und vielleicht verliebte ich mich in ihn auch wegen dieser Bemerkung. Im Gegensatz zu Deinem Vater war Benedetto kein großer, athletisch gebauter junger Mann. Aber er war der liebenswürdigste, schüchternste und intelligenteste Junge, den ich je kennengelernt habe. Ich mochte seinen *sense of humour*. Er war in der faschistischen Armee und kämpfte im Krieg gemeinsam mit den Nazis, aber da war auch nicht ein Milligramm in ihm, das mir Argwohn oder, schlimmer, Entsetzen eingeflößt hätte. Um seine Familie nicht zu enttäuschen, die katholisch war, und auch meinen Vater nicht, der praktizierender Jude war, beschlossen wir, uns nur standesamtlich trauen zu lassen. Damit enttäuschten wir dann alle.

An meine ersten Ehejahre erinnere ich mich ganz deutlich. Es war, als würden wir auf einer Wolke leben. Benedetto mit seiner neuen Forschungsarbeit im Laboratorium und ich ganz von meinem Lehrberuf erfüllt und beide auf Reisen, sobald wir uns das erlauben konnten. Anfangs neigte er dazu, sich nicht fortzubewegen, doch nach und nach war es mir gelungen, ihm das auszutreiben. Wir waren glücklich. Er war der beste Ehemann, den ich mir wünschen konnte.

Warum habe ich ihm nichts über London erzählt, nichts über den jungen Unteroffizier, nichts über Dich? Ich hatte meiner Tante und meinem Onkel versprochen, daß ich niemals jemandem die Wahrheit sagen würde. Mein Vater ist gestorben, ohne sie zu erfahren. Und dann wollte ich kein Risiko eingehen, ich wollte kein Zerwürfnis zwischen ihm und mir. Mein Kopf war immer von Angst und Unsicherheit beherrscht. Außerdem hatte ich Dich, wie ich Dir schon sagte, ausgelöscht. Ich weiß: es ist furchtbar, so etwas zu sagen, aber es ist die Wahrheit. Lee ist gleich nach der Entbindung auf und davon geflogen. An seiner Stelle gab es Ben, den Cousin Ben. Gab es Dich.

Solange die Tante und der Onkel lebten, hatte ich keine Probleme. Wir sahen uns nie, und zu den Festen beließen wir es bei einem Telefongespräch oder einer Grußkarte. Mein Leben mit Benedetto war einfach und vollkommen. Er war so etwas wie ein scheuer, stiller Sohn geworden.

Ich fühlte, daß ich ihn vor allen Widrigkeiten beschützen mußte, und das machte mich glücklich. Vielleicht kompensierte er meinen Wunsch, Mutter zu sein. Wer weiß. Sicher ist, daß wir gut miteinander auskamen. Wir stellten ein vollendetes Paar dar. Das sagten alle.

Die Dinge sind später durcheinandergeraten, wenigstens für mich. Einige Zeit nach Onkel Jonas Tod erhielt ich Deinen Brief. Zum ersten Mal stand ich mit Dir in unmittelbarer Verbindung. Es war ein Schock. Du warst schon dreißig und standest im Begriff, ein Mädchen zu heiraten (ich erinnere mich nicht mehr an ihren Namen), als Du, wie Du schriebst, etwas aus Deiner Vergangenheit entdeckt hattest. Ich hatte Angst, eine entsetzliche Angst. Du wolltest nach Rom kommen, um mir ein paar Fragen über die Jahre zu stellen, in denen ich zusammen mit Deinen Eltern in London gelebt hatte. Dein Brief war ziemlich allgemein gehalten, er schien voller Doppeldeutigkeiten und Anspielungen zu stecken. Bei mir brach Panik aus. Ich fürchtete, Du wüßtest die ganze Wahrheit, und die Absicht Deiner Reise wäre es, mich persönlich kennenzulernen und Rechenschaft von mir über das zu verlangen, was Dir verschwiegen worden war. Deshalb antwortete ich Dir, daß eine Begegnung unmöglich sei: Benedetto und ich wären im Aufbruch nach Griechenland. Ich zwang meinen Mann, diesen Urlaub außerhalb der Saison zu machen, wobei ich von heute auf morgen entschied, und nur Deinetwegen. Ich war nicht erschöpft und nicht bedrückt, wie ich ihm gesagt hatte. Es hatte nichts mit meiner Arbeit zu tun, die ich gerade aufgegeben hatte. Ich wollte Dir einfach nicht begegnen.

Ich tat das Falsche. Denn mein abweisendes und unüberlegtes Verhalten führte, glaube ich, dazu, Deine Neugier zu wecken. Und so warst du ein paar Monate später in Rom, ohne Voranmeldung.

Erinnerst Du Dich? Du bist eines späten Vormittags gekommen. Ich glaube, es war Mai. Jedenfalls war das Wetter unglaublich schön. Ich öffnete die Türe und stand einem hochgewachsenen, kräftigen und sehr attraktiven jungen Mann gegenüber. Für einen Augenblick gab ich mich der Täuschung hin, in Deinem Gesicht etwas von meiner Tante und meinem Onkel wiederzufinden. Dann ergab ich mich. Dieser junge Mann war nicht Ben, er war Lee, mein Sohn. Ich erinnere mich nicht genau, was wir uns sagten. Ich bat Dich einzutreten, glaube ich. Ich war innerlich aufgewühlt. Ich schlug beinahe augenblicklich vor, auszugehen. Der Tag wäre herrlich, eine Sünde, wenn man das nicht für einen schönen Spaziergang ausnützen würde. In Wirklichkeit wollte ich Dich so weit wie irgend möglich von unserer Wohnung und von Benedetto wegbringen.

Ich wußte nicht, was Du über Deine Geburt wußtest. Doch nach dem Brief war ich davon überzeugt, daß Du über alles im Bild wärst. So verwandelte sich das, was eine harmlose Unterhaltung zwischen Cousine und Cousin hätte sein können, in ein, wenn auch voreingenommenes, Geständnis einer Mutter gegenüber dem Sohn. Viel zu spät bemerkte ich, was für ein Unheil ich angerichtet hatte. Innerhalb weniger Minuten hatte ich Dein und auch mein Leben zerstört. Ich sah, wie aus Deinem Gesicht jedes Leuchten verschwand. Am selben Nachmittag bist Du abgereist, und für einige Zeit erhielt ich keine Nachricht mehr von Dir.

Benedetto sagte ich nichts. Ich hätte es tun sollen. Ich hätte die Situation nützen und ihm die Wahrheit erzählen sollen. Ich konnte es einfach nicht. Ich hatte Angst zu sehen, wie auch aus seinem Gesicht jedes Leuchten verschwindet. Wenigstens ihm wollte ich die Illusion eines glücklichen und unbeschwerten Lebens nicht nehmen.

Wie oft habe ich über alles nachgedacht. Wie oft habe ich mir in diesen Jahren Fragen gestellt.

Nach einigen Monaten kam ein erstes Zeichen von Dir. Du hattest auf die Ehe verzichtet. Dein Leben, sagtest Du, sei zerstört. Du wolltest alles wissen, jede Einzelheit, die ganze Wahrheit. Du stelltest Fragen über Fragen. Du zeigtest Dich hartnäckig, emotionell wankelmütig, wie ich. Du hast angefangen, mich zu quälen. Du hast mir Lawinen von Briefen geschrieben, in denen Du zwischen Erpressung und Flehen hin und her wechseltest. Es war die Hölle. Eine Hölle aus Versteckspielen und heimlich eingeworfenen Briefen, von stillen Telefongesprächen, von heimlichen Verabredungen. Eine Hölle, an die ich mich nach und nach gewöhnte. Trotz allem, es ist selbstverständlich, ich habe Dich immer lieb gehabt.

Ich versuchte, Benedetto vor dieser Raserei zu bewahren. Ich sagte mir: wenn das Ende aller Illusionen schon mein und Dein Leben durcheinandergebracht hat, so will ich nicht, daß das gleiche auch mit ihm passiert. So schwer es auch sein mag, versuche, mich zu verstehen: Benedetto war für mich ein wirklicher Sohn. Ich hatte die Pflicht, ihn zu beschützen.

Ich weiß nicht, ob er in all diesen Jahren etwas gemerkt hat. Ich habe mich das oft gefragt: jedenfalls hat er es sich nie anmerken lassen. Unser Leben hat zu einem bestimmten Zeitpunkt viele Tiefschläge erfahren. Aber für mich sieht es so aus, als hätten wir uns beide dagegen zur Wehr gesetzt. Lediglich ein paar melancholische Schübe bei ihm haben mir weiterhin Angst gemacht und Unsicherheit in mir ausgelöst. Zuletzt haben sich diese melancholischen Schübe gehäuft und verstärkt. Ich finde den Mut nicht, ihn nach dem Grund dafür zu fragen. Wir haben uns daran gewöhnt, nicht viel miteinander zu reden.

Lieber Lee, ich weiß nicht, ob ich den Mut finde, Dir diesen Brief zu schicken. Er scheint mir verworrener und verängstigter als mein Kopf zu sein. Anfangs dachte ich daran, Dir zu schreiben und Dir alles genau zu erklären, in allen Einzelheiten. Auch wenn ich keine Vergebung im Sinn hatte, so dachte ich doch daran, alles zu klären. Statt dessen hat sich beim Schreiben alles verheddert. Schließlich ist es nicht einfach, ein ganzes Leben auf wenige Zeilen zu konzentrieren. Du sagst etwas, erzählst eine Episode, und sofort wird dir bewußt, daß du Milliarden möglicherweise viel wichtigerer Augenblicke und Situationen übergangen hast.

Als ich noch ein kleines Mädchen war, erzählte Mama mir jeden Abend wunderschöne Geschichten. Ich habe diese Geschichten nie vergessen. Jetzt kommt es mir vor, als hätte ich versucht, immer so zu leben, als müßte mir jemand jeden Abend eine wunderschöne Geschichte erzählen. Nun sage ich mir: Was ist von dem geblieben, was war, von den Erinnerungen, von Dir und von mir? Was bleibt am Ende des Lebens? Wir alle haben in einer Illusion gelebt. Ich habe Benedetto nichts über meine Vergangenheit, über England, über Dich erzählt. Er hat niemals Fragen gestellt, auch wenn er vielleicht etwas ahnte. Und Du hast bis zu einem bestimmten Zeitpunkt ein Leben gelebt, das nicht Deines war.

Ich weiß nicht, ob Du es kannst, aber versuche zu verzeihen. Zu verzeihen und zu vergessen. Um eines allerdings bitte ich Dich: als Gegenleistung für die Wahrheit, die ich versucht habe, hier zusammenzufassen, sage Benedetto nichts, suche ihn nicht auf. Vergiß wenigstens ihn. Ermögliche es ihm, den Rest seines Lebens zu leben, ohne daß er weiß. Siehst Du, ich und mein Mann haben uns immer wie zwei junge Menschen verhalten. Bis zuletzt haben wir nicht darauf verzichtet, so zu tun, als würde alles problemlos gehen. Wir haben nicht darauf verzichtet, uns Illusionen hinzugeben, auch dann nicht, als etwas anderes gar nicht mehr möglich war. Außerdem, das wirst Du mit der Zeit verstehen, ist es so schwer, von seinen Illusionen Abschied zu nehmen. Es ist, als würde aus ihnen ein Licht strömen, das einen verzaubert hält: ein Licht, das auch blindmachen kann, wie es bei mir geschehen ist. Ich bitte Dich, tue alles, daß es nicht auch bei ihm geschieht.

Photo: Giovanni Giovannetti / Effigie

Mario Fortunato,
geboren 1958 in Cirò,
in der Nähe von Catanzaro,
lebt in Rom.

Lesen Sie weiter

LUIGI MALERBA *König Ohneschuh*

Der neue Roman Malerbas behandelt ein klassisches Thema, den Unterschied von Mann und Frau. Und er erfindet dazu einen Dialog zwischen *dem* historischen Paar – Odysseus, dem Lügner und Abenteurer, und seiner auf ihn wartenden Frau Penelope, der geduldigen Taktikerin. Ein Wechselspiel aus Liebe, List und Täuschung, an dessen Ende der Lügner seine Meisterin findet.
Aus dem Italienischen von Iris Schnebel-Kaschnitz
Quart*buch*. Leinen. 224 Seiten

GIORGIO MANGANELLI *Kometinnen und andere Abschweifungen*

Kometinnen durchschweifen lasziv das All, Wälder enthalten Bruchstücke von Erzählungen, Frauen werden geliebt, ohne dabei sein zu müssen, Häuser müssen ungenau gebaut sein, wenn sie halten sollen.
»Unter den vielen Höllen, in die die moderne Literatur führt, ist die von Manganelli die beste.« Roberto Gonzaga, MESSAGGERO VENETO
Aus dem Italienischen von Marianne Schneider
Quart*buch*. Gebunden. 160 Seiten

GIANNI CELATI *Erzähler der Ebenen*

Ein Klassiker der italienischen Moderne: »Bestechend, wie trocken und lakonisch Celati erzählt, in einer Sprache, die mehr feststellt als kommentiert. Das gibt den Geschichten etwas Schwebendes, Surreales, etwas Vergnügliches und setzt das Absurde frei. Celati erzählt vom Leben, das zum Narren hält, und von Menschen, die sich selbst zum Narren machen.« BASLER ZEITUNG
Aus dem Italienischen von Marianne Schneider
SVLTO. Rotes Leinen. 144 Seiten

ERMANNO CAVAZZONI *Gesang der Mondköpfe*

Ein selbsternannter Hygieneinspektor untersucht Hinterhöfe mit Brunnen. Dort wohnen die Mondköpfe, schrullige Leute, die unerhörte Geschichten erzählen (und veranstalten). Hier endlich erscheint Cavazzonis erster Roman auf deutsch, die Vorlage für Federico Fellinis wunderschönen, poetischen Film *Die Stimme des Mondes.*
»Die Erzählkunst Cavazzonis erschafft einen wunderbaren Kosmos aus Mensch, Natur und Sprache, dessen Absurdität wohltuend ist.«
Christoph Klimke, DER TAGESSPIEGEL
Aus dem Italienischen von Marianne Schneider
Quart*buch*. Gebunden. 300 Seiten

Verlag Klaus Wagenbach

Die Originalausgabe erschien 1997 unter dem Titel *L'arte di perdere peso* bei Giulio Einaudi editore in Turin.

Einbandgestaltung von Groothuis+Malsy unter Verwendung eines Ausschnitts aus dem Gemälde *Santa Lucia* von Francesco del Cossa. Das Portrait von Mario Fortunato stammt von Giovanni Giovannetti/Effigie. Gesetzt aus der Korpus Baskerville Book (Berthold) von Offizin Götz Gorissen, Berlin. Druck und Bindung durch Clausen & Bosse, Leck. Gedruckt auf chlor- und säurefreiem Papier. Printed in Germany.
ISBN 3 8031 3130 8